娘子扮豬吃老虎

3

完

風 文創

1193

芋泥奶茶 著

目錄

第三十一章

瞧沈蘭溪這般和軟可欺，方才有些打退堂鼓的人又頓生信心，幾個帶頭的站了出來，理直氣壯道：「我們遭了災，食不果腹，衣不蔽體，如今田地都給外人搶了去，你們高門大戶的，合該養著我們！」

沈蘭溪倚著高門，輕笑一聲，手中的團扇搧了兩下。「遭了災呀，那真是可憐。」語氣頗為遺憾。

聽見這話，眾人頓時安心了幾分，立刻出聲肯定。「那是——」

「但這與我何干？」輕飄飄的一句打斷那剛張開的口，語氣淡漠到讓人心涼。

女子臉上明媚如豔陽的笑被諷刺代替。「你們遭了災，又不是我讓人做的，憑何要我善後？我是頗有些銀錢，但又不是你們賺的，青口白牙的便說要我養，怎麼，真當自己是樓裡的小倌了？」

剛行至巷口的祝煊嘴角一抽，又無奈的笑，這張嘴也就被親的時候會乖些。

他驟然停下腳步，身後幾個從衙門跟來的人險些撞上他後背。

阿年在側喚了聲。「郎君？」

「先等等，讓她罵完。」祝煊低聲道。

懷了身孕，沈蘭溪近日情緒不穩，時常因一些小事罵他，但也有許多小事讓她生了歡喜，這股火若是不發完，還得算在他頭上。

日子過得平靜，難得今日有找上門來給她逗趣的。

阿年立刻垂下腦袋，努力憋笑。

挨了罵還被嘲諷一頓的幾人，若不是礙於幾個侍衛手中明晃晃的刀劍，上去撕了沈蘭溪嘴的心都有。

這般踟躕不前，瞧在眼裡更是膽小如鼠，沈蘭溪冷眼瞧著，哼笑一聲。「怎麼，這就偃旗息鼓了？接著說啊，我聽聽你們這一張張狗嘴裡能吐出什麼東西來。」

話音剛落，一人叫囂著作勢要衝上來。「臭娘兒們——」剛一動，卻被身邊一人拉住手臂。

那人似是瞧出些門道來，上前一步，對沈蘭溪拱手作揖道：「夫人海涵，我們這位兄弟脾氣不好，這才衝撞了夫人。」

沈蘭溪用手裡的團扇遮陽，有一搭沒一搭的瞧他一眼，沒做聲。

「這些時日，我們住在城門口的營帳裡，雖有救濟糧，但也只是讓我們餓不死罷了，如今田地又被外人所占，上報官府後，祝大人卻斷案田地歸他們所有，無奈之下，才想著來貴府做活兒，還請夫人給我們一條生路。」

這話像是答對了什麼暗號一般，頓時後面那群人皆跪下了，異口同聲道：「求夫人給我們一條生路吧！」

這架勢，與威逼有何區別？沈蘭溪眼神瞬間冷了下來，也不讓人去攙扶，任由他們跪著磕頭。

「你們當我是神佛菩薩，我卻不需要你們這些信徒。」沈蘭溪淡聲道：「但既是求到我跟前，我也不好讓你們空手而歸不是？」

跪了滿地的人頓時抬起頭，眼神帶著希冀。只可惜，無人知他們面前的人從不是普渡眾生的佛祖。

沈蘭溪唇角勾起一抹冷笑，涼薄道：「想尋一個有一日三餐的地方，簡單得很。去牢裡呀，冬暖夏涼，一日三餐，還有蟲蟻老鼠為伴，都不會覺得孤零零，多好啊。」

她側頭，遞給府裡幾個小廝一個眼神，那幾人頓時俐落上前，順勢把人扣下。

「毒婦！」

「啊啊啊啊！我不去！」

「身為官夫人，妳豈能罔顧律法？我們是大嬴子民，妳該如祝大人一般護佑百姓！」

聞言，沈蘭溪笑了。

「護佑？憑你們也配？」她冷嗤一聲，忍不住替祝煊翻舊帳。「我郎君倒是一心為了你們，衣食住宿，哪樣不是安排妥帖？可你們又是如何待他的？人心不足蛇吞象，為了自己的私慾壞他聲名，受著他的恩德，又大罵他不正不清，一群眼瞎心瘸的玩意兒，竟還有臉面到我跟前來叫囂！」

誰的人誰心疼，罵到現在，沈蘭溪這會兒才真的生了氣，厲聲道：「都扭送到官府去，就說我說的，一日三餐不少，定要給他們吃餿菜餿飯！」

聽她語氣絲毫不像作假，沒被抓的人頓時作鳥獸散，紛紛奔逃。幾個小廝心有戚戚焉，動作絲毫不敢慢，只是剛把人扭送至巷口，便被身穿官服的人接了手。

「按照夫人說的做。」祝煊丟下一句，大步流星的往府裡走，身後只有阿年跟著。

不等沈蘭溪行過垂花門，這個時辰本應在府衙當值的人卻出現在她身後，打橫將她抱起。

「啊！」伴隨嬌滴滴的驚呼聲，一記粉拳砸在男人硬邦邦的胸口，無甚力道，卻是勾人得緊。

戴著珠花髮簪的腦袋轉了轉，在男人胸口尋了個舒服的姿勢靠著，從腰間荷包裡摸了一顆糖餵給他。男人唇齒滾燙，舌尖捲走了甜絲絲的糖果，齒關輕咬那細白的手指。

微微刺痛，撩撥著慾望的神經，沈蘭溪故意嬌聲嬌氣的在他耳邊喊疼，撥得人心神蕩漾。

後面遙遙跟著的兩人紅著臉裝聾裝瞎。

正是半上午，陽光穿過葡萄藤，影影綽綽的落在那品茶吃果的兩人身上。

院裡沒有旁人，沈蘭溪懶骨頭似的靠在祝煊身上，張嘴吃掉他剝了皮餵到嘴邊的葡萄。

「怎的在這兒與我消磨時光，不去衙門？」

「今日休沐。」祝煊似是隨口道，又剝了一顆葡萄餵給那水嫩的嘴兒，順便湊過去偷了個香。

「啵」的一聲，羞煞人了！

沈蘭溪清凌凌的眸子，掃了眼身側那手神朗月之人。「甜嗎？」

祝煊側眼瞧來，一副防範她作妖的神色。

「郎君怎的不答？」沈蘭溪裝作沒瞧見他的神色，無辜又無害的問。

祝煊收回視線，把剛剝好的葡萄肉扔進嘴裡，顧左右而言他的說了句。「軟。」

甜與不甜都不好答，若是甜，這人又會找茬兒似的問。如何甜？葡萄甜還是她甜？甜度幾何？若是不甜，又勢必會要他再仔細嚐嚐，到時親出火來，這小娘子又自己滅不了，又得生氣……

被識破了。沈蘭溪露齒一笑，抬手勾著他的脖頸欺上那張唇，蠻橫又霸道的把那溫熱的葡萄肉勾進自己嘴裡，如街頭流氓一般道：「郎君很甜！」

唇瓣分開，唇上還殘留那登徒子的氣息，彎彎的一雙眸子恍若在放鉤子，惹人得緊。

舌尖舔過後槽牙，祝煊似是氣笑了，托著凳子上的小娘子起身，徑直往屋裡去。

「青天白日的，郎君這是做甚？」這話問得矜持，但在他後脖頸上轉圈圈的手指卻不如一般。

祝煊咬牙切齒道：「今兒別想去郊外摘桑葚了！」

郊外的桑葚是隔壁肖家的，果園裡除了桑葚樹，還種了些葡萄和櫻桃，除卻自己吃的，摘來的那些都會拿去賣。昨兒白仙來過來與她串門子，聽她抱怨了句近日過得無趣，便說好今兒待日頭沒那麼大，帶她去摘果子吃。

雖也不甚有趣，但聊勝於無啊！只是，今日怕是要辜負她的一番好意……

「啊！」被咬到脆弱處，沈蘭溪輕呼一聲，伸手去推那腦袋，卻又被不輕不重的咬了下胸口的粉嫩，整個人軟成了一灘水，被他揉著腰肢按在懷裡。

「回神了？」祝煊微微抬頭，不懷好意道。

沈蘭溪瞬間氣血上湧，一張臉紅得似是昨兒吃的西瓜，氣得大罵。「你混蛋啊——」

不等她答，他已然攬著她從門邊挪到榻上，繃著青筋的大掌揉了揉那挺翹點，又輕拍一記，聲音沙啞道：「腿合緊些。」

話音未落，櫻桃小嘴被一方絲帕堵住，赫然是她身上的那條！

「乖些，一會兒讓妳舒服。」祝煊咬著她紅豔豔的耳垂，話音混著略急的氣息飄入她的耳畔。

沈蘭溪渾身發燙又發軟，委屈的咬著帕子從了。

這方滿院春光遮不住，那廂卻是叫嚷聲連天。

肖萍駕著驢趕去時，城門口已經鬧起來了，瞧見來人，此起彼伏的抱怨與問責聲才停。

「呀！這是怎麼了？」肖萍瞪著圓眼睛，故作不知的問。

「都這個時辰了，還沒放飯，你們這些當官的自個兒吃著皇糧，是想餓死我們大傢伙嗎？」一道聲音響亮，在一眾怨聲載道中脫穎而出。

不等肖萍裝模作樣的再去問，那煮飯的婆子立刻站了出來。

「大人，不是馬婆子我不煮飯，是今兒的糧沒送來。」那人連忙解釋道：「先前祝大人怕有人偷糧，就定下人每日來送，最遲日中時，糧食就會送來，但是今兒，直至此時都沒瞧見，這手裡沒糧，我馬婆子也沒法子啊，他們這些人卻來與我叫嚷……」

越說越覺委屈，眼瞧著那些抱怨的話就要出來了，肖萍趕緊打斷她的話，問道：「那送糧人可在？」

窸窸窣窣一陣兒，幾個瘦麻桿般的男子站了出來，無辜道：「啟稟大人，糧庫的鑰匙只有祝大人有，但是今兒祝大人休沐了。」

肖萍疑惑，他早上還瞧見了人的。

「今兒這些難民跑去祝大人府上鬧事，氣得祝夫人身子不適，祝大人眼下還在府中看顧，沒人敢遞話。」其中一個男子解釋道。

「哎呀，這倒是難辦了——」肖萍坐在驢子上，臉上的每一條皺紋都寫著為難。

「就他們身子金貴，我們的命不是命？我們這群老的小的都還得吃飯啊！」人群中有人喊。

「糧是祝大人的糧，如何處置也是大人說了算，人家給你們那叫救濟、叫施捨，你們不感恩戴德也就罷了，還上門欺負人家家眷！一群狼心狗肺的玩意兒，若本官是祝大人，那些糧就是餵蒼林山上的狗都不給你們吃！」肖萍冷著臉罵，尋常不發火的人，此時怒火中燒。

方才還怨聲載道的，此刻卻消了聲，一個個耷拉著腦袋頗有些沒臉面。

肖萍罵了個舒暢，駕著驢掉頭走了。

沈蘭溪扶著腰從屋裡出來時，已是兩個時辰後了，解鎖新方式的男人簡直食髓知味，可憐她顫著腰、抖著腿，餓得飢腸轆轆。

「綠嬈，快……飯！」沈蘭溪被掏空似的，朝她伸手，累得厲害。

聽見動靜，綠嬈趕忙過來扶她，阿芙急匆匆的去廚房吩咐人擺飯。

身後木門吱呀輕響，穿戴整齊的男人走了出來，沈蘭溪聞聲回頭瞧了一眼，月白衣袍襯得他面如冠玉，只她知道他在榻上磨人的禽獸勁兒，撇撇嘴，腦袋又轉了回去。

祝煊輕笑了聲，許久不開葷，難得一次，著實有些收不住，瞧著是把人欺負狠了。他過去在她身側坐定，代替她的手按揉那柔軟的腰，輕聲問：「還是很疼？」

聞言，沈蘭溪毫不客氣的翻了個白眼，沒好氣道：「我弄你試試？」

祝煊思忖片刻，應了。「那今夜妳在上面。」

左右是他自己房裡的事，旁人也不知曉，再者，這人新婚時本就做過那樣一次……

沈蘭溪默默挪開自己的小板凳。男色要緊，但保小命最緊要！

那場桑葚約，沈蘭溪終是沒有相赴，用過飯沒多久，白仙來差人來說了聲，她今兒在娘家不回來了，改日吧。

於是，吃飽睡足的小孕婦又開始了自己茶香品茗的好時光。

午飯沒有，晚飯……還是沒有。

餓了一日，城門口的難民營靜得如夜空一般。

這幾日在城中找了活計的人好過些，用剛領的銀子買了麵餅填飽肚子，只等著明日天亮再去賺銀子。

唯獨那些一躺半個月的人，此時捂著轆轆空腸，輾轉反側。

幾個時辰後，各個營帳裡傳出此消彼長的呼嚕聲，七、八個人悄悄離開營地，往城中去。

「大哥，我們真的去偷糧啊？」墜在隊尾的少年，十六、七歲的模樣，學前面幾人彎腰駝背，一副賊頭賊腦的模樣。

走在他前面，五大三粗的男人轉過身來，一巴掌拍在他頭上。「小聲點！」

少年委委屈屈的「哦」了一聲，摸摸自己被拍疼的腦袋。

倒是那男人，與前面一人悄聲商量道：「大哥，我們當真要去偷官府的糧？要不，隨便找家糧鋪吧？」

那男人哼了聲，不以為意。「就偷官府的。那姓祝的抓了我們的兄弟，還不給大傢伙放糧，他不仁，老子就不義，偷他一點糧食怎麼了？」

「就是，成日裡就拿那麼一點來，清湯寡水的喝個水飽，兄弟們早就受不了了，今兒就得吃一頓白米飯！」立刻有人附和道。

「白米飯算什麼？今兒兄弟們好好幹，多偷些糧出來，明兒老三、老四去賣掉，老子帶你們去酒樓吃肉喝酒！」被喊老大的男人拍著胸脯豪氣道。

「大哥威武！」

「多謝大哥！」

幾聲熱鬧後，又歸於寂靜。

一群人進去得甚至比想像中容易，門口掛著一把生鏽的鎖，無人看守。

「嘿，要是早知道沒人，我們就早些來了！」一人樂呵道。

「就是，還當真聽那姓祝的話，喝了這麼些天的白水粥。」

幾人說著話，推開兩道門，剛要往裡走，卻突然止住步子，所有的聲音戛然而止。

「怎麼，走啊，吃白米飯去！」最後面的那個少年，被一排身影擋著，顛顛兒的就要往前擠。

五大三粗在心裡罵娘，恨不得把這個小崽子丟去餵雞，一隻手伸到後面，卻沒按住那似是進了自己家一般撒歡兒的狗東西。

衝到最前面後，少年傻了眼。

廊下亮著兩盞燈籠，一身著官服的人坐在光亮處品茶，身旁倚著個笑盈盈的小娘子，任是燭火昏暗，也瞧得出那小娘子很是漂亮。

稍後兩步處，站著幾個帶刀的人，面色冷然。

少年猝然與那身著官服的男人對上視線，軟了腿，結巴道：「跑、跑啊……」

眾人似是大夢初醒，這才有了動作，爭先恐後的擠著要跑。不等跑過影壁，銀霜似的劍光讓人汗毛直立，心不甘情不願的又折返回來，前狼後虎，進退兩難。

「啪」的一聲，茶盞被放下，伴隨著清淡的一聲。「跪下。」

這般狼狽不堪的被逼迫回來，那「大哥」非但沒跪，還大喝一聲。「狗官！」

被罵者恍若未聞，身旁的小孕婦卻先炸毛了。

「狗東西，罵誰呢?!」沈蘭溪斥一聲，抬腳就要去與他理論，手腕忽地被一把握住。

夏日繁星滿天，男人的手溫暖如春。

「別去，過來坐著。」祝煊與她輕聲耳語一句，拉著她在椅子上坐好。

沈蘭溪氣鼓鼓的依舊不平不忿。「他罵你！」

祝煊無奈笑了下。「聽到了。」

安撫了這炮仗一句，他才側頭給了阿年一個眼神。

「抓過來！」阿年得了命令，喝道。

方才骨頭比嘴硬的幾人，被押著排排跪好。

「辱罵朝廷命官，杖責二十，偷盜之罪，杖責二十，行刑。」祝煊正襟危坐，不疾不徐的道。只那寬袖遮掩下，握著一方軟玉。

似是滿意了，那滑膩的小手乖順的窩在他掌中。

方才還空空的院子，忽地從黑暗中走出幾人，一言不發的拽著那些不甘願的人受罰。板子杖在皮肉上，聲音沈悶，只那受刑之人知曉有多疼，哭爹喊娘的叫嚷聲此消彼長，擾得打更人耳朵疼。

沈蘭溪悄悄倚到祝煊身上，在這背景音中對他耳語，出主意道：「不是修屋子缺人嗎？既然他們沒事做，便差遣去搭建屋子吧，肚子裡的糧食總不能白吃。」

這個時節，百姓都忙著種田，雖是知曉再過幾個月天氣就會涼下來，但也著實是抽不開身。未雨綢繆，碰巧遇上這般閒人，何不加以用之？

祝煊眼神一動，轉頭細問。「可要發銀錢？」

沈蘭溪點頭。「銀錢是要給的，你前些時日從各個寨子的土司那兒收來的銀子不是還沒用？去讓人打聽打聽，城裡那些搭房子的泥工瓦匠每日賺得多少銀錢，可給他們八成，但若是做得不好，或是應付差事，那這銀子便可省了，若因身上沒銀錢，再行偷盜之事，就可以抓他們進牢裡過冬了。」

前面那些話，祝煊認真聽著，不時的應和一聲，聽到後面那句時，無奈的扯了扯唇，訓斥似的道：「別與澄哥兒學，凡事有律法可依，哪裡就直接送進牢裡了？」

沈蘭溪輕哼一聲，睥睨的瞧他。「那你今日還把那些來家裡鬧事的人關進牢裡？」

祝煊抿了抿唇，不吭聲了。原是罪不至於進大牢，但那些人去與她鬧，吃些苦頭也是罪有應得的。

一頓板子打完，耳根終於清淨了，沈蘭溪打了個呵欠。「回府？」

祝煊「嗯」了聲，起身走到那已無力罵罵咧咧的「大哥」跟前。「男子漢大丈夫，立於世間，當行得正、坐得直，若是行雞鳴狗盜之事，便配不上他們全心的依賴，與那一聲大哥。」

刑凳上的人抬起頭來，一雙眼睛赤紅，死死的瞪著他。

祝煊略挑眉梢。「怎麼，覺得我說得不對？」

男人一口帶血的唾沫吐在祝煊腳邊。「你們勛貴人家，金瓜子扔著玩，我們呢？我們幹活累死，一年到頭賺的銀子也只填進你們的口袋，同樣是人，憑什麼老子就得幫你們做牛做馬?!」

字字泣血，祝煊卻說不出什麼話來。

這裡山路閉塞，土司土官當道，民意民聲難達聖聽，一代又一代的人，重複著同樣的活計，辛勞過，卻依舊過得貧苦，無力又無助。

方才還鬧哄哄的院子瞬間靜了下來，所有人都悄悄張開了耳朵，卻聽一道慵懶纖細的嗓音徐徐道：「你這話說錯了。五指尚有長短可分，人托生之事自是各有不同。我家郎君托生得好，達官貴胄之家，鐘鳴鼎食，擁有的銀錢是你這輩子都沒見過的那般多，還有著疼愛他的祖母、用心教導他的父母、很好的兄長，生來見過許多旁人可能窮極一生都沒見過的東西。但那又如何？你窮他富，你貧他貴，這與他何干？你為自己命運不公所累，但這並非是他造成的，憑什麼要他為你負累？

「他有很好的教養、德行，居廟堂之高則憂其民，身為按察使，他求公平公正，求浮一大白，這些時日，知府大人分身乏術，我家郎君暫且替他分擔些瑣事，瞧過民生疾苦，他願百姓安居樂業，願天下無疾苦。糧食、布疋、藥材、建築房屋用的木頭，他盡心竭力，卻換來你們貪心不足，懶散度日，一清官被你們扣上了不清不正的帽子，還聚眾來找他家眷尋釁滋事，你方才說，你賺的銀錢填了他們的口袋，這話錯了，不是我家郎君拿了你的銀錢，是你吃了我郎君的糧食，受了他的恩惠。」

沈蘭溪走過來，視線直直盯著那張面紅耳赤的臉。「再提點你一句，人可以眼瞎，但不能心瞎，拿了你銀錢的是你們族長、你們尊崇的土司大人，他們富得流油，肖大人卻是窮得蹲街賣果子，你怨恨當官的，但如今卻是當官的讓你免了挨餓受凍，所以，今日這頓板子，你也不必覺得委屈。」

字字句句，輕柔如這夜裡的風，卻臊得人抬不起頭。

祝煊視線一直落在沈蘭溪身上，月光如霜，她緩步走來，卻像腳踏月霜的仙子，讓人分毫挪不開眼。那些他說不出的委屈，她一點點的都替他記著，這樣大大方方的說了出來。

他是被她護著的，也是被愛著的……

「發什麼呆？回家了。」沈蘭溪依靠過來，在他耳邊輕聲道，也不顧這些人瞧著，牽著他的手往外走。

阿年沒跟上，自覺的留下來善後。

深夜的風是涼的，兩人散步回府，卻瞧見院子外的拱門處蜷縮著一人，懷裡還抱著小狗，一人一狗相互取暖，像是都被人拋棄一般。

沈蘭溪「嘿」了一聲，眉眼彎彎，快走幾步上前揉了下那顆腦袋瓜。「怎的坐這兒？明日不用上學堂？」

聽見動靜，低垂著的腦袋才慢吞吞抬了起來，小孩眼神惺忪，眨了下眼睛，才瞧清面前的人，語氣變得委屈。「你們又偷偷出去吃好吃的不帶我……」

沈蘭溪攤手自證清白。「沒吃好吃的。」

祝允澄癟了癟嘴，不大信她這話，又問道：「那你們出去做甚了，還不帶我？」

「去捉兔子了。」祝煊一本正經道。

聞言，沈蘭溪側頭，對上他微挑的眉。

倒也沒錯，他們確實是去守株待兔了……

「一隻都沒捉到？」祝允澄眼睛骨碌碌的往兩人空著的手上瞧。

「捉到了。」沈蘭溪順勢道，抬腳往院子裡走。「又放了。」

「啊？」顛顛兒跟上來的小孩甚是不解。

翌日清晨，晚睡的小孩沒起來練功，祝煊也沒讓人催促，睜隻眼閉隻眼的讓他多睡了半個時辰。

可直到要用早膳了，還不見人來。

門口青石臺光潔，已有下人灑掃過，屋內卻沒有一絲動靜。

祝煊抬手叩門，裡面沒傳來聲音，手下微微用力，吱呀一聲，木門敞開一道縫來，緩步步入，寂靜無聲，繞過屏風，卻見床上蜷縮成一團的人，臉頰透著不正常的紅暈。

再抬步時，腳步明顯急促了些，讓阿年去請大夫，又喚來守夜的下人，聲音又沈又靜。

「沒發覺小郎君發熱了？」

聲音剛出，那小廝便跪在地上。「郎君恕罪，昨兒小郎君說是不必守夜，小的就沒留在屋裡。」

祝煊斂了些情緒，又問：「幾次了？」

靜默一瞬，小廝垂首，低聲答。「稟郎君，自小郎君受罰之後，就、就沒再要小的守夜……」

「知道了，下去吧。」祝煊擺了擺手，又返回屋裡。

郎中還未到，他只讓人添了一床棉被來，手擱在孩子臉頰、額頭上，燙人得很。

發熱的人貪涼又畏寒，剛用涼水淨過的手擱在腦門上，舒服得緊，不等祝煊挪地方，那腦袋自動追著那抹涼意。

「父親……」祝允澄悠悠轉醒，眼皮又燙又沈，嗓子也乾得有些疼。

祝煊扶他坐起，遞了杯水給他。「先潤潤嗓子，我讓阿年去請大夫了，片刻就來。」

祝允澄卻是道：「父親，我今日不能上學了。」

「嗯。」祝煊從他手中接過空杯子。

「父親，我想吃葡萄。」祝允澄燒得難受，想吃那沁涼的葡萄。

祝煊垂眸瞧他，這個孩子他自認教導得尚可，如今卻是驚覺，從未見過他這般軟和的時候，從前總是能從他身上瞧見自己幼時的模樣，也能看出些他娘親的內秀。但現在，他這般撒嬌的樣子，倒是讓他瞧見了些那還在賴床睡大覺的沈蘭溪的樣子。

「父親？」

「等大夫先來瞧過。」祝煊極有原則道。

祝允澄立刻癟癟嘴。他就知道，他不是父親最寵愛的小可愛！

瞧見小孩臉上毫不掩飾的失望神色，祝煊在心裡嘆口氣，補了一句。「現在只能吃一顆。」

只是這一顆葡萄，眼巴巴的人最後還是沒吃著。

阿芙端著一碟葡萄進來時，恰好遇見阿年請來的大夫。望聞問切，只一眼，那大夫就讓阿芙又把那葡萄原封不動的端了出去。

「還請祝大人見諒，小郎君受了風，吃不得這些涼物，近日雖天熱，但還是要吃些青菜、米粥之類的清淡飯菜調養。」

這位大夫還是先前給沈蘭溪診脈的那位。「我開個藥方子，您讓人抓幾帖藥來，一日三頓，過幾日便能好。只是這高熱著實難受，需要人在跟前精心照料。」

想起方才，他又不禁補了一句。「若是實在想吃葡萄，讓人熬了水喝也是一樣的。」

「多謝大夫。」

「祝夫人可要一併把個脈？」大夫揹著藥箱，遇見打著呵欠過來的沈蘭溪，不覺問道。

小娘子長相明豔，卻是親人得緊，瞧著就覺得心情好，讓人忍不住想起家中的孫女來。

沈蘭溪嘻嘻笑了聲。「成啊，我這些時日嗜睡又能吃，都長了好些肉呢，大夫能否讓我肚子裡的這個小朋友少吃些，她父親都快要養不起她了。」

屋外那聲音脆生生的，就連語氣中的打趣都聽得分明，祝煊嘴角抽了下，有些無言。

「父親，您沒銀子了嗎？」祝允澄小聲的問，他們家也要吃不起肉了嗎？

祝煊幫他把被子掖好，道：「閉嘴，睡覺。」

「……哦。」叛逆少年悄悄把那蓋得嚴實的被子拉開一道縫。

兩人進來，祝煊從床邊過來，立在桌前道：「勞大夫瞧瞧，她好似沒有那些反應。」

饒是他不懂，也記得澄哥兒他娘懷他時，前幾個月一點肉腥味都聞不得，魚肉更是不碰，整個人瘦了很多，他分擔不了什麼，只是陪著吃了幾個月的素。但如今沈蘭溪懷孕三月，卻是魚肉雞蛋都喜歡，除了腹部微微隆起，與先前無甚變化，他安心，卻也不放心。

乾癟如陳年樹皮的手，手指粗糙，感受著脈搏下新生命的跳動。

「很穩當，無甚差錯。」大夫收了手，樂呵呵道：「每個人懷孕的症狀都不同，以祝夫人的脈象看來，大人、小孩都好，平日要注意少食多餐，不然若是孩子太大，到時就難生了。

「兩位身邊沒個長輩，老朽托大叮囑一句，這成都府不比京城，好的穩婆不多，得早早找好，臨近日子前後要格外注意些，還有伺候月子的老媽子，她們經驗老到，比夫人身邊的婢女好用些，到時找一、兩個，有事也能提點一二。再有，便是小孩的衣裳、被褥，以及尿布，夫人生產時是冬日，布條子要多備著些，可別凍著孩子……」

大夫聲音和煦，絮絮叨叨的與他們講，屋裡的三人聽得認真。

臥病在床的人，啞著嗓子幽幽補了句。「還有玩的，父親給我做了風車，也要給弟弟做一個。」

祝煊無奈的扯了扯唇，教訓道：「閉眼歇息。」

把過脈，用過飯，沈蘭溪在屋裡看話本子時，就見祝煊端著一碟葡萄往廚房去了，頓時手裡的話本子不香了，躡手躡腳的跟了過去。

男人坐在小板凳上，一顆顆仔細剝著葡萄，光線落在身後，瞧著頗有些歲月靜好的意思。

這般無趣的事，沈蘭溪看了好片刻，忽地手發癢，又悄悄拿了紙墨，折返回來，立在窗外。宣白與瓊黑相碰，不多時，一個父愛溢出紙張的形象躍於紙上，白玉簪、黑髮、官綠衣袍、梅花荷包，掉了一瓣葡萄皮的皂靴……

沈蘭溪靠在牆上，舉著自己的大作獨賞，刺眼的日光落在紙背，那宣白似是與天光混為一色，只剩下墨跡描摹出來的輪廓，卻是越發顯得「活」了幾分。

「畫工不錯。」後面一道聲音含笑評價，聽得出對紙上的自己是滿意的。

沈蘭溪轉頭，朝窗戶裡面的祝煊「啵」了一口。「你繼續。」

祝煊略一挑眉。「不幫忙？」

沈蘭溪連忙搖頭，笑得燦爛。「郎君為愛子下廚，妾身可不能喧賓奪主，搶了您的功勞。」

祝煊視線在那張言笑晏晏的臉上停留一瞬，湊上前去又親了口那不饒人的嘴，道：「真酸。」

沈蘭溪哼了聲，不理會他的擠兌，趴在窗邊瞧他笨手笨腳的煮葡萄水。

這人想得甚是簡單，添了水，加入剝皮的葡萄，點灶火開始熬。火勢太大，一碟葡萄肉化開，變成了一碗黑乎乎的葡萄水，擰著的眉似是有些不解，那樣子瞧著手足無措，有些可憐。

沈蘭溪整張臉埋在胳膊上，憋笑憋得身子發顫。

祝煊小心翼翼的端過去時，她似是他身後的尾巴一般跟了過去。

床上乖乖歇息的人忽地瞪圓了眼，嗓音乾啞，冒出一句。「有人要毒害我?!」

第三十二章

地上被拉長的影子頓時僵住，眼瞧著一顆老父親的心被傷得七零八碎，沈蘭溪跟在後面笑得前俯後仰，毫不收斂。

祝允澄也是個小聰明，葡萄圓的眼睛在神色各異的兩人臉上打了個轉，忽地冒出一個可怕的念頭……這莫不是他父親親自煮的?!

他祝允澄何德何能，他不配承受這濃烈的父愛啊，還是……

「父親，這個您喝過嗎？」小孩小心翼翼的問，一雙眼睛閃著智慧的光芒，對上祝煊垂眸瞧來的視線時，忽地精神一振，脫口而出。「咱們一起喝吧！」

兩個湯匙一個碗，黑乎乎的汁水入了口，兩人皆沈默了。

又苦又澀，比他方才喝的藥還要難喝！

忽地，祝煊起身，端起那湯碗便要往外走，手臂被一隻小手抓住了。

「嗯？」祝煊回頭，似是疑惑。

「不喝了嗎？」祝允澄眼巴巴的問，這還是……還是他第一次與父親同吃一碗呢，好親近的感覺……

「嗯。」祝煊冷淡的應了聲。

「可是，這是您第一次煮東西給我吃……」祝允澄左右為難，急得臉上的肉都皺成了一團。

「難喝。」祝煊神色無波無瀾的評價，恍若這湯不是出自他的手一般。

眼瞧著這父慈子孝的戲文陷入僵局，沈蘭溪頗為無語的出聲打斷。「這有什麼捨不得的？雖是你父親頭一回做，但這你吃得下去？」

此時無聲勝有聲，沈默給了她答案。

「知曉不足，方能有所進步。祝大廚，努力些吧！」沈蘭溪笑咪咪的給被打擊得連渣都不剩的祝煊加油。

祝煊瞅她一眼，深吸口氣，還是憋不住的悶聲吐出一句。「就欺負我吧。」說完端著黑乎乎的湯碗出門了。

祝允澄小手拍了拍自己胸口，著實鬆了口氣。

沈蘭溪給他端茶倒水，又敷衍地叮囑一句「好生歇著」，腳下生風的去尋那被欺負的小可憐了。

剛行至廊下，就被男人勾著腰按在牆角，四下無人，唇被含住輕咬，男人發狠似的奪走她的呼吸。

纖細的脖頸被迫拉長，軟綿綿的身子攀著他，亮晶晶的視線描繪著他的眉眼，沈蘭溪笑得像隻得逞的小狐狸，而方才還委屈兮兮控訴被欺負的小奶狗，現下化身為狼，男色當前，她沈二娘又行了！

「幫幫我，嗯？」祝煊離開她紅豔豔的唇，氣息逼得很近，求人的語氣卻是聽不出幾分，盡是誘哄。

沈蘭溪抬起的眼，眼尾上挑，裡面似是藏了一個狐狸洞，也用氣音回答。「那郎君要如何報答我？」

她這人，是商人不是善人呀，哪怕是祝煊也不行！

祝煊腦袋靠近她頸側，溫熱的呼吸噴灑在那光滑的肌膚上，控在她後背的手指沿著那脊背下滑，問：「用手指，可行？」

自是行的！

沈蘭溪痛快的教了他法子，沈大廚秘製的糖水葡萄，酸酸甜甜，很是可口。

只那人，卻是整好衣冠，離開廚房往府衙去了，真惹人生氣！

故意溜之大吉的祝煊剛到府衙，便聽得稟報，說是肖大人尋他有事。

夏日天熱，府衙也沒有冰塊消暑，前門後窗都打開通風，半點私密也無。

祝煊一進院子，便瞧見那人坐在案桌後，抓耳撓腮，兩道眉毛皺成了毛毛蟲，顯然有難解之事。

聽見腳步聲，肖萍抬起頭，頓時如蒙大赦，急吼吼道：「總算來了！快快快，幫我看一下這個！」

祝煊緩步入內，只見案桌上擺了一疊戶籍冊子，名姓各異，但卻都是女郎，年下十幾，上至三十幾，不盡相同。還有一點，這些人名下沒有劃分田地，住的地兒都是糖水巷子。

「這是這幾日來衙門登名造冊的外來難民，每日來幾個，混在一群人之間，起初我也沒發覺，但是這兒……」肖萍氣急敗壞的指著那「糖水巷子」幾個字。「都住這兒！怕不是把我當瓜娃子糊弄了！

「糖水巷子我又不是不知道，總共也沒有多大的地，兩條街巷，百來口人，住那兒的都是幾十年的人了，哪有宅院屋子給她們這麼些人住？」

祝煊略一挑眉，被勾起了興致。「寫假的？」

「倒也不是，那兒有兩個緊挨著的宅院被買下了，原來住著的人，現在揣著銀錢搬去難民營裡住下了，忒氣死人了！」肖萍罵道。

祝煊愣了一瞬，似是被氣笑了。「這是瞧著來占官府的便宜了。」

「誰說不是？」肖萍大著嗓門贊同。「且不說我們那點糧食也只夠吃到秋收，就是先前你不是想著，讓他們自個兒去找田地種，找活兒幹，但如今瞧著無甚用處，閒米養出了懶人，那些人賴在難民營裡，這是打定主意要讓我們官府養了，得想個法子治治才是。」

祝煊思忖一瞬，道：「如今夏末，再過幾個月也要入冬了，屋舍房院、棉衣棉被、木柴炭火，樣樣都要早早準備，忙農田的人分身乏術，倒不如把那些閒著的難民集中起來，讓他們去做這些事，由官府來付銀錢。一則，這些銀子本就是準備給他們用的，二則，哪怕這些人沒有田地、沒有糧食，身上有些銀錢，也好過冬。」

聞言，肖萍被勾得心癢，卻也踟躕。「雖你之前與那些族長收了些，但那些銀錢哪裡夠？」

祝煊食指輕敲了下案桌，緩緩地勾唇笑了。「不出半個月，就會有人來送銀子了。」

「誰啊?!」肖萍震驚。

祝煊卻是但笑不語，沒解他這個惑。

他不說，肖萍也不再打聽，一顆心安安穩穩的落回肚子裡，只瞧見案桌上的登名冊時，忽地抬手在自己腦門上拍了一記，聲音清脆響亮。

「險些忘了，這個……」肖萍指著那一疊名冊。「你怎麼看？」

祝煊搖頭。「找人打探一下。」

肖萍虛心求問。「如何打探？」

「等我回家問問我娘子。」祝煊一本正經的道。

肖萍似是有些傻了，瞧著呆滯蠢笨，悄聲問：「你……都是弟妹出主意的？」

祝煊點頭，神色瞧著頗為得意。「我娘子聰慧睿智，她若是願意，定會大有所為。」

但奈何沈蘭溪懶呀，求她出個主意還得先把人伺候舒坦才行。

是夜，白仙來捉了家裡養的兩隻兔子，給沈蘭溪送來。

「咦？白姊姊怎知我家的剛吃完呀！白姊姊真好，我從前就想著，若是我有姊姊是什麼樣子？想過萬般種類，但都不及白姊姊。姊姊人美心善，家裡家外一把好手，性子爽利，教子有方，就連郎君都管得服服帖帖，還待鄰里親和，二娘能遇見姊姊，著實三生有幸！」她又有麻辣兔頭可以吃啦！

白仙來被這話誇得輕飄飄的，嘿嘿笑著謙讓了幾句，又得了幾句甜絲絲的誇讚，雙腳似是踩在雲端一般，飄回了自己家。

肖萍正在院子裡教肖春廿珠算，瞧見她回來，連忙問道：「祝夫人如何說？」

「妹妹誇我溫柔賢慧，人美心善，教子有方……哦，對了，還說我管教郎君有方！」白仙來喜不自勝道，腦子暈乎乎的，有些遺憾道：「可惜我讀書少，想不起來更多了。」

「……妳不是讀書少，妳是腦子不好。」被誇兩句就找不到北了！

「我聽見了！」白仙來暴躁地吼了一聲。

肖萍手裡的算盤險些掉了，趕忙道：「娘子，我錯了！」

就算認錯再快，於肖萍而言也無甚用處，耳朵險些被揪掉了，再一回頭，哪還有肖春廿那個不肖子的影子？

真是白養了，完全不幫他！

這邊雞飛狗跳，那邊歲月靜好。

不知是滿是父愛的糖水葡萄著實有用，還是少年郎的底子好，晚上已經能下床來與他們一同用飯了，不過怕過了病氣給沈蘭溪，祝允澄一個人分了小桌在旁邊吃。

「肖大人是想問，該如何打探？」祝煊聽得那兩隻兔子的事，頓時明白過來，替肖萍問道。

沈蘭溪把盤子裡剩下的兩塊排骨挾給祝允澄，聞言，頭也沒抬，喝了口香噴噴的魚湯。

「那些女子，年齡相差十幾二十，她們卻是相互識得，郎君想想，該是所操何事？」

聞言，祝煊手中的筷子頓住了。

這倒是他未曾想過的……緣何結識？

今日的魚湯很鮮，沈蘭溪喝得肚皮溜圓，也樂意多說幾句。

「不必費心打探，讓人盯著些就是了。她們既是明目張膽的把甜水巷的住址露給你們，自是不怕你們知曉什麼，與其費勁查過往，還不如看看她們要做甚。」

「聽君一席話，勝讀十年書。」祝煊拱手作揖，滿心尊崇。

沈蘭溪單手撐額，笑得燦爛，手中的筷子放下，白嫩的手心反轉朝上，伸到他面前。

「多謝誇讚，郎君既是滿意這解答，銀子付一下，十兩銀子，不二價。」

祝煊垂著眼皮，視線落在面前的白玉掌心上，毫不客氣的抬手輕拍一記，賴皮道：「沒錢。」

「你竟是賴帳！」沈蘭溪不可置信道。

祝煊聳了聳肩，一副無賴模樣。「沒法子，我家娘子不給我銀子，先生不如替我訓訓她？」

沈蘭溪配合他突然的興起，嬌哼一聲。「你家娘子做得對！」

這邊一來一回，那邊小桌上的人卻是扭捏臉紅，這兩人也太黏糊啦！他埋著腦袋幾口吃完碗裡的飯，就要行禮告退，卻被祝煊留了下。

「聽你身邊伺候的人說，這些時日都沒讓人守夜？」祝煊問。

這模樣倒是與方才判若兩人。祝允澄腹誹一句，卻還是老實答道：「我身邊的兩個小廝都會打呼，吵我睡覺。」

祝煊無語。

沈蘭溪一口魚湯險些噴出來，有些忍俊不禁。

「先前怎麼不說？」祝煊話語稍頓，又問：「給你換兩個婢女過去伺候？」

話音未落，小孩猛然搖頭，沈蘭溪都怕他那顆圓腦袋搖下來，好想伸手給他扶上一扶。

「不用不用，他們倆我用慣了，不用換婢女！」祝允澄紅著臉哼哧道：「而且我長大了，無須再讓人守夜。」

祝煊瞧著他沒出聲，半大的少年郎，對那檔事已有了朦朧意識，許多貴胄人家，主母已經開始物色通房丫頭了，再過一、兩年便要給房裡添人，教導小郎君房事，只是他們家沒有這個慣例，他身邊也只有澄哥兒他娘入府後，母親撥過來一個阿芙照料院子，倒是讓澄哥兒有樣學樣，身邊不留婢女，只兩個小廝從他四歲時跟著，一個如今二十，穩重妥帖，照料他日常起居和屋中瑣事。一個年十二，傻樂著跟他上學堂，他主子幹了好事他大肆宣揚，幹了壞事他陪同捂著。

祝煊忽地有些頭疼，一時沒了主意。

但覺得有些事還是要教一教，不然日後成了親，恐遭娘子嫌棄。

他心中思索，視線落在對面那樂陶陶又盛了碗魚湯的人身上。

沈蘭溪注意到他的視線，勉強賞給他一個眼神。「這般瞧我做甚？郎君想喝自己去盛，都沒有一兩紋銀傍身的人，別想使喚我。」

祝煊嘴角抽了抽，頗有些無語。「喝妳的湯！」

鮮美的魚湯在嘴裡，沈蘭溪哼不出聲，丟給他一記白眼，當夜就在記帳本上給他記了一筆。

祝煊欠沈蘭溪十兩銀子的解答費，還凶沈蘭溪一句「喝妳的湯！」，精神損失費折合為一百兩，共計一百一十兩，十日內還清，不然翻倍。

翌日，絲毫不知自己背了債的祝大人，用過早飯後去了府衙。照昨夜沈蘭溪說的那樣，派人去糖水巷子盯著，不等他無所事事的泡一壺清茶，便見剛派出去的人滿頭大汗的跑了回來。

「大、大人，她、她們在拆家啊！」那語氣痛心疾首，不知道的還以為是在拆他家宅子一般。

這幾日各寨子鬧得凶，肖萍三天兩頭就要往上跑幾趟，今日一早聽說石頭寨出了事，他急匆匆的便帶人去了，眼下糖水巷子的事，祝煊只得自己去瞧。
不外乎方才那人心疼宅子，好好的三進院的宅子都被拆了，石頭、木材胡亂堆放，裡面鬧哄哄的一群人正在幹活，身上的赤膊短打都被汗浸濕了，個個瞧著髒兮兮的。
「大哥，那姓祝的來了！」一個細竹竿般的男人，湊到旁邊走路有些瘸的人身邊，有些驚慌地道。
趙五水挨了好幾杖，還沒好索利，走兩步身後都有點疼，一把推開湊到跟前的腦袋，聞言稍微側了側頭，瞧見了牆頭外清凌凌的郎君。
「來就來吧，鬼叫什麼？」趙五水不以為意。「還有，人家是祝大人，什麼姓祝的？」
竹竿男在幾人中行八，人稱「八桿兒」，又低聲問：「大哥，兄弟們跑不跑？」
一旁卸木樁的男人聽個正著，沒忍住在他腦袋上拍了下。「跑個屁啊！我們就出來掙點銀子，沒偷沒搶的怕他做甚！」
趙五水沒出聲，伸手要接過李二手裡的木樁，卻是被躲了下。
「大哥，你傷還沒好索利，去歇著吧，咱們兄弟幾個幹就行。」李二道。
剛說著話，只見一個被狗攆了似的人跑了過來，清秀的臉上泛著些粉，長得跟個小娘子似的，只一出聲，是個帶把兒的。
「大、大哥，我瞧見了祝大人！」
趙二一腳踹了過去。「嚷嚷什麼？那夜就眼瞎的嚷嚷，還沒夠?!」

少年動作敏捷的躲過，一雙眼珠子轉得飛快，卻是嘟囔道：「那事也怪我？還不是二哥你沒抓住我。」

趙二氣得咬牙。「老子就是長三隻手，也拽不住朝黃泉路撒丫子狂奔的你！」

少年粉嘟嘟的臉上滿是不服氣，理不直氣也壯。「要吃肉了，誰不激動？」

「我他娘的——」壯牛似的男人被氣得簡直要發飆了。

「吵什麼？」趙五水打斷兩人，又看向粉臉少年。「桃兒，晚上帶你上山打獵，保證能吃到肉，去幹活吧。」

少年姓白，單字濤，因長得太過好看，被兄弟們故意逗著玩，喊作了桃兒，倒是與那張臉極其相稱。

「去什麼去，不吃又不會饞死，下個月吧，養一個夏日，秋天的獵物肥一點。」趙二凶道，又一腳踹向桃兒。

這次倒是踢了個正著，不過桃兒絲毫不惱，也贊同的點點頭。「大哥，下個月吧，我想吃肥的！」

這邊說著話，那邊不等祝煊往裡去，一個穿著胭脂色衣裙的女子從一側出來了。

忽地瞧見一俏郎君，那女子頓時哂笑。「這是哪家郎君走錯地方了？」

緊跟著又一珊瑚紅的身影也步了出來，嬌笑著道：「喲！俏郎君啊，屋裡坐坐與我們姊妹解解悶？」

裡面的說話聲戛然而止，幾人面面相覷後，趙五水忽地抬腳往外走。

「哎，大哥，做甚去？」

「來呀！我們屋裡還有好些姊妹呢，郎君不想瞧瞧嗎？」那身著珊瑚紅衣裙的女子說著就要上手，忽地身後傳來一道聲音。

「哎，」趙五水靠在牆頭，義薄雲天道：「別發浪，他家有人了。」

珊瑚紅女子回過頭來，聞言笑得前俯後仰，身子軟得似柳梢。「喲，醋了？你，阿姊我可不白給，好好幹活，賺了銀子，阿姊再來摸你那沾了汗的身子。」

「呸！不許肖想我們大哥！」前後腳跟出來的桃兒立刻擋在趙五水身前，毫不客氣啐道，那眼神更是防狐狸精一般的防著她。

館裡出來的姐兒，一顰一笑，一瞥一瞧，都是無盡風情，那雙眼上下掃視了桃兒一圈，像是有鉤子一般。

桃兒被那一眼瞧得生生側了身，人家分明沒說什麼，他卻臊紅了臉，揚著下巴，大著嗓門，鼓足氣勢的嚷道：「也別肖想我，老子是妳摸不到的男人！」

珊瑚紅女子用絲帕捂嘴，嗤嗤笑出了聲。

瞧著桃兒被笑得又要炸毛，趙五水在他腦袋上敲了下，趕人進去。

「祝大人來這兒有事？」趙五水問。

祝煊記性不錯，自是認出了眼前的人，「嗯」了一聲，卻是反問。「你們在這兒做活兒？」

那日他站著，自己趴著；他平靜，自己狂躁。月光下的人清冷難近，卻有夫人疼著、護著，趙五水只覺雲泥。

今日他們一同站著，他依舊身著錦袍，站在這兒乾乾淨淨。他赤膊短打，灰頭土臉，但此時他卻覺得，他們是對等的。

那人說得不錯，五指尚有長短，人托生自是有雲泥之別，他憑力氣賺錢，並不比他這個當官的氣短。

「對，我們兄弟都在。」趙五水坦蕩承認。

祝煊略一挑眉，忽地生出一些心思。「你來，我有事與你說。」

趙五水瞧他一眼，也絲毫不懼，抬腳跟上。

「哎，郎君當真不進來坐坐？」身後一道嬌聲問。

兩人恍若未聞，行至巷口，瞧著街上的攤販、來往的行人，祝煊指了一間茶水鋪子道：

「去那兒坐著說。」

兩只粗瓷碗盛著涼茶，兩人相對而坐。

祝煊也不寒暄，直截了當道：「尋你來，是想你幫我做一事。」

「什麼？」趙五水端起桌上的涼茶，一口氣喝完，冒煙的嗓子終於舒服了些。

「幫我盯著方才那院子裡的女子，看她們要做什麼。」祝煊道。

趙五水嗤了一聲。「這還需要盯？」

「嗯？」

「啪」的一聲，趙五水拍死胳膊上的一隻蚊子，道：「那院子的人，打江南來的。紅湘館知道嗎？江南甚是出名的妓館，她們是從那兒出來的。」

果真讓沈蘭溪猜對了，聰慧二字用在她身上都當真是委屈她了。祝煊腹誹一句，又問：「你如何知曉的？」

此話一出，趙五水坦蕩的臉上生了些許尷尬，卻也沒瞞著。「方才那小孩，像粉桃子似的那個，愛聽人家牆角，他聽來的。」

「這宅院拆了，還是要做先前的營生？」祝煊問得委婉。

「應該不是。」趙五水搖頭。「聽桃兒說，她們之中是一個臉上罩紗的女人作主，那人好像想開一家胭脂鋪子，今兒她不在，說是一早出去看鋪子了。至於這拆了的宅院，雖不知做什麼，但聽那些人話裡的意思，並不打算再做妓子了。」

聽得這話，祝煊瞬間心安許多，喚人來給他添滿茶碗，直言不諱道：「成都府不需要紅湘館，讓你那小兄弟盯著些，若是生變，來府衙報我一聲，有賞。」

趙五水應了聲，把剛添的茶水一飲而盡，起身欲走，忽地又停下。「你夫人喜歡什麼？」

第三十三章

剛要掏銀子付茶錢的手頓住，鼻息間噴灑出些笑意，祝煊狀似無奈又偏寵地道：「我家夫人愛金銀，不喜玉器，貪玩愛吃，卻不會一擲千金，鍾愛的東西很多，喜歡的人卻獨我一人。」

「……麻辣兔頭，她愛吃嗎？」一副認真求問的語氣。

祝煊喉間一哽，不情不願的「嗯」了一聲，又頗為無語的道：「我說了那麼多，你就記得這一句？你怎麼想到麻辣兔頭的？」

「再會。」趙五水丟下一句，大步走出茶水鋪子，壯實的背影腳步有些拖沓，顯得有些憨。

祝煊無語。

「客官，還要給您再來一碗嗎？」攤子上的老翁過來問。

「不用了，結帳吧。」祝煊剛要掏荷包，手一頓，道：「勞駕您送二十碗茶去糖水巷子，給那裡上工的人喝，茶錢連同這兩碗去祝大人府上取。」

「哎，好咧！」老翁樂呵呵的應下。

祝煊拍拍屁股起身，往府衙走去，路過一家燒鴨鋪子時，排隊買了一隻，又丟下一句

「去祝府結銀子」。路邊一家米粉鋪子，味道香得很，路過幾步的人又倒退回來，帶著阿年進去了。

一刻鐘後，祝煊抹了抹吃的油光紅亮的唇，對那老闆道：「去祝家拿銀子。」說完便領著吃得肚皮溜圓的阿年腳底抹油的離開。

趙五水回到院裡，瞧見兄弟們都立在牆根下避暑。

「怎麼不幹活？」趙五水問。

「那裴娘子回來了，聽說了方才的事，正在二院處置呢。」李二低聲與他道。

「桃兒又去聽牆角了？」趙五水左右瞧瞧，沒瞧見那張粉臉。

「是啊。」李二無甚意外。「大哥，剛才祝大人找你做甚啊？」

趙五水撇了撇嘴。「讓桃兒聽人牆角。」

李二無語。

二進院裡動靜不小，桃兒趴在一個長滿雜草的狗窩裡，抽出一塊石磚往裡瞧，看得津津有味，絲毫不覺烈日當空的熱意。

院子裡人不少，穿粉穿綠的女子二十多人，整齊的站成兩排。

蔭涼處擺著一套桌椅，一個覆白紗的女子坐著，冷眼瞧著地上哭著為自己分辯的人，身後立著七個小廝打扮的男子。

珊瑚紅的衣裳，這會兒倒是不豔了，哭得梨花帶雨的惹人憐。

哭聲漸止，椅子上的人起身，步步生蓮行至那跪著的人跟前，身段妖嬈，嗓音纖柔，只那說出的話卻是兜頭淋了那人一盆涼水。

「妳覺得妳這番說辭，我能信幾個字？」女人緩緩蹲下身子，素白的手從那梨花帶雨的臉上滑至脖頸，唰的一下撕了那珊瑚紅的紗衣，豐腴的身子頓時露出大半，驚得顫了又顫。

「啊！」哭得眼睛微紅的人此時臉上才初現了些害怕，驚叫一聲欲躲，卻被一把掐住脖頸，生生被拖拽著往前膝行了兩步。

「不是想這樣嗎？」白紗女子聲音冷得似是古泉。「管不住自個兒？那就我替妳來管。」

「姊姊，姊姊，我錯了！」女人露著半身，哭著求饒，絲毫顧不得院子裡尚有外男在。「求求姊姊，看在我初犯的分上，饒我一回……」

白紗女子的手鬆開那截脖頸，一根手指抵起她的下頷。「妳壞我規矩在前，意欲欺瞞我在後，是求我饒妳哪一樁？」

女人臉上掛著淚珠，愣愣地與她對視。

不等她出聲，白紗女子已經站起身，視線在站得整齊的女子臉上掃過，開口擲地有聲。「我帶妳們出走時便說過，過往流落風塵實屬無奈，往後的日子各位好自為之，妳們央求跟著我，我也應了，但當日告誡過諸位，既要跟我裴紫衣，勾欄院的那些放蕩習性就要給我扔了，妳們也都應了。我應承妳們的都做到了，諸位呢？」

她說著，垂眼瞧著地上的人。「明知故犯的壞我規矩，可認罰？」

女人膝行到她腳邊，兩團晃晃蕩蕩，抱著她的腿求饒。「姊姊，求求妳看在我阿姊的分上饒我一回，我真的知錯了，姊姊……」

裴紫衣微微彎腰，掐著她的下頷，冷情道：「妳該感念趙霜是妳親阿姊，不然便不是一頓鞭子的事了。」

裴紫衣喝一聲，拂開腿上的手。「拿鞭子來！」

「是，主子。」石桌後的一男子應聲，拱手遞上長鞭。

站成一排的粉衣女子面上不忍，剛要動，裴紫衣手握皮鞭喝斥一句。「站那兒！誰敢替她求情，同罪並罰，一同趕出去！」

只這一句，粉衣女子垂下頭，歇了心思。

「諸位都瞧著，以此為鑒，若日後誰膽敢再犯，變數翻倍，打死不論。」裴紫衣厲聲道。

皮鞭劃過長空，在那光潔的身上落下一道血痕。

桃兒在外瞧得縮了縮脖子，捂住眼，只耳邊噼哩啪啦的鞭聲如同煙花一般的響，伴隨著求饒聲。

活該，誰叫她還想騙大哥的銀子！

片刻後，聲音散了，只留下嗚咽的哭聲。

「在這兒跪滿兩個時辰。」裴紫衣丟下一句，不再多瞧她一眼，抬步進了屋。

七、八月的天氣猶如娃娃臉，陰晴不定，方才還豔陽高照，此時已經烏雲密布，淅淅瀝瀝的落起了雨，與此時沈蘭溪的心情一般。

屋簷下，藤椅上坐著一人，一身荷綠輕衫，明豔漂亮的臉上寫著委屈。

祝煊大混蛋！竟然在外賒帳，讓人來找她要銀子！

綠嬈努力憋著笑，把一盞小吊梨湯端給她。「娘子莫要氣了，喝盞梨湯潤潤嗓子。」

今早起來沈蘭溪有些咳，找人尋了大半個城才找到一家賣梨子的，熬了湯水喝能好些。

沈蘭溪哼了聲。「等他晌午回來的！」

誰料，祝煊晌午沒回來吃飯，讓阿年回來稟了一聲，問及緣由，結結巴巴的說不出一句索利話。

倒是出來與綠嬈說起時，笑嘻嘻的道：「郎君故意逗娘子玩呢，晌午躲著不敢回來。」

聞言，綠嬈噗哧一笑，將手裡的油紙傘遞給他，兩人視線對上，忽地氣氛靜止了，只聽得一顆心撲通撲通的聲音。

「路上當心，我回娘子身邊伺候了。」綠嬈挪開眼，有些倉惶欲逃。

阿年也紅了臉，陡然出聲喊住她。「綠嬈！」

裙襬打了個旋兒，急急撲到女子腿腳處，又乖順的垂下。

「昨、昨夜的碗糕好吃嗎？」阿年聲音緊繃，仔細聽已然變了調。

綠嬈垂著眉眼，卻緩緩勾起唇，沒回頭，輕聲應了句。「好吃。」

「那我……」阿年深吸口氣，垂著的左手把褲腿攥得滿是縐褶。「那我今晚回來再給妳買，好不好？」

「好。」聲音很輕很輕，身形纖瘦的人終是回了頭，巧笑倩兮。「今日天涼雨急，若是人多便不必買了，我等你回。」

屋簷下，沈蘭溪一邊吃瓜，一邊欣賞著這對少男少女懷春的戲，一個嬌羞，一個含蓄，這不比話本子好看多了？突然有些想念那敗她銀子的混蛋啦！

「今日落雨，天涼了些，娘子不可貪這些瓜了。」綠嬈小跑著過來，端走她手邊紅豔豔的西瓜。

吃了兩塊，沈蘭溪也吃夠了，順勢擦了擦嘴。「妳拿去與阿芙分了吧。」

「多謝娘子。」綠嬈屈膝道謝。

看了半日畫冊，沈蘭溪去瞧了瞧自午後便歇了的祝允澄。床帳未放，此時人還睡著，睡姿規矩得如先前的祝煊一般。瞧他臉蛋紅撲撲的，沈蘭溪伸手輕輕探了下他額頭，又摸了摸自己的，沒發熱，這才放下心來。

剛要躡手躡腳的出去，床上的小孩醒了，大眼睛還有些迷糊，聲音也帶著剛睡醒的含糊。「母親……」

「嗯？」沈蘭溪回頭，收了動作，似是有些懊惱一般。「吵醒你了？我看看你有沒有發熱。」

祝允澄坐起身來，搖搖頭。「沒有。」又喃喃一句。「母親的手好暖。」

沈蘭溪畏寒又怕熱，但她偏偏冬日冷得緊，夏日又冒火，不應時節，著實令人心生煩憂，今日天涼，倒還舒服些。

「晚上吃暖鍋？」她問。

許久沒吃了，兩人都有些饞了。

祝允澄立刻抬起頭，眼睛發光。「還有母親調的沾料嗎？」

「多著呢。」沈蘭溪在他腦袋上輕拍了下，分工道：「你去讓人吩咐廚房備鍋子，我去接你父親下值。」

雨日天黑的早，沈蘭溪讓人套上馬車，親自去堵那心虛躲她的郎君。

馬車行至府衙，沈蘭溪沒下去，差使綠嬈去與門口的小吏說了聲，那人立刻快步進去，跑到祝煊辦差的院子。

「大人，夫人來接您回家啦！」這一嗓子，穿透雨霧，屋裡的人聽得真真切切。

閒到發慌的人心裡忽地哆嗦了下，思及緣由，隨即又輕笑一聲，合上書卷，起身往外走。

「有勞。」祝煊道了句。

小吏笑得沒眼睛，緊跟著他。「小的在府衙當差許多年，還是頭一回見到有娘子來接郎君下值的，大人與夫人當真好恩愛啊！」

「嗯，我家娘子很喜歡我，我也甚是心悅她。」祝煊說罷，快步出了院子。

跟在後面的阿年卻被這句酸得不輕，又忍不住嘆氣，今兒怕是不能給綠嬈買碗糕了……

三人出了二門，卻碰到戴著雨笠跑回來的肖萍，只一雙眼睛如狼一般冒著光。

「正卿！」

祝煊瞬間頭皮發麻。

「江南知府的小妾跑啦！」這聲音有些幸災樂禍。

「……哦，我娘子來接我下值了，子埝兄，再見。」口氣是明晃晃的炫耀。

肖萍那雙眼瞬間暗淡了，這廝怎有這般好的娘子?!

府衙外，一輛馬車停在門口，車夫瞧見祝煊過來，立刻跳下車放好腳凳。

風吹雨絲斜，馬車上，沈蘭溪掛著的小鈴鐺被吹得叮鈴作響。

祝煊掀袍上了馬車，便對上了那單手撐額瞧過來的眼。

「做甚這般瞧我？」祝煊恍作不知，說得理直氣壯。

還敢挨著她坐?!沈蘭溪氣得咬牙，撲過來鎖他的喉。「祝煊，你竟敢花我銀子！」

祝煊眼疾手快的攬住她的腰背，無奈道：「注意身子。」
沈蘭溪癟嘴，忽地失了氣勢，有些委屈。「米粉好吃嗎？燒鴨好吃嗎？涼茶好喝嗎？」
「米粉好吃，燒鴨尚可，涼茶澀口，唯解渴而已。」祝煊老實的答。
沈蘭溪哼了一聲，鬆開他，負氣似的將身子與臉轉向一旁。
擺明了是要他哄。
祝煊笑得露出一口白牙，伸手去握她的手。
被甩開，再握，再被甩。
祝煊索性整個人都蹭過去，從後背擁住那小孕婦，語氣討好。「娘子，我餓。」還抱著她晃了晃。
這副模樣，儼然是在學她撒嬌！
沈蘭溪慢吞吞的轉回頭，有些不忍直視，抬手便掐住他發燙的臉，也學著他教訓人的語氣道：「學我，嗯？」
俊俏郎君臉上滿是窘迫，就連耳根都燒了起來。
「米粉有多好吃？」沈蘭溪驕矜的抬著下巴問，下一瞬，捧著他的的臉，啄了啄那唇。
「給我嚐嚐。」
這話，兩人腦子裡皆是嗡的一震。
他張嘴，她探入，如同回到自家領地，到處巡視，掃過一圈，忽地被那主人翁含住吸吮。

好半晌，兩唇分開，祝煊嗓音喑啞，問：「嚐到了嗎？」

沈蘭溪臉紅紅。「只嚐到了涼茶。」

男人喉結上下滾動兩下，一聲輕笑逸了出來，掌著她後腦的手，摩挲了下那截光潔的後脖頸。「那再好生嚐嚐？」誘哄著，便要吻了下來。

沈蘭溪反應迅速，兩手交疊捂住那炙熱的唇。

「花了我的銀子，還要吃我嫩豆腐，天底下哪有這般好的事?!」

祝煊笑得眼尾彎出漂亮的弧度，濕熱的氣息盡數噴灑在她掌心，瞧她的眼神不如尋常清淨。

沈蘭溪正想再發作幾句，忽地掌心一熱，軟軟的，濕濕的，渾若是方才捲著她舌尖共舞的傢伙！她一張臉爆紅，腦中似有無數隻蝴蝶撲騰著翅膀飛過，只剩下嗡鳴聲，捂著他嘴的手也條件反射的撤離。

祝煊甚是滿意她的神色變化，身子前傾，兩手壓著她的，腦袋湊上前來，鼻尖相對，兩人的視線裡再也容不下其他，他分明瞧見她含羞帶臊的眼睛裡面的他。

「嫩豆腐，給不給吃？嗯？」尾音上揚，撥得人心尖盪漾。

沈蘭溪呼吸急促，紅著臉，瞧著這近在咫尺又渾不要臉的，剛要開口，唇瓣被咬住，輕啟的齒關正好方便賊人長驅直入。

「唔——」

「乖。」

唇被吃得紅豔，賊人抹著嘴上的水漬也甚是滿意。「這豆腐果真嫩。」

沈蘭溪腦子冒煙，是羞得也是氣得。祝煊何時變得這般會，她竟毫不知情！

「沈蘭溪的銀子，只能給我祝煊一個人花，是也不是？」他輕輕摩挲著她微腫的唇瓣，低聲輕哄的問。

想得美！沈蘭溪剛要開罵，卻被那手指堵了嘴，瞬間整個人又羞臊得開始冒煙……

「嗯？」他逼迫。

沈蘭溪無法抵抗這樣的祝煊，舉白旗似的腦袋扎進他懷裡，羞得不願見人。

「嗯？」心情甚好。

「嗯！」心不甘情不願。

「真乖。」心滿意足。

翌日，陰雨連綿，神清氣爽的祝煊整好衣冠出門，回頭看了眼神色懨懨的沈蘭溪，道：「娘子，今日大雨，為夫體虛，切莫忘了來接我下值。」

人是貪婪的，吃過一次糖，便食髓知味，想要更多。

啪！面前的雕花木門被氣呼呼的小娘子闔上了，意思淺顯易懂——快滾，沒門兒！

祝煊摸摸鼻子，昨夜將人欺負得狠了，無怪乎哉。

府衙裡，肖萍蹲在二道門的廊下啃西瓜，瞧見那抹青色衣衫的身影進來，咚咚咚幾步跑了過來，絲毫不懼腦袋上的雨水。

「子埝兄怎麼在這兒？」祝煊問著，手中的傘往他那邊挪了挪。

肖萍眼下泛著烏青，但精神甚好，臉上透著喜色。「有好事與你說！昨兒你急著回府，都沒來得及說，可把我憋壞了，一夜都沒睡好，翻來覆去的睡不著，最後被我家婆娘踹去跟春哥兒擠了一宿……」

行至門口，祝煊收起油紙傘，開門讓他先進去。

屋裡清掃過，窗明几淨，昨兒踩的幾個腳印也不見了，祝煊剛坐下，阿年便奉來了茶，退下時順道幫他把門闔上。

「石頭寨的族長死了！」肖萍扔出一句，手裡的半塊西瓜誘人，此時也顧不得吃。

「死了？」祝煊頗感意外。

肖萍連連點頭。「你以為我昨日恁早上去是為何？清晨天兒剛亮時，盯著石頭寨的人匆匆來稟，說是有異動，我是半分不敢耽擱，早飯都沒吃就趕緊趕著驢去了，果不其然，那老禿驢嚥氣啦！」

說至興奮處，他一巴掌拍在案桌上，震得那盞清茶水波晃了晃。「我正好趕上，你是沒瞧見，他嚥氣前，話都講不索利了，烏泱泱的一屋子人，七嘴八舌的，沒個人聽他說話，他那三個兒子，都在搶那族長之位，他一嚥氣，寨子裡立刻開始選族長，等回去給他穿壽衣時，屍骨都硬了。」

肖萍絲毫不怕損陰德，這話講得幸災樂禍。

「族長選出來了？」祝煊問。

「還沒，尚且得幾日呢。」肖萍啃了口西瓜。「他那三個兒子，老禿驢本是想讓長子承襲他的族長位置，這些年來不管大事小事，他都將長子帶在跟前，也不負所望，那人在寨子中聲望較響，誰知這板上釘釘之事，卻在他那三兒子娶了隔壁寨子的族長閨女後生了變數，眼下那三個兒子爭搶著呢。」

祝煊端坐於他對面，捧著清茶瞧他，沒出聲。

「不過，此時論分曉還早，螳螂捕蟬，黃雀在後，石頭寨還有得亂呢！」肖萍高興得搖頭晃腦。

祝煊知他在裡面安插了人，此時也不多問，各司其職，這本也不是他手上的事。

「正卿，」肖萍扔下啃得乾淨的西瓜皮，湊了過來，一雙眼睛裡藏著興奮。「接下來搞雲香寨？」

祝煊手指輕敲了下杯壁，搖搖頭。「雲香寨先放一下。」

昨日的事也給他提了個醒。雖然那拆掉的宅院是要做甚，如今還不知曉。但那些女子若是不重操舊業，當真如趙五水所說那般要開胭脂鋪子，那為何不在江南富庶地，而是千里迢迢奔赴這山路艱難的成都府？

若不是躲江南的什麼人，便是奔赴成都府的什麼。且說江南，那一堆女子裡，說不準就有昨兒肖萍說的那跑了的江南知府的小妾。再說這成都府，她們千里奔赴而來，不為城門口難民營裡的救濟糧，而是在糖水巷子買了宅院，這麼些人，誰知是不是雲香寨賣出去的小姑娘，如今回來，是為報復。

「為何？」肖萍不解。「我還未與你說，我昨兒繞路去了一趟雲香寨，那白胖子攤上了麻煩，他賣給揚州知府的那小妾跑了，揚州知府派人來了，他正焦頭爛額呢，眼下不正是良機？」

祝煊眉眼一挑。「不是江南知府？」

「哦，我昨兒偷聽，聽岔了。」肖萍搔搔頭，頗為不好意思。「今早接到密信，是揚州知府的人，說是那小妾跑了半個月之久，那知府把揚州翻了個底朝天，也沒尋到人。」

祝煊眉眼間閃過一抹異色，又道了句。「雲香寨先放一下。」

既然官府要動手，那就要大張旗鼓、光明正大的動，等到事情鬧大，一發不可收拾，那才是他等的良機。

聽祝煊這般強調，肖萍雖心存猶疑，但也沒反駁。他們兩人相差幾歲，他是多吃了幾年的飯，但腦子卻沒多長些，比不得眼前這個。至於他兒子……

「正卿。」肖萍忽地面露嚴肅。

這語氣轉折，讓祝煊狐疑的瞧他。「做甚？」

「你可否將我兒子帶在身邊教導著些？」肖萍小心翼翼的問。「他與我一般，是個棒槌，日後若承襲這知府，我怕他被旁人哄騙了去。」

「我不是書堂的先生，怕是教不得什麼。」

聞言，肖萍有些失望。果然啊……

「不過，子埝兄若是有意，我尋常做事帶著也可。」

肖萍興奮得起身，感動道：「來，兄弟抱一下！」

連日陰雨，忙活的人也終是停下，窩在了帳中。

桃兒閒不住，在各個營帳中閒晃，雖都是歇著的百姓，但那些平日裡勞作的可瞧不上他們那一群游手好閒的，正眼也不給一個。

牆角沒聽多少，白眼倒是遭了不少，桃兒不在意這些，李二卻是瞧不得，拎著領子把人提溜走了。

「幹麼抓我啊！」桃兒撲稜了下腿，在那身形高壯的人手裡像是一隻野鴨子。

「都這麼大了，還是半分眼色也瞧不懂，看不見人家嫌棄你，偏要往上湊，稀罕與那些人玩？」李二粗聲粗氣的教訓道，一路把人拎回自己營帳才放下。

他們帳中人也不少，湊在一處打牌，熱鬧聲能掀了頂，趙五水仰面躺在一邊，瞧不出在想什麼。

「瞧他們眼色做甚？那人講的狐妖故事我還沒聽完啊！」桃兒氣道，過去與趙五水告狀。「大哥，二哥仗著自己長得壯，老是欺負我！」

趙五水被他這一嗓子喊得回了神，卻是沒接他這話，視線停在他臉上半晌未動。

桃兒被他瞧得心裡發毛，伸手抹了把臉看了看，他臉上沒髒東西啊？又忍不住反省，他這兩日乖得很，也沒惹事……

「大哥，你別這般瞧我，我害怕……」桃兒蹬了蹬腿，軟著聲音道。

他身邊都是兄長，從大哥排到了二十好幾，他一個老么，平日裡不受欺負，還被護著，不時就要撒個嬌。

李二喝了口水，聞聲瞧了過來，幾步繞過那熱鬧的一堆走到桃兒旁邊，也問道：「大哥，怎麼了？」

說完，他在小孩頭上敲了下，又補了一句。「他也沒惹事。」

趙五水皺著眉，眼瞧著把這兩人盯得要跑，忽地問：「你們說，我當族長怎麼樣？」

「啊？」桃兒不可置信，下一瞬又眼睛放光。「大哥，我們也要收銀子了嗎？」

話音未落，便被李二又在腦袋上敲了下，比方才那一下重多了。

一雙黑葡萄眼立刻氣惱得瞪了過去。「做甚又打我?!」

「閉嘴。」李二凶道。

旁邊的人也紛紛看了過來，一人搔了搔頭，似是有些苦惱。「可是，我們就幾十個人，也沒啥可當的吧？要不我們先成個親、生個娃？」

眾人笑罵一句，又一人道：「大哥是想當我們寨子的族長嗎？兄弟們給你整去！」

這一句點燃了士氣，眾人立刻站起，掀簾子就要出去。

趙五水坐了起來，抬了抬手。「坐下，急什麼。」舌尖頂了頂腮幫子，垂在膝蓋上的手握緊，他說出了自己的想法。

「昨天桃兒說，石頭寨的族長死了，我想去……」

此話一出，帳中霎時靜了。

「大哥，」李二先開口。「石頭寨是這兒數一數二的大寨子，除了族長，還有些族老，且眼下那族長雖死了，但他三個兒子在爭搶，你於他們是外人，如何能成？」

有人打頭，眾人七嘴八舌的也紛紛勸。

「大哥，石頭寨光是他們自己人就搶得頭破血流了，我們如何擠得進去？」

「是啊大哥，我們自己寨子小，那些人收拾收拾也能成，但是石頭寨可是不好弄啊。」

七嘴八舌的聲音聽在耳朵裡有些吵，但趙五水聽明白了，不外乎是一種聲音。

——做不成，換一個吧。

桃兒這會兒倒是安靜了，趴在被褥上靜靜瞧著，又等得寂靜無聲，瞧著趙五水抿了抿唇，未出一言，忽地心裡有些難受，嘟囔一句。「大哥又不比旁人少什麼，憑何做不得那勞什子族長？左右我們寨子也沒人喜歡我們，我們去石頭寨住，蓋屋子，當族長去！」

越說越大聲，還義憤填膺了起來，李二額上的青筋突突了兩下，一巴掌蓋在那翹著的屁股上。

「二哥你又打我！」桃兒慘叫一聲，委屈又凶的轉頭瞪他。

李二白他一眼。「就你會說，這事要如何做？」

桃兒哼一句，晃了晃腳。「你說了我蠢，這事自是你們聰明人想法子了。」

李二無語。

趙五水站起身活絡了下筋骨，骨頭咯咯響。「行了，就是與你們說一聲，聽外面的雨緩了些，我去打獵，你們誰一同去？」

桃兒立刻跳了起來。「我我我！我去堵兔子窩，捉幾隻肥的晚上烤兔子！」

「一起去吧，左右無事。」李二也站起身，一把揪住桃兒的領子。「不許亂跑，進了山跟著我，仔細被狼叼了去。」

聞言，桃兒「切」了一聲，才不信這話，頂嘴道：「蒼林山上才沒有狼呢。」

一群人離了帳，頂著細雨絲往上山去。

天上落的雨，是沈蘭溪的淚。

竹木圓桌上，一張信箋被圓滾滾的泥塑小人壓著，怕被風吹了去。

綠嬈端著一小碟蜜果子過來，勸道：「娘子都在這兒坐了一下午了，起來走走？」

沈蘭溪長長嘆息一聲，雙手托腮趴伏在桌上。「小元寶也要被人拐跑了啊……」

信箋是綠嬈晌午時遞來的，足足寫了兩頁，先將眾人問候過一遍，又與沈蘭溪肚子裡的孩子打過招呼，甚至還送了一個可愛的泥塑小人，直至最後才有些心虛的問了一句。

娘子，我可以喜歡袁禎嗎？

沈蘭溪又瞥了一眼那令人心堵的信箋，氣惱的戳了下小泥塑人，吩咐綠嬈。「幫我準備筆墨。」

素手執筆，磨蹭好半晌，那「可以」兩個字始終落不下。

忽地，門外一陣凌亂的腳步聲逼近，沈蘭溪抬眼瞧去，便見綠嬈快步走入。

「娘子，外面來了一群人，說是來找您。」

「……找碴的？」

「不像。」

「去瞧瞧。」沈蘭溪說著，放下手中沾了墨汁的筆，大步流星出了屋。

她身上的輕衫不禁風吹，身段盡顯，只那微微凸起的腹部也不能讓她瞧著溫柔些。

沈蘭溪仰著下巴，垂著視線掃了一圈，渾身散發著不好惹的氣勢。「聽人稟報說，你們尋我？」

瞧見人，被指著鼻子罵過一通的眾人仍心有餘悸，悄悄的吞了吞口水，不敢吭聲。

沈蘭溪沒等他們答，又自顧自的繼續道：「來找罵？」

這話出口，李二險些炸了。

趙五水搶先一步站了出來，將手裡的野兔遞上，和氣道：「聽祝大人說，夫人喜歡吃麻辣兔頭，這是我們今日獵的，都送給夫人。」

沈蘭溪疑惑，這怎麼……是哪裡不對勁？

「我家郎君還與你說甚了？」沈蘭溪問，沒接他手裡的野兔。

「祝大人還說，夫人愛金銀，愛玩樂，愛吃喝，但最愛的是……咳，祝大人。」趙五水還未娶親，這話說得有些臊。

「那你今日以獵物賄賂我，是想求我家大人替你辦何事？」沈蘭溪繃著臉，在這人來人往的地方，光明正大的問。

「無所求，這些東西只是多謝夫人那日指點。」趙五水長得魁梧，脾氣也算不得好，只今兒卻是異常的有耐心，任她姿態如何高高在上，都不會惱似的。

「哦。」沈蘭溪眼皮跳了下，忽地變得端莊。「東西便不必了，你既覺得我那日的話是指點，也要曉得，祝大人是清廉公正之官，人長一張嘴，沒道理吃著他的糧還罵他。」

這是她第二次這般護著祝煊了，趙五水忽地心生了些豔羨。祝煊得多好，才值得她這般？

聽過沈蘭溪訓人，聽見這話，不等趙五水應聲，眾人便紛紛點頭。「記下了、記下了！」

「夫人放心，我們兄弟還會與旁人說的！」桃兒拍著單薄的胸膛與她保證，聲音清亮。能舉一反三，不錯。沈蘭溪甚是滿意，自腰間的荷包掏出幾顆糖拋給他，不吝誇讚。「嘴真甜。」

桃兒一把抓住那飛來的幾顆糖，笑出一口小白牙。「多謝夫人！」

「今日便不款待各位了，天色不好，路上仔細些腳下。」沈蘭溪道。

話剛出口，便見趙五水手上的野兔忽地一鬆，四隻爪子顛顛地跑進了門，不算高的門檻輕輕一躍就過去了。

「哎——」沈蘭溪詫異出聲，眼瞧著眾人有樣學樣，把自己抓著的野兔趕進了府。

「又何必呢，這些獵物你們拿去多少也能換些銀子用。」沈蘭溪忽地有些難言的滋味，像是同情，又不只是同情。

川蜀地興盛吃兔頭，隨便去一家鋪子，麻辣兔頭都不會做得太難吃，這些野兔雖賣不了高價，但也夠他們飽食一陣子了。

「本就是捉來給夫人的，不值錢的東西，夫人不必掛懷。」趙五水道，只瞧著她，欲言又止。「夫人珍重，我們便不叨擾了。」

村野漢子不會行禮，拱手的動作瞧著有些彆扭，一窩蜂的擁著走了，嘰嘰喳喳的，瞧著熱鬧。

沈蘭溪看了兩眼，收回視線，正要轉身回府，卻聽得一陣腳步聲。

她回頭，就見趙五水跑了回來。

「小人趙五水，有事請教夫人。」瞧著似是有些緊張，深呼吸了兩下。

沈蘭溪收了他的禮，此時也不好不理，半身倚在門上，似是解悶的消遣，隨意道：「說吧。」

「小人想當石頭寨的族長，夫人覺得如何？」趙五水屏著氣息問，聲線繃得緊。

沈蘭溪汗顏，這是將她當作良師了？最重要的是，沒人告訴他，她替人解惑是要收銀子的嗎?!

第三十四章

沈蘭溪上下打量他一瞬，歪著頭有些洩氣，這人怕是窮得只剩他自己了……罷了，她就當今日結善緣，當一回沈大善人吧！

趙五水雖低著頭，但也能感覺到那雙明亮的視線在他身上轉了兩圈，頓時緊張的吞了吞口水，手腳侷促得不知往哪裡擺。

沈蘭溪心裡嘆息一聲，耐著性子問道：「可有人阻擋你？」

趙五水抬頭，有些摸不清她話裡意思，緩緩搖了搖頭，有些難言的低聲道：「只是這事難做。」

那落在他身上的目光半分都沒詫異，清淡又平靜。「若是簡單，人人都做得，又有何稀罕？你又何必困擾，在這兒與我請教？這世間千萬種事，有為生計，也有為鴻鵠之志，有為自個兒，也有為家族門楣，但無論哪般，要做好，先得是情願。

「你既生了這個念頭，便是去試試又何妨？本就是身處低谷，再差也只是跌落回來，何所懼？」沈蘭溪說得緩慢，瞧那雙沈沈的眼生了點點星光，突生幾分瞧見人迷途知返的感慨。「頭一回見你時，你說賺的銀子填了當官的錢袋，那夜也只匆忙與你說一句，那些銀子並非是肖大人或祝大人所拿，而是供養得那些族長肚大腰圓。族長之事，官府不便插手，土司人選，那是寨子裡的百姓選出來的，你既知曉百姓日之艱難，想來必不會與那些族長同流合污、沆瀣一氣，說句徇私的話，祝大人需要你這般的土司，成都府的百姓需要你這樣的族長。」

分明是細雨霏霏的冷天，趙五水心裡卻燃起一團火。他是被需要的……

黝黑的面上漸漸出現堅定，那腦袋重重點了兩下，趙五水胸口鼓鼓，沈沈的呼出兩口氣才道：「夫人既這般說，那小的便試上一試。」

站了小片刻，沈蘭溪已覺得身子乏累，聞言頷首，隨意叮囑一句。「若是有拿不準的事，可去尋我家郎君問，要記得一點，行事要對得住自己良心，守得住大贏律例。」

沒犯得大錯，釀得大禍，迷途知返還是好孩子。

趙五水連連點頭。「小人記下了，多謝夫人。」

沈蘭溪毫不謙遜的收了這句謝，回去繼續給那遠在京城、心裡打鼓的姑娘回信。

這次倒是俐落許多，手執筆，在宣紙上落下「可以」二字。

元寶是她在這個朝代相伴最久的人，也是頭一個真心相待之人，她當她是工作的員工，也當她是妹妹，事無鉅細的叮囑一遍，只差把「不放心」三個字明晃晃的寫上去。

吹乾墨跡，裝了信封，拿給綠嬈。「明日送出去吧。」

「是，娘子。」綠嬈接過收好，又問：「娘子，那些野兔要如何處置？」

沈蘭溪用熱水淨了手。「先養著吧，且有用處呢。」

「是。」綠嬈屈膝退下，行至門外，碰到下值回來的祝煊，又行禮。「郎君。」

祝煊「嗯」了一聲，徑直入了屋。

晚上用飯時，祝允澄晃著腦袋與沈蘭溪講起學堂裡的事，嘰嘰喳喳的，後忽地道：「春哥兒說他明日不上學堂了，日後要跟著父親做事。」

這話說得，不無豔羨。

沈蘭溪只裝作沒聽出他話裡的意思，側頭揶揄祝煊。「喲，郎君這是收學生了？」

祝煊正端著碗喝湯，聞言垂眸瞧她一眼，漫不經心道：「怎的，妳也想當我的學生？」

語氣分明是平靜的，便是連個漣漪也無，但沈蘭溪卻被這句微涼的話撩撥得臉紅，腦子裡不自覺的閃過那當人學生的事，挨過板子，也被逗弄過，都讓人羞臊。

祝允澄沒察覺不對，聽得這話，連忙道：「我也要，父親，我也想與春哥兒一樣！」

他也不想聽先生講那些之乎者也的道理，他想與春哥兒一般，跟著他父親去田裡捉魚、插秧苗，這比在學堂快活多啦！

祝煊睨他一眼，壓住那躍躍欲試的小孩。「老實待著，好生跟著先生讀書，月末我會教考你。」

祝允澄頓時喪氣了，氣呼呼的扒著碗裡的飯。

沈蘭溪也安分了，乖乖喝湯，避開他看過來的眼神。

夜空疊著烏雲，城門難民營裡，眾人用過晚飯後便準備就寢，白日裡鬧哄哄的聲音漸漸消停。

桃兒今日吃了很多肉，還吃到了糖，夜裡睡著都是咧著嘴笑著的，只那睡姿極不規矩，整個人橫了過來，腦袋扎進李二暖烘烘的腰腹裡，雙腳踹在趙五水腰間。

本就心神激動睡不著的人，被他這一踹，僅有的一點瞌睡蟲瞬間都跑了，索性起身出了帳。帳簾剛掀起，忽地，眼前閃過一道黑影。

不等他定睛瞧個仔細，又閃過一道。

有賊？趙五水瞬間閃回到營帳裡，搖醒了距離最近的一個兄弟。

「醒醒，別睡了！」

「大哥？」那人睡眼惺忪，迷迷糊糊的喊了一聲，動靜不大，卻將帳中的人都驚醒了。

「大哥，出了何事？」李二一骨碌坐起，快速穿好鞋，抓著還睡得迷糊的桃兒就要跟上。

「外面似有賊人，動作很快，不知道對方有多少人。」趙五水低聲吩咐李二。「你帶老五和老七去找守城門的人，動作輕點。剩下的，就近去叫醒帳中睡著的，別鬧太大動靜，若是與那賊人撞上，先護著自個兒性命，記著了嗎？」

「是，大哥！」

李二把桃兒放下，帶著老五和老七迅速閃了出去。

趙五水帶著剩下的人也出了帳，眾人分開進了旁邊相隔幾步遠的營帳。

不過片刻，外面忽地喧鬧聲起，伴隨著幾聲尖叫。

趙五水眉心一跳，趕忙出了帳，卻見住著婦人的那邊已漫起火光，濃濃黑煙燻天。

「快救火啊！走水了！」趙五水此時也顧不得許多，吆喝一嗓子便往那邊跑，正好迎面撞見掠著七、八個女人的黑衣人出來，女人被捂著嘴，頭髮凌亂，衣裳輕薄，有的甚至身上只著肚兜，個個嚇得魂不附體。

兩廂齊齊頓住腳步。

趙五水神色一凜，頭皮發麻。那腰間閃著銀光的刀，他沒有……

黑衣人瞧見人來，打頭的那人眼睛一瞇，打了個手勢，握著刀朝趙五水衝了過去，身後帶著女人的幾人趁勢轉身就跑。

幾乎是瞬間，身後腳步聲陸續跑來，趙五水大吼一聲「去追」，自個兒赤手空拳迎了上去，一群人一窩蜂的衝著追上去，桃兒沒跟，跑去一側找了根晚上搭火剩下的木棍，舉著便朝那邊纏鬥的兩人跑去。

「賊人速速給小爺死！」

赤手空拳終是不敵手握白刃，只幾個招式，趙五水手臂上已然被劃了兩道，衣裳破了，皮肉外翻，眼瞧著第三刀就要落在他脖頸上，手臂粗的木棍招呼了過來，撞上那染了血的刀。

「砰」的一聲，半截木頭在地上滾了兩圈，桃兒瞧著手裡只剩小臂長的木棍傻了眼。

這刀也太鋒利了吧，若是砍在腦袋上，想來死的不會太疼……

趙五水雙目赤紅，把那被嚇傻的小孩一腳踹走，大吼一聲，迎著再次揮過來的刀撲了上去。他全身冒著熱氣，一身腱子肉緊繃，生生將那人撲翻在地，肩上湧出血來，但他像是絲毫不覺，壓著那人一拳一拳的揍，似是瘋魔一般。

眼瞧著那賊人被他揍得口鼻冒血，弄濕臉上的黑布巾，沈沈的腳步聲從身後傳來。

桃兒從地上爬起來，哭叫著指著前面。「他們、他們在前面，快去！」

十幾個侍衛趕忙往前跑，只留下兩人去把被趙五水壓著打的賊人抓了起來。

「大哥！」李二趕忙去扶人。

「嗚嗚嗚……大哥……」桃兒也瘸著腿跑了過來，他沒見過這陣仗，嚇得都打起了哭嗝。

趙五水渾身汗濕，整個人像是剛從水裡爬出來似的，神經忽然鬆懈，腿腳開始發軟，腦子嗡嗡嗡的，雙目愣直。

「大哥……大哥……」桃兒瘦弱，攙不住他，整個人隨著他一同跌坐在地，哭得鼻頭都紅了。

李二在他腦袋上重重揉了一把，吩咐道：「別哭了，去取點水來，再去要點傷藥。」

桃兒「嗯」了一聲，站起身來，邊跑邊哭。

營帳被燒毀五、六頂，終是滅了火，好在裡面的人睡得不熟，沒有傷亡。

趙五水去追賊人的一眾兄弟，五人負傷，萬幸的是無性命之憂，賊人被捉了兩個，掠走的女人也只救回來兩個。

動靜鬧得大，驚動了臨近城門口的百姓，不少人圍過來瞧熱鬧。不過片刻，肖萍也趕來了，隨行的還有祝煊，只後者臉色黑得如同潑了墨。

十幾個侍衛跪在地上，面色難堪。

好半晌，一道聲音打破沈寂，卻如同讓這四周結了冰。

「守夜者是誰，滾出來！」

話音剛落，跪著的人裡滾出來五個，剛一動，夜風吹過，一股酒氣散了開來。

肖萍臉黑了一瞬，側頭去瞧祝煊，那臉色還是與他家鍋底一般顏色。

「大人，是小的放鬆了警惕，請大人恕罪。」其中一人埋著頭求饒道。

祝煊的語氣像是蘊藏了黑沈沈的雲。「吃酒了？」

聞言，幾人渾身一抖，噤若寒蟬，誰都沒敢再出聲。

「回話！」祝煊厲聲一句。

「大、大人，今夜是小的生辰，小的家鄉有生辰飲一杯酒，來年無災無痛的說法，是以——」低垂著的腦袋險些觸到了地，聲音也越來越抖。

「來人，上刑杖！」祝煊毫不留情的打斷他的話。

肖萍眉心一跳，小聲開口。「正卿……」

祝煊恍若沒聽見那略顯遲疑、小聲求情的一聲，面若寒冰。「杖四十，即刻行刑。」

「這……」肖萍想著是不是有些多了？

那五人不等求饒，就被扣在了刑凳上，厚重的板子帶著風招呼在身後。此處分明站著許多人，此刻卻靜得只能聽見風聲和那痛得悶哼聲。

四十下杖完，幾人緩了片刻，才起身與祝煊叩頭。

祝煊面色依舊沈，垂著眼瞧向那過生辰的人。「知曉為何杖你四十嗎？」

「小人不該喝酒誤事，小人知錯了。」那人跪著，疼得面色發白，唇無血色，額上布滿汗珠。

祝煊定定瞧他幾眼，冷聲開口。「杖四十，其一，為你守夜之過。其二，為你貪心不足，既是生辰有此說法，更該早早與人換值，你既想拿守夜的銀子，又想過生辰，哪有兩全之事？其三，你自己吃酒，還分與同樣守夜的幾人，將本官的命令當作耳旁風，麻痺大意，玩忽職守。其四，為那被擄走的幾位女子。」

這幾人是趙義先前送來的，自那日知曉揚州知府的人來，他便將人派了出來，輪值守夜，原以為占了先機，卻不料——

他是想將事情鬧大，官府能名正言順的插手雲香寨的事，但從未想過要踩著誰的屍首，沾了誰的血去做此事。

「你們同罰，覺得冤嗎？」祝煊又瞧向另外四人。

沒吭聲，那便是不服的。

「為將者，必要心志堅定，旁人三兩句便能哄得你們忘記身上的職責，如此，挨四十杖還覺得冤枉嗎？」祝煊淡淡道。

說罷，也不再理會這幾人，轉身往另一側的營帳走。

肖萍自覺跟上，路過瞧熱鬧的百姓時，擺了擺手，道：「都散了吧，回去歇息，莫在這兒耽誤工夫了。」

得了稟報，他們來時，順便去醫館找了大夫一同過來，此時正在營中瞧傷，祝煊兩人進去時，恰好那大夫診完。

「如何？」肖萍問。

「還好，都是皮肉傷，已上了藥，仔細養著就是。」大夫起身，又指了縮在牆角淚眼汪汪的小孩道：「只那個，傷了筋骨，得臥床休養，免得日後落了病根，一到變天就疼，那才受罪呢。」

趙五水眼皮抽了下，垂著腦袋，面色窘迫。

當時他情急之下，生怕刀劍無眼傷了桃兒，瞧他傻愣愣的站那兒，只是想把他踢開些，誰知這一腳竟給人踢得斷了腿……

桃兒抱著自己被綁了木板的小腿，聞言又要哭。

李二趕忙往他嘴裡塞了塊糖，問：「甜不甜？」

聞言，桃兒含著糖點頭。「甜。」

這一打岔，他忘了哭，仔細嚐著嘴裡的甜味，甚是滿足。

「多謝大夫，我讓人隨您去拿藥。」一肖萍不盡感激道，轉頭又吩咐床上傷者。「今夜之事多虧你們了，先歇著，有事喊一聲，明兒給你們燉肉。」

肉啊！桃兒眼睛亮了，咬著甜滋滋的糖，吸了吸鼻子，心想這當官的還挺好！

甫一出帳，阿年上前向祝煊稟報道：「郎君，那幾個賊人沒捉到，但是派去雲香寨的人說，夜裡寨子並無異動。」

「時辰不長，城門關著，他們此時應還在城中，再讓人去查，把各個寨子的通處都讓人守好了，臨近營帳處的地方要仔細搜，百姓儲菜的地窖、豬圈、馬廄都要搜仔細。」祝煊道：「若是遇見，救人要緊。」

「是！」

沈蘭溪醒來時，旁邊的被褥是涼的，昨兒半夜出去的人一夜未歸。

綠嬈進來伺候她梳洗、穿衣，阿芙帶人擺膳，有默契得很。

填飽肚子後，沈蘭溪才問：「可聽聞昨夜出了何事？」

「好像是難民營那邊出了事，有賊人闖入，動靜很大，說是連營帳都燒了，火光照亮了半邊天，還有好些女子被賊人擄走了，生死不知。」綠嬈邊說，邊端了茶盞來給她漱口。

沈蘭溪點點頭。「一會兒妳送些吃食糕點去府衙吧，順便把我昨兒給元寶寫的回信送出去。」話音一頓，又補了一句。「帶個人一同去，路上仔細些。」

「是。」綠嬈應了聲。「娘子要吃甜涼粉嗎，婢子回來給您帶？」

沈蘭溪笑了一聲，戳破道：「是妳想吃吧。」

綠嬈先前並不貪嘴，且每月的例銀也只有那些，每月給爹娘一些，留在身上的越發少了。但自從在沈蘭溪身邊伺候，每日吃食很好，時日長了，嘴巴也挑剔了，府中四季還發應季的衣裳、髮釵耳鐺，手裡的銀子就難免填了這張嘴。

「我要兩份，給澄哥兒一份，妳去問問阿芙他們幾個要不要吃，銀錢從我帳上拿。」沈蘭溪大方道。

「多謝娘子！」綠嬈屈膝道謝，笑盈盈的躬身出了屋。

用過飯，綠嬈便出門了。

正屋敞著門，沈蘭溪靠在迎枕上翻看話本子，忽地眼前變得恍惚，印刷的字變成一排排海浪一般，扭曲著晃動。

她搖搖腦袋，頭上步搖甩在臉上，微微的刺痛讓她清醒了一瞬，繼而眼皮沈沈，似是要昏睡過去。沒染蔻丹的指甲，像極了一顆顆粉潤的珍珠，卻是用力掐在柔嫩的掌心，白皙的掌中瞬間出現幾個彎彎的月牙印。

沈蘭溪微微張嘴，剛想出聲，整個人軟得似是飄在了雲端，就連掌心的疼都感覺不到了。

哎呀，要完……一雙眸子努力掙扎了一下，還是沈沈的合上了。

某處小屋，門上鏽跡斑斑的鎖被打開，吱呀一聲，門被推開，迎面而來的霉味撲了人一臉，裡面潮濕陰冷得很。

「去拿麻繩來。」前面戴帽的男人低聲道。

「是。」跟在後面的人立刻折身往外走。

男人側身，把扛著麻袋的兩人讓進去，關上門，點亮一盞燭臺。

兩個麻袋解開，各自揪出一人。

髮髻散了，衣裳亂了，像是一團泥躺著。

「將人綁在椅子上，隔開一些。」那人又道。

「是。」兩人應聲，各自抱起揪出來的女子往椅子上放，掏出布巾堵住她們的嘴。

適時，門外響起一道聲音。「大哥，麻繩找來了。」

「進來。」

粗糙的麻繩纏住手腕和腳，瞧見月白輕衫下微微凸起的孕肚時，那人停了手。

「大哥，她有孕在身，腰腹不便纏了。」他回頭道。

那人摘了帽，抬手擦了擦頭上的汗，褐色的臉上一道凸起的疤痕，從眼尾到唇角，瞧著駭人。

聞言，他沒出聲，打量的視線落在沈蘭溪身上。

中了迷藥，活似睡著一般，皮膚很白，透著淡淡的粉色。衣裳不張揚，料子卻很講究，饒是燭火昏暗，也能瞧出上面振翅似的蝶是用銀絲勾勒而成，隨便一瞧便知這是被那官人藏在屋裡嬌寵著的。

男人喉結滾動兩下，逸出一聲「嗯」。

燭臺沒滅，門打開又闔上，腳步聲漸漸遠去，只門口留下兩人。

小黑屋裡很安靜，這時一人悠悠轉醒。

「啊！」

一聲悶響，什麼東西滾到了地上。

不等外面守門的人側耳聽個仔細，裡面突然爆出一聲怒斥。

「狗東西！綁人綁到老娘頭上了？給老娘鬆開，看今兒不打得你們屁滾尿流！」

真剽悍……門外兩人面面相覷。

「不是堵住嘴了嗎？」

「是啊，用阿三和阿四的擦汗巾堵的。」

「混帳玩意兒，滾進來！在門口嘀嘀咕咕什麼呢？當老娘耳聾聽不見？綁老娘就算了，你們這些狗都嫌的東西，竟是連祝大人的家眷都敢一同綁了，真是給自家老祖宗丟臉！」

裡面罵聲不止，門口的兩人默默對視。

「要不進去看看？」

又是吱呀一聲，門開了，屋外還不如屋裡亮堂，走了兩步，腳邊有一坨軟布，赫然是他們方才說的擦汗巾。

兩人腳步一滯，有些傻眼，不等其中一人彎腰去撿，又一坨軟布落到地上。

只見那方才還閉著的眸子，不知何時睜開了，不見慌張，只瞧那櫻桃似的唇張合兩下，吐出一句讓人臊的話。

「嘖，真臭。」毫不掩飾的嫌棄。

瞧著那人撿起布巾，脹紅著臉要往沈蘭溪嘴裡塞，後者腦袋偏了下，避開那髒東西。

「滾開，我不塞。」聲音不含重量，卻莫名讓人停下動作。

「由不得妳！」那人凶道。

沈蘭溪歪了歪腦袋，朝他瞧去，那唇一張一合，能將人氣死。

「由得著你嗎？」

不等他答，她又道：「那你將我殺了吧，我不想活了。」

那人瞬間身形一僵，顯然沒料到她會說這話，有些崩潰，那明顯的神色變化，自是沒逃過沈蘭溪的眼睛。

不為取她性命啊！她頓時心安了許多。

聞言，白仙來嚇了一跳，趕忙勸道：「沈妹子，別說這話——」活一世不易，得好好活著才是啊。

「姊姊不知，」沈蘭溪說著垂下頭，含著哭腔道：「世家貴胄對女子的貞潔極為嚴苛，我今兒被賊人擄了來，在家族眾人眼中，我都是失了貞的女人，若是死在這兒還能得一貞烈的名聲，且不必遭那些被欺辱的罪，於我是幸事。但若是承蒙大人搭救，出了這屋子，莫說我這官夫人當不成了，就是這腹中孩子也會一世蒙羞，受人辱罵，何苦來哉？還不如求得一死，讓她來世托生個好人家。」

那人忽地手軟了，有些踟躕，不知所措。

沈蘭溪眼角餘光注意著那兩人的神色、動作，吸了吸鼻子，似是在努力壓抑哭泣聲，只那唇角卻是不自覺的彎起。

還是個心慈手軟的賊啊……

白仙來被她說得愁雲慘霧，同為女子，她知曉這世道對女子的苛刻，安慰道：「別瞎想，祝大人對妳那般好，怎會棄妳？再者，妳腹中還有孩子不是，那是他祝二郎的親生骨肉，虎毒還不食子呢，他不會那麼狠心的……」

那兩人連連點頭，巾帕塞回了自己衣袋裡。

沈蘭溪依舊沒抬頭，又是一聲抽噎，搖頭道：「姊姊這話差矣，我可以為他生兒育女，旁人自也可以，我若得了貞烈之名，於夫家也面上有光，旁人說起他那繼室，都會讚嘆一句貞烈，而不是說三道四的指指點點，男人對仕途瞧得多緊要啊，哪裡容得下我這般污點，平白給人留下話柄。」

「妳別這麼想，什麼貞烈都是身後名，哪有活著好啊？」白仙來甚是心急，覺她不似往常，將事情想得太過悲觀，只她嘴笨，反駁一句便說不出什麼話來了。

沈蘭溪軟硬皆施，忽地抬眼瞧向默默往外走的兩人，又恢復了世家夫人的金貴氣度，一副士可殺不可辱的架勢。

「你們既是做得了主，便用那刀送我一程吧。」沈蘭溪語氣沈著。「待我到了閻王殿，也會與閻王訴說你們的功德的。」

話音剛落，她又兀自反駁。「哦，等一下，我先誦一段經文，也好積攢些陰德，黃泉路上好走些。」

這話如何聽都覺得後背發涼，兩人瞧她一眼，「啪」的一聲關上門。

安靜不過一瞬，裡面傳來了低吟似的一句「南無阿彌陀佛」，似是真的在誦經，只後面便只聞得喃喃音，聽不大真切。

越是聽不清，越發讓人頭皮發麻，膀胱發緊。

兩人捱了不過一盞茶的工夫，終是忍不住了，不動聲色的往外挪了挪腳，曲徑通幽，十幾步後，依舊黑得不見五指。

「這娘兒們，邪門得緊！」一人低聲道。

「要不你先在這兒守著，我去找大哥來？」另一人問。

屋子裡，沈蘭溪碎碎唸的都要把自己哄睡著了，睏倦的打了個呵欠。

白仙來一臉緊張的看著她，怕外面的人聽見，小聲道：「沈妹子，妳聽我說，妳家大人是疼妳的，可別想著尋死，人在這世上走一遭，雖是難，但也有高興的不是？妳看妳，身上這些漂亮衣裳，戴著的玉鐲金釵，哪樣不讓人羨慕？還有，澄哥兒那孩子多好啊，放學回來還不忘給妳買零嘴。妳是有福氣之人，可別說什麼死不死的話，妳信我，妳會長命百歲的……」

沈蘭溪張了張嘴，也沒法與她說，方才那番尋死覓活的話實為試探。

她沈二娘惜命得緊，哪裡願意將富貴命扔出去，獨身去走那黃泉路？不過眼下瞧這些人也不是為財，不傷及性命，不貪圖錢財，再想上午綠嬈說的昨夜事，甚是好猜啊。

「好，二娘聽姊姊的。」沈蘭溪軟聲道，決心將戲演到底。

得她這一句，白仙來頓時放下心來，嘟囔道：「也不知我家那個何時能發現我是被擄了，而不是自己出門了……」

沈蘭溪無語。那還是指望綠嬈或阿芙進屋發現她不在吧。

巳時三刻，綠嬈辦完沈蘭溪交代的事，提著沈手的甜涼粉回來，卻沒瞧見人。

「阿芙，娘子呢？」綠嬈將甜涼粉放在桌上，折身出了門，恰好遇見端著梨湯從廚房過來的阿芙。

阿芙被她這話問得一愣。「妳出去後，少夫人便沒出來，不在屋內嗎？」

兩人對視一瞬，皆腳步匆忙的進了正房，依舊不見沈蘭溪人影。在府裡找了一圈，門口的小廝也道沒瞧見沈蘭溪出門。

綠嬈不敢耽擱，連忙牽了馬奔去府衙，她方才剛來過，門口的侍衛見了人也沒攔，將她放了進去。

「郎君，娘子不見了！」綠嬈熟門熟路的提著裙襬跑進院子，不等阿年通稟，便急急喊出了口，眼眶發紅，險些哭了出來。

方才坐下喘口氣的人，聞言幾步出了屋子，只覺頭上的日頭晃得人頭暈耳鳴。

「什麼？」祝煊面色發白，簷下聒噪的鳥叫聲都在這一瞬聽不見了。

「娘子不見了！婢子方才回去，沒瞧見娘子，裡外尋了一遍也不見人影，門口的人說沒瞧見娘子出去。」綠嬈語速飛快。

「喊人，即刻去尋！」祝煊聲音發了慌，腳下步子也亂，行至院門時，忽地被門檻絆了腳，哪裡還有半分君子之度？

饒是阿年眼疾手快的去抓，也抓了個空，趕忙上前將人扶起。「郎君——」

「不礙事，快去讓人尋！」祝煊撥開他的手往外走，似是踩在了雲端，絲毫顧不得身上沾染的塵土。

肖春廿落後幾步，飛快跑去隔壁喊他父親。

「只有府衙裡的幾個人不夠，去找趙義調人馬。」肖萍當機立斷道，又安慰祝煊。「正卿你別慌，弟妹既是在府中失蹤的，那便是賊人混進了府，昨夜那事在前，咱們大張旗鼓的抓人在後，八九不離十是那夥人狗急跳牆劫走了弟妹，眼下他們難逃，是有求於我們，你且安心，弟妹不會有性命之憂。」

祝煊瞧著直愣愣的，一雙眸子失了焦，臉上也不見血色。「她會好好的，是嗎？」輕飄飄的一句，似是失了魂。

肖萍瞧他這般模樣，心裡難受，一掌拍在他肩上，重重道：「是。」

幾人剛出府衙，一個梳著雙丫髻的稚童跑上前來，睜著一雙大眼睛瞧祝煊，奶聲奶氣的問：「這裡還有比你長得好看的阿兄嗎？」

祝煊恍若未聞，轉身便往回家的方向走，被肖萍拉了一下。

「妳有何事？」肖萍彎腰問那小孩。

小孩瞧瞧他，又瞧瞧祝煊，從腰間的荷包裡拿出一張小紙條，遞給肖萍。「有人讓我將這個交給衙門裡長得最好看的阿兄，阿叔幫我給吧，我要去玩了。」

說罷，捂著小荷包跑走了。

肖萍神色一動，伸手接過，慌忙打開，一目三行的瞧了幾眼，趕忙去抓身邊的人。「正卿，你看！」

城內被翻了個底朝天，街上駕馬而過者匆匆，小黑屋裡卻是靜謐得很。

直至……啪！

門被一把推開，聽見動靜，沈蘭溪睜開惺忪的睡眼。「要吃飯了嗎？」

這話如何聽都透著股不諳世事的天真，只這般境況下，顯得甚是愚蠢。

進來的人腳步一滯，隨即又不動聲色的靠近。「吃飯？小娘子還是去閻王殿裡吃吧。」

那人仔細看著那張素面桃腮上的神色，卻只聽得一聲滿不在乎的「哦」，下一瞬，那一雙清凌凌的眼朝他看來。

「那你送我上路吧，我餓了。」沈蘭溪道。

那人眯了眯眼，唰的一聲抽出身上的佩刀，刀光晃人眼。

他一步步靠近，握著刀的手剛要抬起，就見那纖細的脖頸揚起，甚至往前湊了湊。

他握刀的手頓時緊了緊，她莫不是真的不想活了？

兩人視線相對，沈蘭溪坦然得真像是要去吃飯一般，那人眼中的疑惑一閃而過。

「混帳！別碰她！」白仙來怒目圓睜，掙扎得厲害，拖著椅子往沈蘭溪那邊靠，木椅摩擦過地面的聲音十分刺耳。

那男人側眼看來，從她臉上瞧見了慌張與害怕。

看，這才是正常人。
這個長得好看的……怕不是腦子不好吧?!

第三十五章

唰的一聲，刀回了鞘，那人避開沈蘭溪明顯失望的眸子，冷聲道：「想死？沒那麼容易。」

沈蘭溪隨意「哦」了聲，一點都沒有被綁的自覺，支使道：「去擺膳，我餓了。」

男人嘴角一抽，瞪她一眼，那雙漂亮的眸子也瞧著他。

深吸口氣，轉身往門口走去，吩咐了句。「去端飯來。」

話音剛落，一道嬌聲響起。「還要一件披風，我冷。」

男人忍無可忍的回頭瞅她。

沈蘭溪一臉無辜，理直氣壯。「這般瞧我做甚，我冷啊。」

男人翻了個白眼，收回視線，對門外的人道：「去拿。」

「是。」

沈蘭溪順著那敞開的門縫往外瞧，黑漆漆的一片。

但她吃飯向來準時，眼下絕不過晌午，屋裡陰冷，潮氣自腳底往上竄，約莫這是什麼地道或地窖，也不知祝煊能不能找到她……

男人似是不願搭理人，沈蘭溪也餓著肚子不想說話，屋裡倒是難得的一片祥和。

片刻後，兩人敲門進來，手上端著飯菜，豆腐、青菜還有一碗米飯。

沈蘭溪失望的嘆了口氣，沒發現旁邊的白仙來突然瞪圓了眼。

「吃吧。」端飯菜來的人語氣不好，顯然是覺得她麻煩。

沈蘭溪掀起眼皮瞧他，也沒好氣。「用你的手吃嗎？」

那人方要回嘴，卻又嚥下了到嘴邊的話。她確實「沒手」吃啊。

坐在燭臺邊的男人聽見沈蘭溪開口，腦袋就嗡嗡嗡的，不耐煩的側頭道：「給她解開吧。」

他守在這兒，也不怕她手無縛雞之力的跑了。

手上的麻繩被解開，沈蘭溪揉了揉手臂，這才拿起筷箸用飯，清淡得像是白水煮的一般，她無甚食慾，卻還是委屈自己將就著吃了點。一旁的白仙來倒是吃完了，只那神色不好，瞧著欲言又止。

直至披風拿來，沈蘭溪瞳孔震了下，又不動聲色的垂著頭聞了聞蓋在身上的黑色披風。

妙香……靈西寺……

沈蘭溪深吸口氣，只這披風上原本讓人靜心凝神的香氣，此時聞著卻讓人躁得很。接受百姓香火供奉，卻是為虎作倀，做著害人的事！

神佛眼皮底下，他們怎敢?!

沈蘭溪閉了閉眼，呼出一股濁氣，心裡憋悶。

「睡著了？」燭臺旁邊的男人忽地出聲，又吩咐旁邊的人。「將碗筷撤了，去綁上。」

話音剛落，不等那得了命令的人走過來，沈蘭溪抬起頭，頗為嫌棄道：「怕我跑了？那你也太無用了些。」

激人的話，倒是好用得很。

男人冷哼一聲，給那人使了個眼色。「對付妳，老子綽綽有餘。」

沈蘭溪不理他這猖狂的話，彎腰將腳上的麻繩也解開，對上旁邊瞧來的視線，無辜又無害的道：「怎麼，還得我讓你兩隻腳？」

男人胸口一哽，被堵得說不出話來。

白仙來瞧著她的動作有些發愣，還能這樣?!

沈蘭溪側頭，鼓動道：「阿姊也解開那麻繩吧，綁著身子累得緊，左右人家屋裡屋外都是人，也不怕咱們跑。」

說罷，瞧向那咬牙切齒的男人，故意問：「是吧？」

男人側開眼，不願再瞧她。

兩人手腳都解開，沈蘭溪活動了下身子，旁邊的人盯著她，不敢錯開一眼。

手腳都舒坦了，沈蘭溪才又蓋著披風坐回椅子上，只靜坐了片刻，又出聲。「我要喝茶。」

話音稍頓，抱怨似的小聲道：「你們也忒不自覺了些，用過飯也不上茶，還得客人自己要，沒禮貌。」
旁邊立著的人被使喚得有些崩潰，氣道：「妳算什麼客人？妳是被我們擄來的啊！」
沈蘭溪「哦」了一聲。「那你們擄我做甚？」
那人剛要開口，又立即閉上，憤憤的瞪她一眼。
瞧他不言語，沈蘭溪輕笑一聲，靠在椅背上，手指敲了兩下扶手，道：「用我威脅我家大人，讓我猜猜……」
那男人瞧了過來。
她從容道：「是想讓我家大人替你們尋那出走的知府小妾，還是想放你們一條生路？」
男人的臉色霎時變得難看。
沈蘭溪也瞧著他，卻是勾唇輕笑，緩緩道：「如此瞧，是兩者皆有啊。」
她說著，狀似無奈。「何必如此麻煩呢？那小妾要走，便讓她走好了，你們出生入死的將人抓回去，也不過讓那知府將人折磨致死罷了，如此，你們還損了陰德，得不償失啊。」
「妳說得輕巧，那我們如何覆命啊？」立在旁邊的人語氣不爽的懟了一句。
「二虎！」那坐著的男人厲聲呵斥一句。「你出去！」
那人又瞪了沈蘭溪一眼，這才開門出去。
「端杯淡茶來，渴了。」沈蘭溪慢悠悠的補了一句。
黑色披風下，她的手一下下的輕拍著孕肚，安撫著裡面沒吃到肉鬧脾氣的小孩，恍若沒察覺到落在她身上的那道視線。

「繼續說。」男人道。

沈蘭溪抬頭。「渴了。」

「拿水來。」男人側頭朝門外喊了一句。

得了這話，沈蘭溪似是才滿意了。「你們主子讓你們來找人，也不過是跌了面子，或是沒玩夠罷了，你們帶一個更貌美的女子回去不就行了？男人哪，哪有那般長情，所有的恩寵也不過一時，玩夠了便棄了。但若是得到新玩具，那沒玩夠的舊玩具也自是沒了趣。你們只想著覆命，卻不知如何籠絡主子、做得更好，也難怪這費力不討好的差事落在你們幾個頭上。」

這邊沈蘭溪徐徐誘之，那廂祝煊險些翻了城。

瞧著已近昏黃，人還沒有找到。

「郎君，城內都搜了一遍，這……」阿年吞吞吐吐，面色為難。

外面的人從昨夜便開始尋了，都乏累了……

肖萍瞧那木愣的人一眼，有些不忍，剛想開口，外面又一道腳步聲逼近。

「大人，外面有人說，她知道祝夫人在哪兒！」

砰！膝蓋磕在案桌上，帶得那案桌移了位置，祝煊卻絲毫不覺，大步出了屋。外面等著的人聞聲瞧來，冪籬上的白紗被風吹起一角，露出了下頷。

「閣下……」祝煊急急開口。

「裴紫衣，見過祝大人。」女人微微拱手。「大人若是信得過，便隨我來。」

一隊人馬，披著橙黃落日的光，駕馬往城西高聳處去，馬蹄聲脆響，似是踩在了誰的心上。

為首的郎君面容肅冷，擔心與焦急盡顯。裴紫衣隨在祝煊左後側，瞧了眼，收回視線，白紗下的嘴角卻緩緩勾起。

那孩子，想來是過得不錯……如此，便足矣。

夜裡的靈西寺不見燈火，莊穆非常，香客早已離去，大門緊閉。

一陣動靜後，寺廟被包圍了，蒼蠅也難飛出去。

祝煊翻身下馬，一腳踢開門，不等小沙彌聞聲前來，他手一抬，道：「仔細搜！」

「是，大人！」

踢踢踏踏的聲音，驚動了後面休息的眾僧和方丈。

「施主這是——」方丈踱步上前問。

話沒說完，脖頸上橫了一柄軟劍，帶著主人身上的溫熱。

祝煊一張臉難看得可怕，一字一句似是從地獄閻羅裡滾出來的。「方丈還是閉嘴的好。」

肖萍與祝煊共事幾月，見慣了他君子的一面，直至今日才瞧見君子皮囊下的另一面，令人望而生畏。

「稟大人，大殿沒有！」

「稟大人，前殿也沒有！」

「稟大人，法堂沒有！」

接連來報，卻都不是祝煊想聽到的，他腦袋側了下，吩咐阿年。「去，把金佛砸了。」

阿年愣了一下，仔細瞧他臉色。

他家郎君是說真的……

「正、嗝！正卿，不可啊！」肖萍被嚇得打嗝，急急阻攔。「那金殿可是聖祖爺封王時親修的啊！」

若是砸了，他祝二郎饒是皇親貴胄也擔不起啊！

「這寺裡不知藏著多少骯髒事，又沾了多少女郎的血，今兒別說是砸一尊佛像，就是拆了這寺，我也擔得起！」祝煊額上青筋繃著，又喊阿年。「去！」

說罷，他差使旁邊查探回來的人。「去藏經閣，若是還找不到，把那經書通通燒了！」

「是，大人！」

那方丈似是被拿捏到了要緊處，趕忙開口。「大人是在找什麼，老衲可讓寺裡的沙彌一同幫忙尋，只那經書難得，多為孤本，若真是燒了，屬實是世人一大憾事。」

他一動，脖頸上瞬即出現了一道血痕。

祝煊微微側頭，一雙眸子濃得似是暴風雨夜裡的黑，諷笑道：「與我何干？」

金佛砸了，動靜大得嚇人。

眼瞧著藏書閣那邊冒出了火光，眾人皆震驚了，不等前去救火，便被侍衛圍了起來。

「別動！」

不過片刻，濃稠的黑煙升騰，伴著灼烈的火光。

方丈瞧一眼面前似是瘋魔般的人，噝了噝唾沫，終是道：「大人讓人停手吧，老衲帶你過去。」

一棵菩提樹，鬱鬱蔥蔥，坐落在小山下，後開一道門，初始極窄，只通一人，數十步稍寬，伸手不見五指。

陰冷潮濕，曲徑通幽，直至瞧見一豆光亮。

「便是此處了。」方丈停下道。

祝煊手上的軟劍從他脖頸挪開，將人踢給了阿年。「綁了，扔進大牢。」

「是，郎君。」阿年拱手應下，立刻喊了人來。

祝煊剛要往裡走，手臂忽地被拉了一下。

「郎君，當心有詐，小的先進去瞧瞧。」阿年道。

「不必。」

兩人沒多爭讓，守門的人聽得動靜，立刻知會一聲屋裡，朝來人拔刀衝了上來。兵刃相見，祝煊手裡的軟劍見了血，與他先前教祝允澄的招式不同，凶殘得很，招招致命，不等那人反應過來，脖頸噴血倒在地上。

祝煊也不戀戰，徑直往那光亮小屋去。

「砰」的一聲，門開了，裡面的人大眼瞪小眼，時間似是在他們身上靜止了一般，直至那嬌軟的一聲傳來。「郎君～～」

祝煊喉結快速滾動兩下，軟了手也軟了腳，步子虛浮得很，一寸寸朝那椅子上的人挪過去。

手裡的軟劍掉了，他恍若未聞，屈膝半跪在沈蘭溪面前，一雙眼在她臉上挪不開，聲音哽咽。「可還好？」

沈蘭溪瞧出了他的小心翼翼，伸手抱了抱他，視線也在他身上轉。髮冠歪了，衣裳髒了，連手都在抖。

「都好，吃飯了嗎？」

祝煊無語。

肖萍好不容易從刀光劍影中擠了過來，一踏進屋裡，生生停下步子，一雙綠豆眼瞪得渾圓，驚詫出聲。「呀！妳怎的在這兒？」

白仙來無言。我忍！

忍一時風平浪靜，回頭越想越氣！

手裡的飯菜也不香了，白仙來「啪」的一聲把碗筷擱在桌上，抬手就擰上了他的耳朵。

「老娘被擄走一天了，你竟是絲毫沒發覺?!」白仙來惱怒地吼道。

肖萍也不敢掙扎，虛虛握著她擰耳朵的手，想要減輕些痛楚，可憐兮兮的與她解釋。

「我今兒忙著給正卿幫忙，哪裡抽得了身回家？倒是春哥兒，他晌午時回去了，他也沒來跟我說妳不見了，這兒子白養了，回去我與妳一同教訓他！」

把禍水潑向兒子後，肖萍壓低聲音道：「好娘子，在外頭呢，好些人瞧著呢，妳回家再擰成不成？」

白仙來往外瞧了一眼，打鬥停了，那幾個賊人都被摁在了地上，脖子上懸著刀劍。她收回視線，到底是在乎他的臉面，鬆開手，卻是道：「等回家再與你算帳！」

肖萍正了正衣冠，苦著臉。

白仙來看了眼那抱著的兩人，面無表情的收回視線，不過一瞬，又憤憤的在那只顧著給自己拍灰塵的人胳膊上擰了一下。

「啊！哦——」肖萍一聲呼疼悶在喉嚨裡，整個人險些跳起來，哭著臉低聲道：「這又是做甚？」

白仙來不答，氣得又瞪他一眼，要她如何說，她也想被那樣抱著哄?!

膩歪夠了的兩人，總算想起還有旁人在，祝煊伸手要將她打橫抱起，一隻白皙的手落在他手臂上，輕輕的推拒了下。

只見那小娘子坐得筆直，端莊道：「妾能自己走，不勞郎君。」

祝煊眼皮一跳，只當她是在鬧脾氣，低聲輕哄。「別鬧，是我來晚了，這底下陰冷得緊，我先抱妳出去，嗯？」

話音剛落，沈蘭溪已經站起，雙手交握置於小腹前，微微躬身。「郎君先行。」

外面橫著幾具屍身，淌著血。

祝煊不願她髒了腳，沈蘭溪卻要自己走。

原因無他，她想要與他共白頭，也想要他知道，她沈蘭溪不光是與他享富貴，也能與他共患難。

今遭之事，她不怪他。

行至門口，祝煊才瞧見燭臺旁的案桌上趴著一人，旁邊的茶水已冷。

「這是？」他問。

沈蘭溪順著他的視線瞥了一眼，又收回視線，神色淡淡。「哦，他喝了我用荷包裡安神的藥草泡的茶。」

沈蘭溪翻開自己空空的荷包，面色無辜。「用光了，他還得睡兩日。」

祝煊深吸口氣，在她腦袋上揉了下，誇讚道：「做得好。」

肖萍遲疑一瞬，僵硬地抬起胳膊，在身邊的婆娘腦袋上拍了下，一臉誠心誠意。「做得好。」

白仙來走得好好的，腦袋突然挨了一巴掌，胸腔的火氣噌噌噌的冒，咬牙低聲道：「你敢打我？肖、萍！」

肖萍結結巴巴的趕忙解釋。「不、不是，我哪敢……啊！輕點！啊……」

兩道身影一前一後，像是一陣風似的跑過，外面的侍衛張著嘴巴愣了下，又趕忙垂首裝眼瞎。果真是肖大人的娘子，剽悍得很！

沈蘭溪落後祝煊半步，跟著他出了屋子。

「阿年，收拾乾淨。」祝煊吩咐道。

阿年知他這話的意思，拱手應下。「是，郎君。」

祝煊帶著沈蘭溪避開地上的屍身，一步步出了這幽徑。

大殿的佛像砸了個粉碎，藏書閣的火滅了，裡面的經文未損，寺裡不見一個沙彌，月色當空，安靜得很。沈蘭溪也沒問什麼，與祝煊出了寺，兩人共乘一騎，她縮在他胸口，有些睏倦的打了個呵欠，與他訴說自己的委屈。

「他們綁架我，飯菜清湯寡水，沒有肉就算了，還不見油鹽，太難吃了……那個男人警覺得很，我費了好些口舌，都沒能把他策反，最後只能悄悄給他下了點安神易睡的藥，本想著與白阿姊想法子逃出去的，你就來了……」

祝煊擁著她的手緊了緊，微微垂首，在她髮頂吻了下。「對不住，是我沒護好妳。」

沈蘭溪握住他抓著韁繩的手，細語喃喃。「不是，院子守得很緊，只是他們是從肖大人家過來的。」

肖萍清貧，府上只有一個耳聾的粗使婆子在後院伺候，前院一個小廝負責灑掃，平日幹些體力活。院牆低矮，那賊人從後院院牆翻進肖府，能進沈蘭溪的院子，也不過是她挨著肖家的那堵牆塌了，這才被摸了進來。

「……先前想著也不礙事，犯了懶，這才沒修。」沈蘭溪說著又打了個呵欠。「這院牆的事，只有府裡的人知曉，回去怕是得好好盤問一番了。」

那塌了的牆，草長得比墳頭草都高，打眼一瞧看不出什麼，又怎會這般恰好呢？

祝煊「嗯」了聲，眼神卻是暗了暗。昨夜「恰好」守夜侍衛吃醉酒，被賊人進了營，今日又「恰好」從那面塌了的牆爬了進來，這世間哪有這般湊巧的事？

兩人回府時，迎面撞見了騎著自己的小馬駒出來的祝允澄，小孩瞧見他們時，急急勒馬，調頭折返回來，癟著嘴一副要哭模樣。

祝煊放緩動作，等他一瞬，並駕齊驅。

沈蘭溪身上還遮著披風，伸出手在那神色擔憂的小孩頭上摸了下。「呼嚕呼嚕毛，嚇不著～～」

祝允澄聽她哄他，鼻子一酸，險些掉了金豆子，只那哭腔卻是瞞不過人。「他們打妳了？」

不等沈蘭溪答，只聽那小孩又絮絮叨叨的自言自語。「賊人都很壞，綁著人，還不給吃不給喝，若是不聽話，便會挨揍……」

沈蘭溪挑了挑眉。「你被綁過？」

祝允澄剛要開口，卻被一直沒說話的祝煊搶了先。

「是梁王府的英哥兒，他幼時，賊人綁了他，欲要要挾褚睢安，剛出三里地，就被褚睢安駕馬追上了，幸好沒出事。」

說話間，三人到了門口，小廝迎上來牽馬。

府裡的人惴惴不安一日了，綠嬈和阿芙都紅著兩隻眼睛，瞧見人，頓時又是一通哭。

沈蘭溪眨了眨眼，不禁思索，她是不是要陪一個？

「多虧娘子無恙，不然婢子都愧對元寶的囑託。」綠嬈擦了眼淚，哽咽著道：「娘子餓了吧，婢子去給您擺飯。」

時辰不算早，祝家三人梳洗後才坐在一起用飯。

一日沒進食，眼下心裡踏實後，祝煊才感覺餓了，吃飯的動作卻依舊斯文有禮。

兩個時辰後，阿年才帶著人回來，彼時沈蘭溪已睡著，祝煊披著衣衫在書房。

「郎君，昨夜失蹤的女子都找到了，毫髮無傷，小的讓人將她們送回了營地，寺裡的僧人與沙彌一個不落的都帶回了大牢，與那些捉到的賊人分開關押。裴娘子帶著一隊人馬去了雲香寨，那族長沒等事情敗露要逃，就被裴娘子活捉了，眼下寨子裡的人都已控制住了，沒鬧出亂子。」

「嗯，你用過飯去歇息吧，讓阿越來一下。」祝煊道。

「是，郎君。」

不多時，一個小廝打扮的男子在書房外叩門。「郎君喚小的來有何吩咐？」

「有一事交給你去辦。」

夜色深，難民營裡卻是篝火熱鬧。

昨夜遇見賊人，趙五水一眾兄弟挺身而出，這壯舉引得不少人欽佩，你拿五個雞蛋，我拿三張餅子的前去營帳探望，鬧哄哄的沒個消停。

李二嫌煩，將那一波接一波的人擋在帳外，等那些兄弟歇息好了，才在這會兒點了篝火熱鬧一番。

今兒城裡動靜鬧得大，夜裡閒聊，不少人也說起此事，睡了一整日的趙五水倒是方才聽得。

「……說是找到了，在靈西寺。」

「人無礙吧？」趙五水問。

話音剛落，有些人面色古怪的相覷，繼而嗤嗤的笑。「誰知道呢？就算是被碰了身子，那兩位大人難不成還會宣揚出來？」

「要我說啊，那祝夫人長得貌美，那賊人當真能忍——」那人猥瑣話尚未講完，身邊坐著的人忽地站起身來，瞬即，肩膀一痛，整個人被踢飛了出去。

「你——」

「滿嘴噴糞的東西！祝夫人的舌根也是你能嚼的？」趙五水眉目凌厲，哪還有方才推杯換盞時的好說話姿態？

圍坐著的眾人頓時愣住，面面相覷。

「就是！胡言亂語敗壞祝夫人的名聲，明兒我就去官衙狀告，讓你蹲大獄！」桃兒單腳蹦了起來，盛氣凌人。

祝夫人是好人，還給他吃糖了！

李二瞧得眉心一跳，生怕他另一條腿也摔折了，趕忙伸手攙扶著。

方才還熱鬧著，眼下一片死寂。

趙五水掃了他們一眼。「用人家的糧填飽肚子，卻又在這兒造謠生事，敗壞人家聲譽，不要臉的東西。」

「就是，不要臉！」桃兒跟著大聲喊，狐假虎威四個字只差貼在腦門上了。

阿越冷著臉聽完，往那被杖責後下不了床的幾人的營帳走。

黑夜裡，他身如鬼魅，悄無聲息的綁了那幾個人，待外面狼狽收場的喧囂聲靜，剛要伸手拎著那被堵了嘴、五花大綁動彈不得的幾人回府，動作一滯，轉而隻身出了帳。

不多時，一道尖叫聲劃破夜空。

聽這慘叫，阿越冷哼一聲，心滿意足的拍了拍髒了的手，在有人聞聲而來前閃人，提著那幾個肉粽子，悄無聲息的出了難民營。

第三十六章

祝煊怕驚擾後院歇下的沈蘭溪，將人提到前廳審問。

「郎君，我方才去時，聽到了一些話。」阿越也不瞞著，直白的講了方才的事，以及自己將那猥瑣的人打斷一條腿和一條手臂，也老實說了。

祝煊眼裡冒出了些寒光，又在下一瞬隱去。「明日自去領罰，再去與綠嬈領二十兩銀子。」

阿越愣了一瞬，繼而喜上眉梢。「是，郎君。」

他與阿年自幼跟著郎君，自是清楚祝煊這打一巴掌又賞一顆甜棗的意思，他擅作主張，自是該罰，而那二十兩，是郎君賞他替少夫人教訓人。

夏末初秋，夜裡風涼，但也不至於點炭火盆，烘得廳堂裡很悶熱，不多時，那被五花大綁跪著的五人腦袋上便生了汗。

祝煊放下手裡的信箋，這才將視線落在他們身上。

「去將他們的衣裳脫了。」祝煊語氣寒涼。

阿越面色毫無波瀾，上前，也不解他們身上的繩子，粗魯的將那衣裳扯掉，露出皮肉。

不等那幾人覺得體貼，燙得猩紅的烙鐵便到了跟前，頓時皆變了臉色。

嘴被堵住，唔唔的聲音不停，卻是止不住那烙鐵靠近。

祝煊也不假手他人，向來執筆拿書的手，此時舉著沈甸甸的烙鐵，不由分說的貼上昨兒還在過生辰的人的胸口。

一道悶聲隨即響起，不等閃躲，便被人從身後死死抓著。

皮肉燙熟的味道難聞得很，不知是否與沈蘭溪在一起久了，從前進出髒兮兮的牢獄，祝煊也不曾嫌棄過氣味，此時卻險些被噁心吐了，強忍著胃裡翻湧的難受，冷眼瞧著那人渾身繃緊，疼得臉色猙獰。

他不發一言，旁人自也無話。

微冷的烙鐵扔回炭盆，不等那人鬆口氣，阿越雙手奉上一條短鞭。

濕的。

祝煊身形未動，依舊半蹲在那人身前，瞧著那雙眼睛裡的疼。

他伸手接過短鞭，抬手便抽上那巴掌大的烙印。

瞬間，那人便如被扔進油鍋裡的魚一般，激烈掙扎，可惜他全身的青筋繃起，也未挪動一寸。

緊接著，又迎來了第二鞭。

浸過鹽的鞭子，抽在爛了的皮肉上，比刀劍劃過還要疼，十幾鞭過後，再次燙紅的烙鐵又靠近，毫不留情的貼上那處的傷。

「唔！」那人疼得昏厥，渾身發抖。

「潑醒。」祝煊道。

「是，郎君。」阿越應了一聲，端著半盆水過來，直接潑在那軟了骨頭的人身上，而跪在他旁邊、同樣被綁著的人打了個哆嗦。

三盆水下去，那人才悠悠轉醒，不等回想，疼痛感再次炸開。

祝煊入朝十一年，從最初的編修，到後來的都御史，再到如今的按察使，一雙手從未沾過刑具，便是連嚴刑拷打都未曾有過。

但今日，他生了殺意。

眼瞧著那人出氣多、進氣少，阿越壯著膽子上前喊了聲。「郎君……」

祝煊停下動作，垂著眉眼，燭光在他身後折了影，壓抑又沈寂。

他起身，慢條斯理的淨了手，坐回椅子上，示意阿越拿出那幾個沒捱刑罰之人的口巾。

「求大人饒命……」

「求大人饒命啊，小的什麼都不知道……」

「大人饒命，小的……」

「除了這一句，沒有其他話要與本官說了嗎？」祝煊語氣清冷，端起手邊的茶潤了潤嗓子。

話音落下，氣氛凝結一瞬，幾人恍若脖頸上架著刀，皆閉了嘴。

「大人！小的有話說！」一人跪著往前挪了挪，神色激動。「前幾日，小的見他與雲香寨的族長悄悄的見面了！」

那伸出去的手指，赫然指的是地上被折磨得奄奄一息的人。

旁邊的人神色一怔，也跪著上前。「大人！小的也作證，前幾日他手上的銀錢忽地寬裕了，昨夜還買了玉娘子家的酒來，說是慶賀他生辰！玉娘子家的酒賣得緊俏，價格也高，我們幾個沒耐得住他勸，便喝了。」

「說完了？」祝煊視線在他們身上掃過。

「大人，小的補充一句。」另一人低聲道：「小的酒量在營中比眾多將士都好，但昨夜只喝了兩杯便醉了，先前犯錯沒察覺，但是現今想來，怕是被下了藥。」

祝煊沒耐心聽他們說這些自己已經知曉的，手指不耐的敲了下桌子，提醒道：「東牆，有誰知曉？」

聞言，那幾人面面相覷，轉回頭來，對上祝煊的視線，又老實道：「稟大人，我們幾個都知曉。」

先前他們被趙將軍帶來，說是聽命祝大人調遣，最初時他們就在府中守著，東邊那道牆，瞧久了自是知曉茂盛的草遮掩下的斷壁。

「但是大人明鑑，我們絕對沒有與旁人說過！」

祝煊抬手，示意他們閉嘴，又給了阿越一個眼神，讓他去把地上那如爛泥般的人嘴裡的口巾拿出來。

他眼神淡漠。「你可有話說？」

不等那人開口，又聽祝煊緩緩道：「或是，你想瞧著你父母、家人說？」

那人臉上恨毒了的神色頓時一變，驚恐到臉色發白。

祝煊瞧著，卻是生不出半分同情與仁慈。

這一日，對他來說如同煉獄，他甚至不敢想，若沈蘭溪今日當真出了無法挽回的事，他當如何？所有的傷痛，只有落在自己身上，才會驚覺其中滋味，這不，這人也怕自己的家人、父母受難。

翌日一早，沈蘭溪醒來，渾身僵硬，整個人被祝煊抱在懷裡，腿腳相纏，似是綁著一般。

她心裡嘆了口氣，動作很輕的想要抽出自己發麻的手臂，卻不料驚醒了他。

「醒了？」祝煊睡眼惺忪的問，雙手越發的抱緊她。

沈蘭溪被勒得厲害，抬腳踹了踹他小腿。「鬆開些，喘不上氣了……」

兩人聲音一個沙啞一個嬌，正是清晨溫存的好時候。

沈蘭溪仰起頭，在他的喉結上親了下，眼睛亮亮的，意思明顯。

祝煊渾身一僵，有些無奈，回親了下她臉頰。「澄哥兒在外室的軟榻上睡著呢。」

祝煊抱著她，又在她脖頸上游移著落下幾個吻。「他擔心妳。」

昨夜他從前院回來時，便瞧見大兒子在他門前坐著，似是怕再生了風寒，還記得用小被子把自己裹好，但奈何抵不住睏意，腦袋一點一點的打瞌睡。

祝煊與他感同身受，索性讓他進來在外室的榻上睡。

兩人起身時，動靜不大，榻上的人還在睡，一張臉睡得紅撲撲的，沈蘭溪也沒打擾，倒是生出了幾分養兒子的樂趣。

祝允澄睡醒時，便見沈蘭溪坐在書案後，一手托腮，一手握筆，他呆呆的坐起身，有些回不過神來。

他怎麼一睜眼便瞧見母親了呀？哦，對了，是他自個兒跑來的。

「起來吃飯吧。」沈蘭溪短促的抬了下眼。

她手挪到下方，沒落款，而是抬手勾勒幾下，一個簡筆畫的盤腿發懵的小孩便躍然紙上，甚是可愛。

「好。」祝允澄應了一聲，穿好衣裳、鞋襪時，這才發覺外面已經天光大亮。

他打了個呵欠，走到沈蘭溪身邊。「父親去——」

視線落在沈蘭溪正鼓著臉吹乾墨跡的紙上，話音倏然消失，頓時又染上了點紅，一雙眸子比外頭的日頭還亮，彆扭又興奮。「這畫的是我？」

沈蘭溪隨意的「嗯」了聲，瞧著自己創作的「小孩抱著被子酣睡圖」，甚是滿意。

「喏，送你了。」
祝允澄臉上的笑壓都壓不住，嘴角咧到耳根，雙手接過，愛不釋手的瞧了又瞧。
沈蘭溪起身去淨手，便聽身後的人開了口。「母親，我的生辰禮，妳再送我一幅好不好？」
沈蘭溪還沒應，祝允澄又道：「上面有父親也有妳，還有小白！」
小白是他抱回來的小土狗，長大不少，已經變成了大白。
沈蘭溪接過綠嬈遞來的巾帕擦了手，輕哼一聲。「那不成，我已經給你備好生辰禮了。」
他讓她閃亮，她也會讓他變成學堂裡最矚目的人！
「啊?!」祝允澄驚訝，怎會這麼快？「準備了什麼呀？」
沈蘭溪但笑不語，只那笑，祝允澄瞧得有些發毛。
祝煊在府衙坐了一刻鐘，等的人還沒來，卻見肖萍一步一挪的過來了。
他眉梢輕挑。「子埝兄這是怎麼了？」
阿年極有眼色的上前攙扶，帶著他在自家郎君對面坐下。
肖萍面色苦不堪言，長長的嘆了口氣。「那婆娘真難哄！」
祝煊佯裝沒聽見昨夜那一牆之隔的動靜，神色自若。

忽地，肖萍一張臉湊近，神色頗為不自在的低聲請教。「正卿，你平日是怎麼哄弟妹的？」

祝煊不動聲色的往後挪了挪，思索片刻，也不藏私。「送金銀。」

肖萍打開自己的荷包看了眼，面色越發苦了，裡面可憐兮兮的躺著幾個銅板，哪裡見得金銀？

他深吸口氣，又緩緩吐出。「……換一個吧。」

祝煊喝了口茶。「給她外帶麻辣兔頭和燒鵝。」

肖萍又吸口氣，卻是苦得吐不出來。

這婆娘，不哄也罷！他還是回去繼續挨揍吧！

這時，阿年進來稟報。「大人，趙將軍到了。」

話音剛落，外面鳴冤鼓聲響傳來。

肖萍眼睛眨了眨，趙義那廝來做甚？還有，這鳴冤鼓他只有玩泥巴時聽過一回，今日是出了什麼大事？

祝煊沒答，起身撣了撣衣袍。「肖大人若是無事，便一同去瞧瞧吧。」

開了堂，祝煊坐在案桌後，手握驚堂木，肖萍與趙義一左一右坐於下首，不置一詞。

「大人，小人裴紫衣，狀告雲香寨族長與眾位長老，將寨中女子賣去煙花柳巷，逼良為娼，畜生行徑，實在令人髮指！」裴紫衣在堂下跪得筆直。

祝煊一身官袍，坐得端正，聞言神色未動，淡聲道：「仔細說來。」

「雲香寨族長與寨中長老，跟淮水以南的眾多官員沆瀣一氣，將寨中貌美女子綁了發賣，以權牟利，這五、六十年間，被賣出去的女子共三百四十九人，這是名冊，還請大人過目。」裴紫衣微微躬身，遞上一疊冊子。

阿年連忙接過，上遞給祝煊。

冊子紙頁泛黃，照著沈蘭溪先前說的法子，能瞧得出墨跡淡了些，顯然不是一朝一夕寫成的。上面寫著被發賣的女子姓名、年歲，以及發賣時日，有些甚至寫明了現今是否活於世，比昨夜得的那份多了許多人，也詳盡得多。

祝煊翻了幾頁，抬眼問：「可有人證？」

「有，就在堂外。」裴紫衣道。

一眾花紅柳綠的女子上了堂，外面瞧熱鬧的百姓又自發圍成一個圈，七嘴八舌的好不熱鬧。

裴紫衣無甚猶豫，指著其中一個面遮白紗、身穿靛藍衣衫的女子，道：「小人不敢欺瞞大人，昨日擄走兩人夫人的賊人，尋的便是她，楚星。她八歲時被賣到揚州，做了瘦馬，之後又被轉手送給揚州知府。前些日子，小人偶然遇見被折磨得險些尋死的楚星，又恰好暴雨成災，這才能悄悄將楚星帶回來，只是不想那揚州知府竟是敢尋來，險些害得兩位夫人遇險，小人心中惶惶難安，這才帶著寨中姊妹擊鼓鳴冤，還請大人還寨中諸多受難的姊妹一個公道。」

她語氣不疾不徐，甚至有些慢，卻響亮得很，外面竊竊私語的百姓也足以聽得清。

祝煊沈吟一瞬，道：「這倒是巧了，昨日本官查到，靈西寺的方丈與賊人勾結，綁架了我家夫人與肖夫人，倒是不知，這兩人還與雲香寨的族長夥同。

「來人，將雲香寨的族長與長老帶上來。」

須臾，腫成豬頭的白胖男人被帶了上來，身後緊跟著五位男子，年歲各不相同，神色也各異。

不等雲香寨的族長指著裴紫衣，開口要說話，祝煊已經開了口。

「這位娘子狀告的罪行，你們可認？」他面色嚴厲，像是沒瞧見那一張張臉上的傷，以及那精瘦男人瘸了的腿。

那豬頭臉張著嘴剛要開口，又被搶了先。

「公堂之上，大人面前，仔細回話，若是膽敢有欺瞞，直接拖出去杖打！」阿年狐假虎威的冷聲呵斥。

豬頭臉臉上閃過幾分心虛，卻是咬咬牙搖頭。「大人明鑑，小的未曾行那般遭天打雷劈的事。」

此話一出，堂上眾人神色忽變，視線皆落在他身上，眼神有些一言難盡。

「你若不說，本官倒是忘了，先前你們一眾族長上山狩獵，被雷劈的傷可好些了？」祝煊慢悠悠的問。

對上他的視線，豬頭臉有些說不出話來，結巴道：「好、好了，多謝大人——」關心。

「那你倒是說說，時無天災，也無瘟疫，為何獨獨你們寨子中，每年有眾多女子突然暴斃而亡？」祝煊忽地疾言厲色，面上哪裡還有方才的一時鬆散？

「稟大人，此事與小的無甚干係，這寨中河水深，山崖陡，難免有不小心的摔死或是淹死，這是他們自個兒不當心，大人也不能說是我做的啊。」豬頭臉一臉無辜的聳肩攤手，將自己摘了個乾淨。

祝煊視線往那些女子身上掃了眼。「那這些人證你如何說？」

「這些人不是雲香寨的！」豬頭臉脫口而出，語速之快，顯然是等了許久。

自揚州知府的人尋來時，他們便擔心事情敗露，早就商量好對策，咬死不認！至於寨子裡那些老不死的，過了這些年富足日子，幾十年未曾謀面、失了貞潔的閨女哪有手裡的真金白銀值錢？

祝煊瞧他一瞬，忽地冷笑一聲，側頭給了阿年一個眼神。「將犯人帶上來。」

「是，大人！」

不過片刻，一陣鐵鍊磨擦地面的聲音響起，穿著納衣的方丈拖著腳鐐、手鐐被帶上堂。

瞧見人，外面一陣譁然，就連雲香寨的幾人也臉色皆變，頓覺不妙。

不過一夜，那方丈活似從不惑入了古稀，身上不見精氣神，一張臉青灰。

「將你昨夜說的，再與他們說一遍。」祝煊冷聲道。

「罪人元明，受師命承方丈之位，隨同接手的，還有夥同雲香寨族長和長老，將寨中的女子賣去江南之地事宜——」

「胡言亂語，休要攀誣我！」豬頭臉當即反駁，恨不得撲過來咬斷那跪著自述者的脖頸。

元明恍若未聞，繼續道：「行事已然二十年之久，經我手的女子，共一百五十七人，名冊已上呈大人，所得銀兩，寺中分三成，添了香火銀。寺中菩提樹依山，其中藏著暗道，直通城南的吊橋，常夜間以水路行，只上次城南橋被沖塌，接著發了山洪，暴雨成災，城南橋被封，此事方休。數日前，族長尋到我，說要給一夥人藏身，便是昨夜大人抓了的人。此事是我一人所為，元明伏法認罪。寺中幾位師叔知情，但那些沙彌是無辜的，他們手上並未沾染這些孽障，還請大人饒恕他們。」

「大人、大人！」豬頭臉急喚兩聲，對上那雙沈靜無波的眸子，忽地啞了聲。

「你還有什麼話好說？」

莫說趙義，饒是時常與祝煊在一起的肖萍也沒想到，這案子能這般順利。他雖與祝煊說自己是木頭，但也絕非傻，瞧到現在，也發覺了端倪，怕是從那位裴娘子擊鼓狀告開始，便是與他祝二郎商量好的，不然怎麼昨日剛查到靈西寺與揚州知府有牽扯，今日便有人擊鼓鳴冤，狀告雲香寨？

祝煊這是要在今日把靈西寺與雲香寨一同收拾了啊！肖萍心下嘖嘖兩聲，屁股穩穩的坐著，繼續看戲。

「大人，他說的小人一概不知，還請大人——」雲香寨族長心慌慌。

「大人，忘了說，小人有物證。」裴紫衣忽地開口。

她遮著面紗，視線落在身旁跪著的族長臉上，像是吐著信的蛇。

「呈上來。」

話音剛落，只聽外面忽地響起接二連三的吸氣聲。

抬著箱子的幾個人從人群中擠進來，金燦燦、白花花的五、六箱金銀，簡直閃瞎人。

只祝煊的眼神又暗了幾分，面色越發的沈。

「稟大人，這些金銀都是在雲香寨的祠堂挖到的，除卻這些，還有瓷器、玉瓶等貴重之物，小人怕打草驚蛇，那些東西並未帶來。」裴紫衣砸下一記重棒，瞧著那白胖族長瞬間失了心魂、癱軟在地。

常年身上只有幾個銅板的人，瞬間眼睛亮了，肖萍知曉他們所獲不少，卻沒想到有這般多！

「啪」的一聲驚堂木響，眾人一驚，四周皆沈。

「雲香寨贓物，還勞趙大人帶人去搜了。」祝煊客氣道。

趙義側了臉，與他對視，只那一眼，便曉得他話中意思。雲香寨，他交給他了。

「祝大人客氣，趙某自當盡力，不負君所望。」趙義拱手道。

祝煊斷案不含糊，當堂宣佈，犯事者論罪當斬，關押入獄，擇日處刑。至於搜出的贓物，連同揚州知府派來的人，隨著一封奏章送去京城，上呈御前。

此事甚囂塵上，不過一個午時，城中便人人皆知，擊鼓之人卻未走，與祝煊對坐品茶。

「大人抬舉，只是小人無心管事，雲香寨的事便不沾手了。」裴紫衣直言道。

祝煊也未勉強，只他本就不是熱絡之人，說了事後便無話了，屋裡靜了下來。

茶過兩盞，門前忽地響起兩道腳步聲，一前一後，卻是如出一轍的不莊重。

「郎君尋我來——」清亮的嗓音剛響起，忽地又戛然而止。

沈蘭溪的視線落在室內那道玲瓏身影上，腳步頓住，睜著一雙眼，忘了反應，跟在身後的祝允澄險些沒停住腳撞到她，察覺異樣，從沈蘭溪身後探出腦袋來瞧，頓時眼睛瞪得像銅鈴，心裡重重敲了一下，莫不是他父親拈花惹草了吧?!

「母、母親……先聽父親狡辯幾句……」祝允澄吞了吞口水，心虛得很，小手抓著沈蘭溪的衣裳，生怕她像上次一樣轉身就走。

狡辯?!祝煊額上青筋一跳，對自己早上生出的父親慈愛生了悔意。

他就該直接把這個小混蛋扔去學堂！

「祝夫人安好。」裴紫衣起身行禮，手上的茶盞卻忘了放下。

這一聲，沈蘭溪紗衣下捏緊的手鬆了鬆，屏著呼吸，喉嚨裡囁嚅出幾個字。「裴娘子同安。」

聽得這句，祝允澄跳到嗓子眼的心落回了原處，大大的鬆了口氣，抓著沈蘭溪衣襬的手鬆開，悄悄拍了拍自己胸口。

還好還好，這是他母親認識的人。

祝允澄剛鬆口氣，抬眼便對上他父親沈沈的視線，他不解的眨了眨眼，做甚這般瞧他？

祝煊淡淡收回視線，不再瞧那氣得自個兒心窩梗塞的小混蛋。

「晌午了，一同去外面的酒樓用飯吧，你們稍等，我去問問肖大人是否同去。」祝煊說罷，拉著那混蛋兒子。「你與我一起。」

祝允澄不情願，他還是更喜歡與母親待著，但耐不住被他父親暗暗用力拖了出去。

屋裡兩人皆知曉祝煊的心思。

「趙霜託妳送來的東西，我收到了。」裴紫衣率先開口。「怕妳被三皇子盯上，是以沒給妳回信。」

沈蘭溪愣愣的點點頭，方才一瞬間渾身發麻的勁兒漸漸散去。

趙霜是攬香樓的趙嬤嬤，她將藍音的話帶給她時，她沒說什麼，只是交代了她一件事。

一封信、一兜金銀珠寶，寄去揚州給裴紫衣。

她沒看過那封信，不知裡面寫了什麼？但臨死時，最後的託付是給裴紫衣，也對得住兩人自幼相識的交情了。

「妳怎麼會回來？」沈蘭溪問道。是趙嬤嬤那封信裡有事交代，還是因「沈蘭溪」在這兒？

「想來妳從趙霜處聽得一些，雲香寨將女子賣為瘦馬或是娼妓的事，我回來便是為此。」裴紫衣瞧著那張與自己七分相像的臉，扯唇笑了笑。「不是為妳，不必覺得負累。」

聞言，沈蘭溪胸口忽地有些緊，像是被一雙手抓著一般，本不該是她的情感牽扯，但如今難受的是這具身子。

沈蘭溪深吸口氣，又緩緩吐出，一字一句輕飄飄的，神色卻很認真。「不曾覺得負累，去歲讓趙嬤嬤替我傳的那話，只是想說，妳既是脫了賤籍，便去過自己的日子吧，怎樣舒服怎樣來，不必在京城看顧我，沈家主母待我雖不夠親近，但也從未苛待，妳也……不必覺得對不住我。」

裴紫衣瞧她半晌，後低低的笑了，應了一聲「好」，心裡似是有什麼釋懷了。

往前年歲，她怨恨命運不公，輾轉幾次，被人當作玩物送給了沈岩。她見過那人情深，也見過他與朝中肱骨混跡煙花柳巷。

他醉極了，碰了她。

她不曾為主人探聽得什麼，卻是先有了身孕，順其自然的被沈岩接回府中。

從前她羨慕林氏，出身好，又有夫君疼寵，只是後來才知，住在沈岩心裡的另有其人。

林氏比許多當家主母都好，對她這個妾室不曾虐待，院裡的吃穿用度雖算不得奢靡，但也精細。在沈岩提出放她出府時，她抱著懷裡的嬰兒也猶豫過，但最後還是出了沈家，將沈蘭溪留下了。

往後歲歲年年，裴紫衣聽了許多關於她的消息。性子懶、長得好看，身邊的婢女與她一般愛吃，最是喜愛對街角處的醪糟湯圓、薈萃樓的燒鵝，及笄之年與陳家三郎訂了親，只是不等成親，沈家老夫人沒了，親事緩下，後又退了親，街口巷子的人都聽了一耳朵，她似是對那小子情深，過後拒絕許多人家的提親，再後來，林氏讓她代替自己閨女的親事，嫁給那個朗朗君子的祝家二郎。

趙霜說，祝煊從未踏進過煙花巷半步，與那些沈浮官場的公子哥兒不同。

裴紫衣沒等到她出嫁，先一步下了揚州，去將趙霜的妹妹帶了出來，卻還是晚了，與諸多被賣掉的女子一般，被破了身子。

沈蘭溪漸漸放鬆了些，主動問道：「事情做得可還順利？」

「祝大人清正，此事已經辦妥。」裴紫衣道。

沈蘭溪又點了點頭。「那便好。」

忽地想起前些日子祝煊問她的糖水巷子一事，說的莫不就是眼前人？

「住在糖水巷子？」她問。

裴紫衣不疑有他的頷首。「趙霜給了不少銀錢，除卻給能找到的那些女子贖身外，剩餘的便在那巷子買了兩座宅子，想拆了重修，前院做茶樓，後院住人，她們飄零，總要做些什麼安穩下來。」

沈蘭溪腦子一動，忽地冒出一個想法。「她們應是學了絲竹管樂，既是做茶樓，以娘子們的管樂聲相佐，作為噱頭，也不愁沒生意。不過，娘子們最好還是不要露面，省得有些色慾薰心之人徒生事端。」

祝煊父子已經折返回來，在門口等候。

聽見沈蘭溪給人家出主意，祝允澄一雙眼睛亮晶晶的，滿臉期待，不知母親會與那位娘子要多少銀子！

肖萍自是沒錯過蹭飯，席間與裴紫衣相談甚歡，問了今日堂上之事，聽得痛快，也吃得舒服。

是以，沈蘭溪才知曉自己上午錯過了什麼大戲，頗為遺憾的往嘴裡送了口湯。

難道她沒有吃瓜命嗎？

用過飯，祝煊沒與肖萍一同回府衙，而是和沈蘭溪上了馬車回家。

「你不忙嗎？」沈蘭溪靠在他身上問，慢吞吞的打了個呵欠。

吃飽喝足，祝煊閉著眼假寐，手裡把玩著沈蘭溪的手，揉揉捏捏的好不愜意。

聞言，他懶懶道：「回去歇晌。」

沈蘭溪有些無語，都要入秋了，歇的哪門子晌？

剛腹誹一句，祝煊睜開了眼，仔細打量她的神色。「今日見到了人，可難受？」

沈蘭溪不假思索的道：「難受什麼？知曉她過得好，只會心安。」

難過未曾陪在身邊……

祝煊沒說，在她腦袋上揉了一把，剛想開口，忽然聽她驚訝出聲。「啊！」

沈蘭溪面上盡是詫異，一雙眼珠轉了轉，本靠在他懷裡的身子，也在一瞬間坐直了。

「怎麼？」祝煊問。

又是輕輕的一下，沈蘭溪忽地笑了，眉眼彎彎，滿是驚喜，指著自己隆起的小腹。「寶寶動了！」

說著，她牽起祝煊的手，覆在自己的小腹上。「你感覺一下。」

兩人維持這般僵硬的姿勢好片刻，那衣裳下柔軟的隆起都沒再動。

沈蘭溪「嘿」了一聲，對著自己的肚子輕聲哄道：「給個面子唄！蹬蹬腿，讓父親感受一下……」

話音剛落，祝煊頓覺掌心裡她的軟肉撞了上來，很輕的一下，繼而又沒了動靜。

沈蘭溪高興得拍他。「這就是傳聞中的胎動啊！」

祝煊輕笑，被她的歡愉感染。

馬車在門前停下，祝煊先下去，伸手又去扶她，沈蘭溪一手抱著肚子，動作小心又謹慎。

祝煊瞧著好笑，托著她的臀腿將她抱起，如同抱幼童一般。

「呀！」沈蘭溪被他的動作嚇了一跳，急忙摟住他的脖頸，眼角餘光瞧見急急低下頭偷笑的小廝，低聲問：「郎君如今不要臉面了？青天白日的便這般抱我？」

祝煊眉眼一挑，吐出四個字。「近墨者黑。」

回到院子，綠嬈遞來一封信。「方才送來的，娘子若早回片刻，還能碰到那送信之人。」

沈蘭溪伸手接過，頗為詫異。

林氏給她的信？果真背後不能道人是非，午時剛念過人家，這信就到了。

沈蘭溪摸了摸鼻子，拆開信封，開口寒暄幾句，便說出了這信的主題……

沈蘭茹要成親了！

男方是同安街喬家的郎君，如今已過了五禮，時日定在了十月十五。

沈蘭溪撓了撓腦袋，無甚印象，步入內室，蹭掉鞋子，滾進了剛脫下外衫躺在榻上的祝煊懷裡。

纖細的手指撓了撓他的下頷。「郎君，同安街的喬家如何？」

「武將世家，如今朝中父子三人，不算權重，但也樹敵少，岳母大人瞧上喬家四郎了？」祝煊抓住那貓爪子似的搗亂的手，與她閒話道。

沈蘭溪也不掙扎，腦袋枕在他臂彎裡，很是舒服，聞言輕「嗯」一聲，語氣頗為遺憾。

「我都沒見過那喬家四郎，母親來信說，只是知會我一聲，山高水遠、路途顛簸，不必去趕沈蘭茹出嫁。先前沈蘭茹還說，希望日後的郎君是個讀書人，如今卻還是沒能如她所願。」她說著微微嘆氣。

祝煊一隻手攬著她，忽地問：「妳呢？」

「我什麼？」沈蘭溪不解的微微抬頭，撞進他的視線裡。

「成親前，妳可曾想過日後夫君的模樣？」祝煊慢吞吞的出聲，心口處似是被什麼抓撓著。

聞言，沈蘭溪開始認真思索。

瞧她當真在想，祝煊又洩憤似的在她白裡透紅的臉頰上輕咬了下，霸道又蠻橫的低聲道：「不許想！」

若是她想清楚，想要的不是他這般的該如何?!

祝煊有些急躁，頭一回感受到了搬起石頭砸自己的腳的疼。

第三十七章

這醋意來得突然，沈蘭溪從他懷裡爬了出來，單手托腮的側趴在床上，笑得狡黠。「要問的是郎君，不讓我說的還是郎君，世間哪有你這般善變的男人？」

祝煊顯然被這話激到了，捏著她的下頜親她的唇，酸溜溜的問：「那妳說，陸翰羽與我，妳更心悅哪個？」

沈蘭溪眉梢微動，顯然沒想到從他嘴裡聽到陸翰羽的名兒，瞳孔微怔。

只這反應，落在祝煊眼裡，便是難以抉擇，胸口開始咕嘟咕嘟的冒酸氣。

不等沈蘭溪開口，下唇便被那狗男人咬了下，微刺的疼痛炸開，她剛要伸手，齒關失守，被敵方凶狠得攻占，兩隻手也被抓到身後握著，整個人似是送上去給他親一般，羞得人臉紅。

唇齒交纏，黑沈沈的眸子睜著，眼瞧著那樣豔麗的一張臉逐漸染上緋紅，眼角眉梢都透出了慾望，祝煊心中的醋意忽地散去許多，鬆開那被吸吮得微腫的唇，誘哄一般的呢喃開口。

「說，沈蘭溪心悅祝煊。」

沈蘭溪聽得好笑，卻偏不如他意，裝傻道：「祝煊是哪個？」

明顯的揶揄逗弄，祝煊卻甘之如飴的配合她，滾燙的呼吸噴灑在她頸側，一字一啄落在她耳畔。「與沈蘭溪親嘴的這個。」

沈蘭溪聽得眉眼彎彎，身心愉悅，也願給他些甜頭，雙手捧著他的臉，噘著嘴，在那張薄唇上蓋了個章，語氣輕飄又蕩漾。「沈蘭溪喜歡這個～～」

鼻尖相對，眼神交纏，那薄唇不知足的又纏了上來，親得那軟唇泛著水光。

眼瞧著要一發不可收拾，兩人趕忙分開，各自躺好。

沈蘭溪頭枕在他胸口平復亂了的呼吸，手指有一下沒一下的勾著他的衣帶玩，腦子裡忽地冒出一事。「你先前為何突然要我繡荷包？」

祝煊聞言，撥弄她髮絲的手一頓，沈默一瞬，悶聲道：「妳為陸翰羽繡過嫁衣，我什麼都沒有。」

這話聽著頗為委屈。

實則，當初他倆成親，不說是陰差陽錯，毫無情意，只說商定好的吉日迫在眉睫，沈蘭溪哪有空閒去親繡嫁衣？

祝煊剛這般想著安慰自己，便聽得她驚疑一聲。

「我何時給陸翰羽繡嫁衣了？」沈蘭溪微微仰頭瞧他，眼神中明顯有著錯愕不解。

祝煊只當她在哄他。「大婚時，我在妳屋裡瞧見了，用衣桿撐著的。」

經他提醒，沈蘭溪才想起，當時她應下林氏替嫁，好像是讓元寶將她壓了箱底未用的嫁衣翻找出來，微微仰起的腦袋穩穩的落了回去，不甚在意的與他解釋道：「那是繡娘繡的，我只添了兩針，還因走線太醜被拆了，你生辰時我送你的荷包，可是我第一件繡品，你要珍惜，可知道了？」

大贏朝有女子自己繡嫁衣和喜被的說法，一針一線都是對郎君的傾慕，且不說沈蘭溪女紅著實差勁，就是她會繡花，也決計不會浪費時間在這事上，有這時間吃吃喝喝不好嗎？

而她對陸翰羽說不上傾慕，唯一的情意都落在了給祝煊的那只荷包上。

祝煊愣怔一瞬，而後恍然輕笑，他壓在心底、生了醋意的事，卻不想……難怪她那時說自己女紅不佳時，神色慚愧得不見絲毫心虛。

祝煊重重的「嗯」了聲，稍頓，又問：「那……娘子可否往我荷包裡添些銀子？」

「那你能喊我爹嗎？」語氣真誠的發問。

祝煊神色一愣，一股熱意直沖天靈蓋。

「嗯？」語氣低沈，大掌置於那挺翹處。

「我錯了！」沈蘭溪很是識時務。

歇晌醒來時，祝煊穿好外裳，扣好大帶的手挪到荷包上打開。

嗯，沈二娘言而有信，確實給他添了銀子。

孤零零的一顆碎銀，不比他指尖大。

雲香寨似是散了，卻又沒散。

族長與寨中長老都入了獄，肖萍以官府之名，將趙五水一群人送去了老弱婦孺的寨子，兩撥人互相嫌棄。

「大哥，我們不是去石頭寨嗎？怎的來了雲香寨？」一個小弟搔著頭，瞥一眼盯著他們直瞧的婦孺，渾身似是長了刺，哪兒都難受得緊。

這寨子沒多少人，但他們一頭扎進婦人堆裡，夜裡出來撒個尿都怕被瞧見，著實住著不爽。

那些老弱婦孺也不遑多讓，在她們瞧來，寨子都交給了外來人，雲香寨要沒有了。

趙五水裸著上身，蹲在河邊挑水，面上也不自在，被瞧得如芒刺在背。聞言，在那小弟腦袋上敲了一下。「快挑水，李二還等著水做飯呢。」

小弟被敲得縮了下脖子，不敢再吭聲，挑著水往回走時，凶凶的瞪了眼下游盯著他瞧的婦人，桶裡的水一走一晃，不過幾步就沒了一半。

那腳步，如何瞧都像是在落荒而逃……

趙五水肩上也挑著水跟在他後面，有些無語的搖了搖頭。

來這兒之前，肖萍問過他，雲香寨如今是一盤散沙，他願不願意來這兒當族長？自然，這族長與先前不一樣，要聽命於官府，但這於他而言，並不重要。

肖萍也與他坦然的說，待秋收後，難民營裡的百姓都會被分去各個寨子裡住，畢竟之前住的地方已經住不下了。至於屋子，這些時日各個寨子裡已經修葺，無須他們出銀子。但若是有不願的，也可自尋一塊地搭建屋子、重建村寨，只需與官府報備一聲便可，只這修葺屋子的銀錢，與官府無關。

而肖萍提供這份恩惠，是因那晚他們一眾兄弟與賊人纏鬥，他無所嘉獎，以這法子來補償他們。

趙五水猶豫幾瞬，還是應了。

先前說是要去石頭寨，但是接觸過後才知，其中相鬥的不只是原族長的三子，還有一個伺機而動的黃雀。

只見一次，趙五水便生了退意。

那人學富五車，卻與學堂裡的先生不同，瞧著笑咪咪的，說話也柔和，但做事手段卻與祝大人像了五、六成，果斷又強硬。

只那笑著的模樣，還挺……

哼哧哼哧在前頭走的小弟回頭，瞧那沒跟上來的人，不解的問：「大哥，你怎的臉這麼紅？」

倏地被打斷回想，趙五水沒好氣的凶他。「天氣這麼熱，怎的就不能紅了？」

聞言，小弟越發不解。「哪兒熱了，這都入秋了啊，早上時還冷呢……」

趙五水闊步上前，在他屁股上踹了一腳。「話真多，桶裡的水都晃沒了，去，折回去重提！」

「啊……別啊，大哥……那些女人盯得我害怕啊……」小弟不情願了。

趙五水嘴角抽了抽，眼神嫌棄。「你是男的啊！」

「男人也擋不住我慫啊！」

府衙裡，祝煊剛坐定，門外跑進來一人，懷裡抱著一大團東西。

祝煊見怪不怪，拎著茶壺的手都未抖。「又有族長送銀子來了？」

肖萍腦袋點的跟小雞啄米似的，嘩啦一聲，那布兜裡的東西都攤在了祝煊面前的案桌上，金銀散了開來。

肖春廿對自己父親這般模樣有些沒眼瞧，一點都不穩重，瞧瞧人家祝阿叔，泰山崩於前而色不變。

不過，這金銀還怪閃的耶！

自雲香寨的領頭羊被處置後，其餘寨子的族長人人自危，更何況還有肖萍派人去他們寨子裡搭建屋舍，更是心慌慌。

沒過幾日，便有族長按捺不住，跑來給他送銀錢。

有一就有二，其餘的人聽聞這事，更是怕自己落後，著急忙慌的收拾家財。

得了銀子，肖萍這段時日容光煥發，笑咪咪的像是給人發銀子的財神爺，眉眼間哪還有先前苦哈哈的痕跡？

「來來來，老規矩，登名冊。」肖萍道。

祝煊從抽屜裡翻出一本冊子給肖春廿，看著他們父子倆將那些財物一一寫上備註。

折騰了半晌，兩人各捧一杯熱茶。

肖萍整個人都舒坦了。「趙義那廝的欠條都還了，建造屋舍的工錢也發了，城南的吊橋也修建好了，這些銀子留著做甚好呢？」

祝煊瞥一眼那美滋滋的臉。「明年春耕時，且等著銀子用呢。」

「啊？」肖萍瞬間從美夢中被拉回現實。

「今年受災的百姓，明年春耕時，手裡沒有農具不說，就連買青苗的銀子怕是都不夠。」祝煊慢悠悠的道。

聞言，肖萍也反應了過來，重重的嘆了口氣。「活著好難。」

祝煊眉梢一動，淡聲道：「我倒是有個法子。」

「什麼？」肖萍立刻被吸引了。

肖春廿也豎起耳朵，模樣認真的聽著。

「趁著冬日，派人去收些折損不用的兵器回來，讓打鐵匠熔了打農具，來年租用給百姓，可幫他們解燃眉之急。」祝煊將自己想了幾日的法子說了出來。

肖萍一雙眼睛亮了，急急地問：「那青苗呢？」

那顆聰慧腦袋搖了搖。「尚且未想到法子，等我回府問問我家娘子。」

肖萍無語。

祝煊吃了茶，回去時屋裡活似遭了賊，金銀玉器全鋪在軟榻上，幾口箱子堆在地上，讓人無處下腳。

畫面似曾相識，祝煊眉心一跳，脫口而出一句。「這是要賣了？」

出了何事，竟是要開始變賣家財了！

立在軟榻前，對著一堆物件挑挑揀揀的沈蘭溪回頭瞪他。「休要壞我財運！這都是我傍身的寶貝，捨了誰都會心疼得我睡不著覺！」

這倒是實話，畢竟價格不菲，她心疼得緊。

綠嬈與阿芙在旁邊幫忙，正把箱子裡的東西一一翻出來。

聞言，綠嬈憋笑，細聲替沈蘭溪解釋。「三娘子將要成婚了，娘子是在為她挑選新婚賀禮呢。」

「不是前幾日上街去買了？」祝煊邊問邊走到沈蘭溪身邊，與她一同垂首瞧那一堆東西。「這個不錯，鴛鴦玉珮。」他指著一塊合為鴛鴦的青玉道。

沈蘭溪皺眉。「意頭雖好，但她不愛這些東西。」

與她貪錢愛財不同，沈蘭茹不在乎這些，畢竟她自幼手裡沒缺過銀子，想要的東西第二日就會送進她的屋裡，唯一求而不得的，怕就是那陸三郎了。只她瞧著，老天都是偏愛沈蘭茹的，那樣軟弱不堪的郎君確實非她良配，這才沒成了那姻緣。

哪裡像她？碰見那道貌岸然的陳彥希，豁出去自己的名聲才罷休。不過，做人要知足呀，遇見祝煊，成為他的娘子，是她除卻銀子之外最大的幸事！

祝煊對上她突然亮晶晶的眼，心虛一瞬，還是老實地將偷藏進荷包裡的一小塊金子掏了出來。

沈蘭溪瞪他。

「真的沒了。」祝煊無奈道，拉開自己的荷包自證清白。「這個銀子是妳前幾日給我的。」

這話說得可憐兮兮，綠嬈與阿芙抿嘴偷笑。

沈蘭溪捏著那塊小金子與他算帳。「這個哪兒來的？」

祝煊嘆息一聲，抬手指向一枚花簪。

沈蘭溪瞬間腦子冒了煙。「祝二郎，你竟敢將我的玫瑰花瓣掰斷！」

祝煊被她這一嗓子喊得心口一跳，趕忙道：「不是我，我也是方才瞧見的！」他哪裡敢啊?!

沈蘭溪輕輕把那金子打的玫瑰花簪捧在手心，癟著嘴險些哭出來。甚是顯眼，外側缺了一瓣花瓣，禿得有些醜了。最重要的是，她還沒來得及簪髮呢！

祝煊瞧她模樣，趕緊哄道：「我讓人拿去修補一下……」

沈蘭溪輕輕搖頭，頭都沒抬，似是在為手裡的花哀悼。「哪怕修好了，也還是會有痕跡。」

「那……讓人再打一支？」祝煊問。

「好！」沈蘭溪立刻應聲，抬起的臉笑得比她手上的花還要嬌俏。「既是郎君說的，那就用郎君的銀子吧！」

祝煊瞧著那禿了一瓣的花簪，陷入沈思。

所以，他得到了什麼？

晚膳時，祝允澄還未到，祝煊與沈蘭溪坐在桌前閒話。

「莫不是被先生留堂了？」沈蘭溪咬著一塊桃乾疑惑道。

祝煊坐得四平八穩，聞言也只是道：「讓阿年去瞧了。」

大孝子這幾日的功課，他都有檢查，相較在京城時，策論有所長進，不似從前那般，盡是空話術，有了踏實感，只詩詞依舊通俗，還有得學。

「倒是有一事，還請娘子賜教。」祝煊想起那困擾許久的事，仔細說給她聽。

沈蘭溪單手托腮，吃了他剝皮送到嘴邊的葡萄肉，聽得漫不經心。

蓋大棚啊！沈蘭溪腦子裡冒出一句，卻是說不出口。

大棚這法子是後世多少人集思廣益才做成的，不說技術難度，光是銀錢的消耗就讓人折騰不起。

「你們帳上還有多少銀錢？」沈蘭溪問。

祝煊報了個數，她頓時詫異得倒吸口氣。

「這麼些銀子，你還愁什麼？」沈蘭溪忍不住抬手捏他臉。「祝大人，給其他府縣一條活路吧！」

祝煊略一挑眉，握住她欺負人的手。「但百姓買不起。」

沈蘭溪嘆息一聲，瞧他時，都覺得是在看一箱行走的銀子，富貴逼人。

「郎君既是想出了租賃農具的法子，怎麼就不能給青苗用一用呢？」

祝煊瞬間瞳孔一怔，腦子裡成團的東西散了開來，變成天上一朵朵軟綿綿的雲。

「娘子真乃當世智多星啊！」祝煊與她拱手行一禮，忍不住感嘆，饒是知曉她聰慧，也還是總會被她的才智打動。

沈蘭溪難得謙虛的擺擺手。「明明是郎君想的法子，我不過是旁觀者清，提醒一句罷了。」

古人多聰慧，這樣的法子她可想不出來，不過占便宜學過罷了。

不等祝煊說什麼，一根手指忽然輕碰了下他喉結，頓時引得那小球滾了兩下。

「郎君，這次要如何付費？」沈蘭溪言笑晏晏的瞧他，視線都灼熱了些。

祝煊風雨不動安如山，任由她手指撥弄著戲耍。「娘子想要什麼？」

聞言，沈蘭溪的視線毫不客氣的在他身上繞了兩圈，似是苦惱道：「郎君窮得只剩下自個兒了，我也沒得挑啊。」

祝煊氣惱的掐她臉。「沒伺候好妳？」

祝允澄進來時便聽得這麼一句，險些被門檻絆倒……

沈蘭溪給沈蘭茹賀新婚的禮送出去後，百姓也迎來了秋收。

受水患影響，秋收收成不算好，但也勉強餬口，是以百姓還是高興的。

忙過一陣，一日祝煊回來時，與沈蘭溪說了慶豐收的篝火。

沈蘭溪的肚子開始大了，做什麼都提不起勁，時常還覺得自己這般模樣有些醜，又嫉妒祝煊那般日子照舊的人。

「不想去？」祝煊在她身邊坐下，替她揉著腰，縱容的哄她。「要不，我帶妳出城去玩？」

先前出城跑馬，瞧她是喜歡的，如今雖大著肚子不能跑，慢慢走也當是閒逛了。

沈蘭溪搖搖頭。「去看篝火。」

這個朝代有許多習俗是後世只停留在傳言中的，篝火便是其一。

沒來時，她聽外婆說過很多次，那雙疲老滿是皺紋的眼睛裡裝滿了回憶。耳朵聽過很多次，卻一次未見那般盛大又熱烈的場面。

「祝煊，我想我阿婆了。」沈蘭溪吸了吸鼻子，止不住的哭腔跑了出來，緊接著，成串淚珠往下掉。

祝煊愣了一下，抬手抹去她臉上的淚。「這麼想啊，我陪妳去看她？」

「看不到了，早就看不到了……」沈蘭溪哭得嗚咽。

她來這個朝代前，外婆就去世了，喪事還是她親手操辦的。

聞言，祝煊才想起，沈家老夫人確實已經長逝幾年了，沈蘭溪從前婚期推遲，也是因沈老夫人的孝期。

如此瞧，他更應該陪沈蘭溪去給老夫人奉香磕頭才是。

沈蘭溪沒等到他哄她，抬頭瞧那皺眉的人，聲音嬌軟又委屈。「你竟然嫌我哭……」

祝煊無語，一臉哭笑不得。

秋意涼，日頭稍落時，沈蘭溪幾人出門，與隔壁肖大人夫婦同行。

難得去玩，祝允澄非常興奮，騎著自己的小馬駒跟在馬車旁，與騎驢的肖春廿嘰嘰喳喳的說個不停。

「澄哥兒，後面怎麼還跟著一輛馬車？」肖春廿再三回頭，也沒從那風吹簾動的縫隙中窺見一角。

聞言，祝允澄興奮的神色一窘，含糊道：「你一會兒就知曉了。」

「對了，寒哥兒會來嗎？」他問。

「不會來吧。」肖春廿不甚篤定的道：「寒哥兒自之前入了軍營，我也沒再見過。」

祝允澄點點頭，頗為遺憾。

許久不見，有些想念了耶！

秋酬篝火在城門口的難民營邊，沈蘭溪幾人到時，已經架起了火把，三五成群的做著吃食，甚是熱鬧。

馬車停下，眾人忽地止了聲，眼睛一眨不眨的盯著那兩輛馬車瞧。

沈蘭溪初來成都府時，穿金戴銀，美豔無雙的高調，不少人在街上匆匆一瞥，但也有許多人只聞其聲，不見其人，此時皆瞪大眼睛等著那嬌美人兒。

馬車簾子被掀開，一個眉開眼笑的男人先跳了下來，愉悅道：「都各自忙吧，不必多禮。」

緊接著是白仙來、祝煊，直至最後，眾人屏著呼吸，倏地瞪圓了眼睛。

這夫人……怎的穿著與他們一樣的衣裳?!

紅底繡花，雙開襟，上面掛著的銀元寶閃亮亮，頭上戴帽，一圈銀子，像是星子墜落在上面一般，亮得晃人眼。

行動時，風吹過，碎小的銀子相撞，清脆悅耳。

這嬌燦模樣，他們十里八村最美的小娘子都比不過！

沈蘭溪美而自知，抬手扶了下沈甸甸的帽子，視線掃過一眾瞧得直愣的百姓，紅唇輕啟。

「肉烤焦了。」

眾人無語。

祝煊微微垂首，掩飾臉上的輕笑，讓人去將後面馬車裡的兔子帶出來。

「正卿，這是？」肖萍傻眼，他怎的還帶東西了？竟沒與他說！

「雲香寨新族長送來的，今晚給大家添個菜。」祝煊聲音清潤道。

帶著一眾兄弟過來的趙五水，不防聽見這麼一句，腳步頓住，頓時，十幾雙眼睛都落在那脖子上套繩的兔子上，面上滿是震驚。

這也……太多了吧，得掏多少兔子窩才會有這麼多啊！

「大哥，你啥時去捉兔子了？還捉這麼多！」桃兒拄著枴杖，湊近趙五水旁邊問道。

趙五水撥開他湊過來的腦袋，神色鎮定。「你不覺得他們有些眼熟？」

「啊？」桃兒不解。

「你親手掏的兔子窩。」趙五水又道。兔子一窩能生不少，這些遠比他們送去的多。

他腦子快，方才不過一瞬就想明白了，沈蘭溪這是用那群兔子在替他造勢，他送她的答謝禮，她換了個方式送了回來。

蕙質蘭心，心地還良善，得這般娘子，是這位祝大人有福。

先前那次，趙五水怒斥發聲，惹得眾人不再親近，今夜倒是因著這兔肉而臉僵，那些嫌隙緩和了些。腦子不再一根筋，如今肩上擔責，也能拉下臉面，與幾個寨子的族長說兩句軟和話。

先前以石頭寨和雲香寨為重，其餘的寨子依附，如今一個被外姓人接了去，另一個到了科考書生手裡，那兩人皆親近官府，背後依勢。再者其他寨子也因雷劈之事，天神降災之謠言換了幾個族長，是以不再興風作浪，各寨安穩，此般景象正中祝煊與肖萍下懷。

烤肉腥味重，沈蘭溪出門前特意調了料，在那處理乾淨的肉上刷了一層，架在篝火上烤，滋滋冒著油香，不過片刻就散發出調料混著肉的香味。

旁邊本在交談的人，被勾得直吞口水。

他們勞苦，尋常就難見油星兒，今夜能吃上肉已然不容易，直至聞到那香味，肚子裡的饞蟲如何都壓不住了，只是沒人敢過去問那位祝大人要一點來嚐嚐。

莫說是他們，連坐在祝煊身邊的肖萍都吞了吞口水，一雙瞇瞇眼直勾勾的盯著他手裡的肉。「你方才塗抹的是什麼，怎的這般香？」

沈蘭溪坐在旁邊，火光赤橙，映得那張臉越發嬌豔，也饞得舔了舔唇，聞言，將手邊的醬料遞出去。「府裡人調的，肖大人試試？」

肖萍忙不迭的接過，仔細抹了一層，剛要還回去，就被旁邊的趙義拿去了。

楚月身子不適沒來，趙義帶著雙胞胎兒女過來了，隨同的還有昨夜剛回來的長子趙寒。

此時雙胞胎兒子依著趙義的大腿坐著，小嘴張開，口水濕了衣襟。

小女兒跟著幾個兄長跑了會兒，回來後便賴在沈蘭溪身邊，仰著腦袋眼巴巴的瞧她的帽子，小粉嘴合不上，看得如癡如醉。

沈蘭溪被她的眼神瞧得發笑，摘下帽子擱在她腦袋上。

大了一圈，怕壓著她，沈蘭溪也不敢鬆手，瞧著那肉乎乎的臉上綻開笑，兩隻胖爪子伸出來，自己虛虛扶著，美得咯咯咯的笑。

「阿爹，我漂釀！」小姑娘年幼，太過興奮，噠噠噠的跑到趙義跟前要他看個仔細。

小孩的童真最能感染人，沈蘭溪托腮瞧著，也忍不住彎唇，與身邊的祝煊小聲道：「我們也生一個漂亮姑娘吧！」

祝煊眼睫一動，想起什麼，輕笑一聲。「澄哥兒那日說，想要個弟弟。」

沈蘭溪嬌哼一聲。「他說了不算。」

那傻子那日去瞧了同窗家的弟弟，回來時還與她小聲說，他問了那個小弟弟，說是沈蘭溪肚子裡的小孩也是個弟弟。

沈蘭溪無語凝噎，竟也無從辯駁。

只那日，那小胖手擱在她肚子上與他「弟弟」說話時，他「弟弟」胳膊都懶得伸。

吃了肉，喝了酒，興致上頭，眾人圍著篝火舞動，紅光映在臉上皆是笑，這一瞬，沈蘭溪忽地感覺到了久違的富足。

吃飽喝足，祝允澄與肖春廿跑去旁邊玩，身後跟著身穿勁裝的趙寒，身條勁瘦，幾欲與黑夜融為一色。

祝允澄回頭剛要說什麼，腦子裡忽地冒出一個壞主意。「寒哥兒，你笑一下！」

趙寒不明所以，隨意扯了下嘴角糊弄他。

祝允澄不滿，折回來跳到他跟前。「露齒笑！」

禁不住他鬧騰，趙寒僵著臉「笑」，露出一排小白牙。

只見面前的小孩忽地大笑出聲，踮著腳，手搭在他肩上道：「寒哥兒，一會兒我若是找不到你了，你就這般笑一下，我就能瞧見了！」

趙寒面無表情的撥開肩上的手臂，那道壓過來的重量倏然消失。

祝允澄剛要嚷，突然身形一轉，被人撂倒在厚厚的一層草墊上。

趙寒隨之俯身，彎腰下壓，一隻手臂壓在他脖頸上，似是不悅的出聲。「欺負人？」

識時務者為俊傑，沈蘭溪這一點，祝允澄學了個八九不離十，剛要出聲哄哄這被自己惹毛的人，忽地眼眸微怔，繼而驚喜爬到了臉上，小手拍了拍壓著自己的手臂。「快看啊，好漂亮！」

趙寒不疑有他，剛順著他的視線，回頭仰起腦袋，便被一道力拉扯著倒在草地上。他側頭，身邊祝允澄沒動，依舊躺著，夜色黑，但也能瞧見那張白皙的臉上滿是歡快之色。

「今夜的星子真亮！」祝允澄道，心想沈蘭溪也定然喜歡。

趙寒轉回頭，曲起一條腿，腦袋枕著手臂，狀似無意的問：「你喜歡看星星？」

祝允澄嘴裡咬著根狗尾巴草，晃呀晃，神情愉悅又鬆快。「我母親喜歡，我家有一張躺椅，就放在她屋子門口，晚上用過飯時，她就會躺在上面看星星、吃葡萄，很是愜意……」

一個絮絮叨叨，一個聽得認真。

「……三垣四象二十八宿，還是我教她的呢！」祝允澄得意道。

趙寒剛想開口，卻被一道聲音搶先，橫空插了進來。

「你倆怎的躺在這兒了？」肖春廿放水回來，咋咋乎乎的問，隨即在祝允澄旁邊也躺下了，卻是不解的撓撓頭。「這有啥好看的？我們去捉鳥吧！」

趙寒道：「很亮。」

祝允澄也附和。「很好看啊！」

「啊？」肖春廿不懂。

「我父親今日給你佈置的功課你寫完了嗎？昨日的功課溫習了嗎？明日要做的事準備好了嗎？就知道捉鳥，當心肖阿叔回去抽你。」祝允澄躺得舒服不願動，動動嘴巴去戳人家的痛。

肖春廿頓時蔫了，像是經受風雨摧殘後的凋零嬌花。「太難了！你父親比學堂裡的老先生還要嚴厲，他分明不打不罵，說話也溫和有禮，但就是那般盯著我，我就覺得怕！日日都有功課要做，太難了啊！」

終於有人體會到他的感受，祝允澄高興得翹腳，寬慰道：「等到月末，我父親考校你功課時，你才會知曉平日過得有多舒服！」

肖春廿一臉驚訝，竟還要考校?!

「若、若是……考校不過會如何？」肖春廿吞了吞口水，緊張兮兮的問。

「哎呀，也不會如何，就是讓你把先前做過的功課都重新做三遍罷了。」

「噗哧！」趙寒聽著那幸災樂禍的聲音，實在沒憋住，冷峻的臉上染上了哄笑。

肖春廿一臉生無可戀。

第三十八章

篝火後，熱鬧了幾個月的難民營散了，眾人皆不願自掏銀錢，乖覺的按著肖萍劃分，去了各個寨子分住。

沒多少家當，收拾起來也快，城門口恢復了先前的空寂，夜幕落下時，兩個守城門的人按時關門落了鑰。

「八百里加急，速開城門！」

馬蹄踏在青磚上，不知驚了誰的夢。

正是深夜，祝煊被門外叩門聲叫醒時，也不過三更天，月亮都藏在烏雲裡打盹兒。

「何事？」祝煊闔上門，離去幾步才低聲問。

「京城來的急信。」阿年語氣略急。

祝煊眉眼閃過詫異，頓時也不再多問，只道：「去牽馬。」

兩人剛一出府，碰上同樣牽著驢出來的肖萍，後者臉上風霜留下的溝壑裡都寫著懵。瞧見祝煊二人，肖萍連忙過來。「怎麼回事？說是京城來的信？」

祝煊點頭，心中卻生出了些不好的預感。「先去府衙再說吧。」

兩人到時，趙義還沒來，室內亮著燭火，旁邊守著的下人睏倦得瞪眼。

「去煮一壺茶來。」祝煊吩咐道。

「是。」那人應了一聲，退了出去。

肖萍坐不住，皺著一張臉在屋裡轉圈圈，不時往門外瞧，第三回往外望時，忍不住嘟囔。「趙義那廝怎的這麼慢呢？」

話音剛落，身披月色的人大步走來，拾階而上。

「出了何事？」趙義直接問道，身上的大氅都未脫。

肖萍拉著他手臂進屋，急吼吼的。「信還沒拆呢，你快些！」

三人圍坐，中間放置著那信，只是誰都沒動手。

「正卿，你拆吧。」趙義道。

肖萍也連連點頭。「正卿，你來！」

祝煊看他倆一眼，也沒推辭，伸手拿起那信拆開。素白的紙上寥寥幾字，上面蓋著章印，視線掃過那幾個字，祝煊霎時臉色大變。

肖萍瞧他神色，嚇得吞了吞口水。「怎、怎麼了？」

「皇上薨了，傳位五皇子。」祝煊深吸口氣，又道：「保定府陳珂擁三皇子反了，五皇子幽於長鳴寺。」

好半晌，屋裡靜得落針可聞，肖萍呆愣得嘴都合不上，整個人似是癡傻了一般。

「這信是誰寫的？」趙義向來無甚表情的臉，此時也滿是吃驚。

祝煊將那章印給他瞧。

「虎印?!」趙義神色驚變。「這不是皇上的近衛羽林衛長的官印?!」

「如此瞧，那一萬羽林衛怕是已經折了。」祝煊聲音寒涼。

陳珂少年發跡，受恩於皇上，是皇上親封的驃騎將軍，手握兩萬大軍護衛京畿。那人對誰都信不過，饒是自己親兒子被降為郡王扔去漠北時，與那邊沙禿子日日打仗，當時也不過才手握兩萬兵馬，趁著過年召回京城，憂患難眠，終究還是卸了他的兵權，將人圈在京城做一閒散郎，但對陳珂卻是大方，從未動過他手裡的兵馬。

如今瞧來倒是諷刺得很，他信任的人殺了他的羽林衛，入了他的宮。

肖萍方才回神，聞言又是一驚。「啊？那豈不是要……」亂了？

「這信可是要我帶兵入京平叛？」趙義也道。

祝煊沈默良久。「你不能走，西邊的朵甘部虎視眈眈，若是聽得風聲，只怕來犯。」

「正卿說得有理。」肖萍揚聲附和。「莫說是你不在，就是京城出了亂子的事傳出去，他們還不興沖沖的來擾我們邊境？到時若是守不住，那才是糟了。」

「攘外安內，成都府距離京城路遠，饒是快馬加鞭也鞭長莫及，但是朵甘部距離我們近，這西部邊境才是緊要的。」祝煊道：「再者，我們此時才收到信，離京城近的濟南府、鳳翔府和開封府，約莫已經向守著京城的保定府用兵了，我們在這個時候只能將西部的防線守好，定不能讓賊人踏入城。」

說罷，祝煊喚來阿年。「讓人去打探一下。」

「是，郎君。」阿年領命出去了。

祝煊手指敲了下案桌，眉間隱隱透著焦急。按理說，這般大事，他父親不可能不與他來信，若不是祝家情況不好，便是送來的信被攔截了。

祝煊猜測的不錯，此時的京城也是燈火通明。

「如何？那幾個老骨頭應了嗎？」李乾景揉著額頭問。

悄無聲息入內的小太監低垂的腦袋越發低了幾分，聲音哆哆嗦嗦。「陳大人還在大獄，說是……」

「直言便是，朕不會斬了你。」李乾景不耐道。

「說是一個都沒應，祝大人若是再待幾日，怕是熬不住了。」小太監越說聲音越低，一臉惶恐的軟了腿，撲通跪下。

饒是誰也沒想到，先皇薨逝時，竟留了三份遺詔，皆是親筆書、蓋了玉璽的，上面皆是寫五皇子繼位。

三皇子雖榮登大寶，卻是無承位遺詔，便是抓了那三位大人，府中翻了個底朝天，也未找到一份詔書。如此，三皇子雖住進皇帝的寢宮，卻並未登基，身上也只是一身太子的蟒袍。

「祝窈呢？」李乾景氣得額上青筋繃起。「讓她去勸，若是勸不動她爹，兩人黃泉路上作伴吧！」

小太監渾身一抖，顫巍巍道：「是，殿下。」

祝側妃可是在殿外替祝大人跪求了兩日，最後生生暈了過去，太醫去瞧時，才知祝側妃已然有兩個月的身孕了，如今剛要養著些身子，卻是……作孽啊！

只是這世道，人命比草賤，惻隱之心啊，沒用！

小太監頂著秋風，匆匆去了祝窈院裡，也顧不得時辰，拍開門讓小宮女去喚祝窈。

已經整整七日了，若是再找不到詔書，怕是牢裡的三位都得死。

自先皇薨逝，朝中大臣不是關進大獄，便是幽禁府裡，還有情緒激昂觸柱而死的，如今上朝的臣子不過幾人，都是陳珂將軍的人。

大獄裡，四角放置著燭臺，血腥味混雜著不知名的味道，令人作嘔。

祝窈忍著難受滋味，隨著小侍往裡走，挨著石牆的一面，雜草鋪上蜷縮著一人，身上處處是血痕，頭髮與雜草交織，狼狽不堪。

「父親？父親！」祝窈急急喚了兩聲，側頭皺眉道：「打開啊！」

小侍立在一旁，卻沒開牢門，只是道：「如今殿下廢了正妻，但是身邊的幾位娘娘都是家世深厚的，娘娘想要在後宮獨寵，這從龍之功便是旁人比不得的，好生勸勸祝大人，順了殿下的意，大家誰都好不是？小的在門口等您，您慢慢說。」

「阿窈……」祝家主喚了聲，聲音很輕。

「父親，父親……」祝窈帶著哭腔，慢慢跪了下來。

她從來都知道，自己能在祝家過得舒服，與旁人家的嫡女一般嬌生慣養，全都是依仗著父親，但她從來沒想過，那般如山的人，此時那樣蜷縮在草墊上，血痕模糊得睜眼都難。

祝家主一挪一挪的蹭了過來，抬手想要擦掉她臉上的淚，剛抬幾寸，卻又無力的跌落，聲音很輕，止不住的喘氣。「別哭……妳好好活著……若是……若是能給妳二哥傳信了……告訴他，他做得很好，不必苛責自己……照顧好澄哥兒和二郎媳婦兒，妳祖母年紀大了……」

「父親，別說這話，您一定會沒事的，我去求殿下，我一定會帶您出去的……嗚嗚嗚……」祝窈聽著他遺言似的話，一顆心被緊緊攥著，抓得生疼。

她求過啊……她求過李乾景啊！但那是將她放在心尖的人，此時她連一面都見不到……

祝窈左手摸了摸小腹，嘴唇蠕動幾下，還是沒說出口。

已經都這樣了，她何必再給人添堵呢？她不傻，知曉李乾景想要做什麼，但祝家世代從文，清流人家，如何做得那禍亂朝綱的亂臣賊子？她父親不會答應，哪怕是她的命捏在李乾景手裡，他也不會答應。

她喜歡李乾景，是當真喜歡，哪怕說親時，父親和二哥都說他動機不純，恐會利用她，她也願意為了那哪怕是一點點的喜歡賭上自己，但也僅此而已。

她是她，祝家是祝家，百年的清流聲名不能毀在她手上。

沈蘭溪醒來時，祝煊早就不在了，身邊的被褥一片涼。

「郎君何時走的？」她呆呆的問，她竟是半分沒發覺！

綠嬈端著熱水進來。「三更天時，阿年來了一趟，火急火燎的，不知出了何事。」

沈蘭溪「哦」了一聲，穿衣下床梳洗，忽地道：「一會兒拿十兩銀子給郎君，給他吃飯用。」

府衙沒有做飯的廚子，他們若是忙起來，那定是沒工夫回家吃的，只能在外面胡亂吃，祝煊身上又沒有銀錢，怕不是又要跟著肖大人去吃那難吃的麵了……

沈蘭溪對吃食挑剔，也見不得祝煊吃那個苦。

綠嬈抿嘴偷笑，她家娘子對郎君果真上心！

只是不等綠嬈去送銀子，一疊帳單先一步送到了沈蘭溪手裡。

張二鋪子的大肉包二十個、王三粥鋪十碗粥、陳七鋪子七道菜……

「娘子，還……送銀子嗎？」綠嬈小心翼翼的問。

「送個屁！」祝煊那個混蛋，哪裡餓得著自己?!

祝煊回來時已是深夜，本想著在側屋將就一夜，踏進院裡，卻瞧見正屋亮著燭火。

「怎的還沒歇息？」

沈蘭溪正蓋著毯子縮在軟榻上，手裡捧著話本子，看得面紅耳赤，嘴角都咧到了耳根。

祝煊突然出聲，將她嚇了一跳，手一抖，話本子掉到他腳邊。

「你怎的回來了？」沈蘭溪詫異。

祝煊更詫異。「妳不是在等我？」他問著，視線掃過彎腰撿起的話本子上，頓時神色龜裂，熱意漫上了頭，燒紅了耳根。

「沈蘭溪，妳看的些什麼東西！」他低聲訓斥。

誰知那始作俑者臉皮厚得很，還問他。「不好看嗎？我覺得這個姿勢定會很舒服的——」

話沒說完，被捂住了嘴。

饒是祝煊近墨者黑學到了不少，但還是做不到這般正大光明的討論房事姿勢，一張俊臉燒得通紅，就連腦子裡的煩憂都被燒沒了。「妳是女子，端莊些！」

沈蘭溪大辣辣贈了他一個白眼，扯下他捂著她嘴巴的手。「在自己屋裡還得端著，那多累啊。你好生學學，待我肚子裡的小寶寶出來後，我也要這樣的。」

祝煊無語。

雖不知祝煊多久回來，但廚房還是給他保溫飯菜，也沒差使下人，沈蘭溪帶著他過去，陪他用了宵夜。

待祝煊沐浴出來，沈蘭溪吃飽喝足，已然昏昏欲睡。

他剛一上床，那裹著被子的球就滾進了他懷裡。

祝煊心頭的疲憊頓時散去不少，伸手擁住她，手指忍不住戳了戳她嫩白的臉頰。「皇上薨了。」

瞬間，沈蘭溪生生被這個重磅消息炸醒了。「什麼?!」

祝煊又挨著她耳畔低聲說了一遍。

沈蘭溪抿了抿唇，一臉複雜、欲語還休的吐出一句。「還好沈蘭茹是十月十五成婚。」

皇上十月十六薨逝，此後三個月，民間都休想辦喜事，就連那些流連花樓的浪蕩公子哥兒，這段時日也都得消停，若是被人捅出去尋歡作樂，誰都別想好過。

祝煊嘆息一聲，將今日探子說的事一併與她說了。

確如他所料，如今各府州都先後發兵京城去勤王，亂了起來。只川蜀偏僻些，消息尚未傳來，一連西南部的州府也尚且未聽得消息，肖萍今日趕緊讓人發信出去。

「也沒收到父親的信，不知他如何了？」祝煊擔憂道。

沈蘭溪說不出安慰的話，腦子飛快轉著。

沈家手中無權勢，三皇子定當看不上眼。只是祝家樹大招風，他若是登基，不得群臣承認，勢必須要幾個朝中重臣與他為伍，祝家就是最好的選擇。但祝家百世名譽，祝家主想來也不會與他同流合污，如此一來，那便凶多吉少了。

「……還好祖母與母親此時不在京中。」沈蘭溪語氣不掩慶幸。

不得不說，祝煊也這般想過，這般境況，能少一人遭禍也是好的。

夫妻夜話半宿，醒來時早已天光大亮。

事情吩咐下去後，祝煊也沒什麼好忙的，靜等著派出去的探子和不知期的家書。

他梳洗後出了院子，正巧遇見回來的祝允澄。

「一早出去了？」祝煊問，視線落在他手裡的包裹和食盒上。

祝允澄規規矩矩的與他行禮，而後才答道：「是寒哥兒送來的，他要與趙阿叔去西境了，父親，是那邊的朵甘部又進犯了嗎？」

趙義前去駐守，也是他們前夜商議過的，城中的布防他交給了屬下，但是西邊的朵甘部他要親自去盯。至於趙寒，將來既要承襲爵位，那定然要好生錘鍊，趙義不可能護他一輩子的。

但麻煩的是，今年的糧草遲遲未到。

「沒有，趙大人只是去瞧瞧。」祝煊說罷，又打起了那食盒的主意。「拿進去吧，你母親也要用膳了。」

今早用飯比平時晚了一個時辰，沈蘭溪早已餓得飢腸轆轆，梳洗好時，外間膳食也已擺好，瞧見那一排外型是可愛小兔子的水晶糕時，眼睛都直了。

注意到她的視線，祝允澄臉頰有些熱，默默捏緊小拳頭。寒哥兒太壞了，竟然給他送來這樣的糕點，沈蘭溪要嘲笑他了啦！

果不其然，下一瞬就聽沈蘭溪「呀」了一聲。「好可愛啊！」
「咦？」祝允澄傻眼，這反應……
剛坐下，沈蘭溪就挾了一個「小兔子」放進嘴裡，一口一個，吃得不亦樂乎。
祝允澄無語。果然，沈蘭溪就是喜歡吃兔子，連假兔子都吃得那麼開心……
三人吃得碗盤皆空時，阿芙忽地入內，小巧精緻的臉上滿是笑意。
「稟郎君、少夫人，老夫人與夫人來啦！」
三人愣怔一瞬，趕忙放下筷箸去迎，那婆媳倆已經進了二道門，心情甚好的逗弄池塘裡的小金魚。
忽地瞧見親人，祝允澄撒丫子跑了過去，揚起的笑臉上滿是孺慕之情。「曾祖母、祖母，我好想妳們哦！」
「哎喲，心肝兒，曾祖母也想你，瞧著瘦了啊！」老夫人也顧不得那仰著腦袋等食的金魚了，一把抱住撲到她腿上的乖曾孫，瞧著那比之冬春時明顯瘦了許多的小身子，心疼得緊。
祝夫人面色紅潤，上下打量乖孫一番，中肯道：「也長高了不少。」
「嗯！」祝允澄重重點頭，跟她們顯擺。「我長高了許多，都是大孩子啦！母親好能吃，我也好能吃的！春哥兒稍大我一點，我都長得比他高一寸啦！」
沈蘭溪也不急，扶著肚子慢悠悠的晃過來，與祝煊像是兩根樁子似的立在一邊，聽祝允澄興奮地說個沒完，等那邊兩位對心尖上的寶貝金疙瘩的親熱勁過了，視線挪過來時，才上前問安。

「祖母、母親安好。」沈蘭溪微微屈膝，身子剛蹲了蹲，便被祝夫人親熱的扶了起來。

「妳身子也重了，不必行禮。」祝夫人體貼一句，又問：「肚子裡這個可還乖？」

沈蘭溪剛要開口，祝允澄已經等不及的搶先答話。

「弟弟可懶啦！我跟他說話，他都懶得動一動小手，也不知道聽見了幾句，等他長大，我還要教他練武！」

老夫人倒是覺得不錯，瞧向沈蘭溪的肚子，悠悠道：「懶一點也好，這樣不累人，那些在娘胎裡就鬧騰的，生出來也難帶。」

沈蘭溪贊同的點點頭，若不是肚子大了身子重，她都像是懷了個假孩子。

祝煊這時才插了一句。「祖母與母親一路可還順利？先進屋歇歇吧。」

老夫人點點頭，精神頭倒是很足。「倒也不累，我與你母親收到你的信時，東西已經收拾好了。你們兩個在外面，沈氏還是頭胎，身邊哪能沒個長輩照料？你母親算著時間呢，早早就開始收拾東西了，準備天一涼就動身，省得路上耽擱時日，或是落雪不便出行。」

祝夫人唇角含笑，也不點破她。收到沈氏懷胎的信，急匆匆讓人收拾行李的人可不是她，恨不得不顧暑熱，直接動身呢。

沈蘭溪跟在祝夫人身側，也笑盈盈的道謝。「多謝祖母與母親記掛。」

老夫人輕哼一聲，也不推託她這聲謝，她也悄悄記掛來著呢。

進了屋，闔上門，老夫人臉上的笑意褪去幾分，連忙問道：「京城那邊如何了？你父親可有來信？」

祝煊搖搖頭，也不隱瞞。「先前收到了羽林衛的信，說是三皇子反了，但是沒收到父親的信，眼下也不知情況如何了，雖然已經派人去打探，但尚且沒有音信。」

「作孽喲……」老夫人嘆息一聲，又道：「皇上怎的就突然薨逝了？先前也沒聽過身子不好的消息啊。」

聞言，沈蘭溪抬起眼，也等著他回答。昨夜顧著憂心京城裡那些人的處境，倒是忘了這個八卦。

祝煊摸摸鼻子，有些難言。

瞧他這般，沈蘭溪眼睛越發亮了，果然其中有故事！

「快說，左右就家裡這幾個人，不用擔心傳揚出去。」老夫人不耐的催促，若不是拳頭搆不著，都想上手了。

祝煊垂眸瞧見那小娘子也眼巴巴的瞧著，一副很有興趣的機靈模樣，輕咳一聲，低聲道：「說是吃了丹藥。」

「喔？」沈蘭溪驚訝。「毒死的？」

祝煊屈指在她腦袋上敲了一下，誰敢給皇上下毒？更何況，皇上入口的東西都有人先試。

「不是，虛不受補，他吃了兩顆。」祝煊淡聲道。

老夫人到底是見過世面的，頓時頗為嫌棄的翻了個白眼，不足為奇道：「貪心不足。」什麼福如東海，壽比南山，那就是聽一樂，竟是還當真了！人壽哪能與天齊？非得貪圖那虛幻的幾十年，倒是生生誤了這實在的幾年。

「那聖旨呢？」老夫人又問。

祝煊搖了搖頭。「估計是在輔國公手中，皇上雖忌憚他，但也同樣器重。」

除了輔國公，怕是找不出能託付詔書的人了。

確實，輔國公手握一份詔書，此刻被吊在大獄裡，快被打死了。

第三十九章

李乾景坐在椅子上，單手撐額，聽著鞭笞的聲音懶散開口。「用點力，都沒吃飯嗎？」

施刑的兩個人戰戰兢兢，下手趕忙重了些。

十幾鞭後，李乾景終於慢悠悠的睜開眼，瞧著那血肉模糊的人，嗤笑道：「國公覺得如何？可要告訴孤，丹陽帶著那詔書藏到了何處？」

被吊著的人渾身找不出一塊好皮，此時儼然是初五望著初八，等著閻王來收了，聞言，聲音含糊又滿是怒氣。「李家沒有你這樣的逆子！」

李乾景怒極反笑，毫不留情的戳他的痛處。「那叔父你呢？你與我父皇可是堂兄弟，身上留著先太子的血，若不是我皇爺爺用盡手段奪得皇位，如今坐在那至高無上的椅子上的人便是叔父了，你又何至於良弓藏？連丹陽與梁王的親事都不敢提一句？

「這要說來，李家何曾有一人是乾淨的？我如今所做，不過是學父皇、學皇爺爺罷了，叔父不去罵他們，反倒為難我，這又何必呢？」

李乾景悠悠起身，走近輔國公，一根手指抵著他的下頷，撐起那耷拉著的腦袋。「叔父鬆個口，我也好叫人給你上藥不是？再者，丹陽一人在外，那些個狗東西若是沒長眼，傷了她，我也於心不忍，畢竟叔父膝下只得這一女，若是不巧，白髮人送黑髮人，倒是顯得我趕盡殺絕一般。」

輔國公啐了一口，帶血的唾沫吐到他臉上。「滾！」

李乾景閉了閉眼，深吸口氣，再睜眼時滿目陰沈。「輔國公既要做忠臣，那便去地下與我父皇作伴吧。」

唰的一聲，他抽出一旁的寶劍，劍鋒淩厲，直插輔國公胸口。頓時，刺眼的鮮紅在銀光中蔓延，垂老的人鬆了口氣似的，合上了雙眸。

身邊候著的幾人渾身哆嗦，屏著呼吸，只覺得身處人間煉獄。

長鳴寺，佛堂前，一人盤腿而坐，與那普度眾生微笑佛大眼瞪小眼。

此人正是被幽閉的五皇子李珩。

外頭日光燥，這裡歲月靜好。

片刻，一個小侍匆匆進來，低聲稟報道：「主子，輔國公死了！」

扣佛珠子的手一頓，瞬間，檀木香珠子分崩離析，滾落一地。須臾，李珩垂眸，似是嘆息。「我終是對不住丹陽了。」

那人猶豫一瞬，還是老實稟報。「大獄裡的人傳話，是三皇子親自動的手，另外兩位大人，若是不再施救，怕是也熬不住了。」

話音落下，淡白的光影照進來，就連塵土都無處遁形，大殿內靜得厲害。

好半晌，一道輕而淡的聲音響起。「去讓人準備，我要剃度。」

「主子！」那人大驚失色。

正午時，飯菜送了進來，還有一把剃刀。

拆了髮冠，頭髮散開，一把一把的髮落下，煩憂卻沒隨之散去。

一人一佛，相對無言。

消息傳進宮裡，李乾景大喜。「讓人將這事傳出去，五皇子自行剃度出家，在長鳴寺修行。」

小太監弓著腰連聲應下，剛要退出去，又被他喊住。

「將牢裡那三個放出去吧，就說輔國公忠厚，追隨先帝去了，至於尋詔書的人都召回來，不必找了。」李乾景道。

「是。」

連日來的陰霾，終是在今日散了些，李乾景心情大好，多用了一碗飯。

李珩既是出了家，就別再想還俗，這世上從未有出家人為帝的先例！李昶許倒是運氣好，早早就被封了郡王，只要他不謀逆，就能金銀酒肉的揮霍一生。至於那個小的，不過是個奶娃娃，他養在眼皮底下，與群臣隔開，諒他也翻不出浪來。

只有他李乾景，才能坐在帝王位上！

消息在坊間傳開，朝臣或是在府中暗自可惜，或是跪在長鳴寺前捶胸頓足，謾罵哭訴。

此事喧囂半月，就在風波漸平，李乾景登基前一日，太原府、濟南府和汝寧府一同反了，聯合北上的州府軍，集結三萬大軍攻破保定府。如今陳珂帶兵入了京，保定府說有一萬兵馬，不過是城中百姓佯裝罷了，盡是些老弱婦孺。

沈青山掌著林氏給的一半家財，撐起了行軍糧草，人馬飽腹，精神大振，不過兩日便破了保定府，勢如破竹的氣勢，倒讓人想起幾十年前還未混跡酒肉的沈岩。

案桌上放著輿圖，將士士氣大作，吆五喝六的好不暢快。

「要我說，就該一鼓作氣破了那城門，闖入京，不能給他們喘息之機！」

「如此說也對，畢竟古書有云，一鼓作氣，再而衰，三而竭，確實不該停。」

各地名將集聚，沈青山處在中間，聲名不顯，官職也低，本不該說什麼，但誰讓他有錢呢？有錢就是牛！

吃人的嘴軟，那些南邊來的將士，行進一路，疲憊不說，準備的糧草也用得不剩什麼，此時吃著沈青山的糧草，自是聽從調遣，行軍布陣也願意聽他說兩句。

「我位卑言淺，多謝諸位願聽我說幾句。某先前在漠北跟隨成安郡王作戰，受過王爺指點，此時若王爺在此，十之八九會停軍整頓。」沈青山娓娓道。

「為何？」

「此次大勝，諸位也瞧得出來，不是我們多英勇，是那些老弱婦孺拿著木棍、石塊攔不住我們，至於保定府的大軍，儼然已調去了京城，嚴陣以待，只等著我們去了。其次，我們雖是入了保定府，但人累馬乏，貿然進軍，怕是會折損不少。」沈青山身邊的一個矮頭男子道。

揹著大刀，一身紫色騎裝的女子冷言道：「李乾景那狗東西定然是準備好了，大軍休整幾日，才好一鼓作氣。」說罷，她轉身出了營帳。

眾人面面相覷，一人小聲問：「這位丹陽縣主怎的又氣不順？」

另一人搖搖頭。「饒是誰父親被抓，自己落荒而逃出京，臉色也不會好看。」

「罷了，丹陽縣主是皇族，自是知曉三皇子為人，信她的沒錯。」

沈青山點點頭，無聲附和。

大軍休整三日，行進京城外，派去的探子回來，嘰哩呱啦說了一句，眾人頓時傻了眼，手足無措起來。「這、這……」

「他奶奶的！咱們替他出兵，他自個兒倒是出家了！這還怎麼打啊？」

「這要攻城了，咱們是不是就是亂臣賊子了？」

他們不怕流血，但卻害怕頭上被冠上謀逆的罪名，禍害後代。

不少人躑躅不前，馬也十分躁動。

也有瞧不上李乾景篡位的人，大著嗓門要將他拽下龍椅。

沈青山也沒想到會出這等事，一時瞪著眼睛沒吭聲，有些無語。

就在眾人爭論不休時，駕馬在前的丹陽縣主卻回頭，涼薄道：「李珩是剃度，不是死了。」

兩撥人頓時啞口無言。是啊，人又沒死，既能出家，怎麼就不能還俗了？雖然沒有禿頭驢當皇帝的先例，但誰讓人家是皇室血脈，還有先帝的傳位詔書呢？

眾人撓撓腦袋，吩咐部下生火做飯。

夕陽下，炊煙起，眾人飽食一頓，注定今晚是個不眠夜。

大軍踢踢踏踏，兵臨城下，城牆上弓箭手已然等候多時。

丹陽縣主身揹大刀，手握弓箭，駕馬立在陣前，冷眼瞧著城牆上緊挨著的腦袋。羽箭架於彎弓，咻的一聲飛了出去。

城牆上那人瞧著朝自己飛來的羽箭，剛想開口，額間一痛，瞪著眼睛直直倒下了。

「告訴李乾景，先帝的傳位遺詔在我李丹陽手裡，他若想要，便自己來取！」

陳珂一身玄甲，站在城牆上冷哼一聲。「不重要的東西，丹陽縣主還是自個兒留著吧！」

聞言，丹陽縣主面色越發冷了幾分。如此說，李乾景那個狗東西是想冒天下之大不韙，強占皇位？

那她父親呢？

「先帝遺詔，將皇位傳與五皇子，爾等狗賊，形同謀逆，當誅九族！」丹陽縣主厲聲道。

陳珂垂眸瞧著，聽見這話頓時笑了。

「縣主與其操心旁人的九族，還不如多想想自己的父親呢！」他說著諷笑一聲。「輔國公殫精竭慮，追隨先帝去了，殿下仁義，本下令厚葬輔國公，安置黃陵，誰知丹陽縣主偏偏要夥同賊人一處，行謀逆之為呢？」

深秋的寒風冷冽，丹陽縣主瞬間渾身僵硬，瞪向那城牆上大笑的人。「豎子，豈敢?!」

陳珂擊掌兩聲。「來人，將殿下送給丹陽縣主的禮送上來！」

三萬大軍臨陣，眼瞧著那城門上漸漸懸下來一個東西，黑漆漆的，瞧不真切，但前面的丹陽縣主與沈青山一眾人卻是看得分明，頓時變了臉色。

丹陽縣主盯著那人頭須臾，握著弓箭的手隱隱發抖，一雙眼更是紅得嚇人。「陳珂，你給我死！」

弓箭齊發，戰馬嘶鳴，方才橙黃的夕陽，此時混沌得不見日光。

有人倒下，緊接著又有人頂上前來。

登城梯上的人動作迅速，也有被石塊砸到跌落下來，一時間竟分不清是誰損失更為慘重。

扛著木樁的士卒在掩護下跑到城門下，撞在鐵皮城門上，好片刻，那門轟然倒塌，激起萬千灰塵。

「衝啊！」

刀光劍影，廝殺激烈，到處都是吼叫聲，戰馬所過之處，伏屍踏為泥漿，不斷有人倒下，疾風驟雨也吹不散、沖不掉空氣中的血腥味。

入城時，丹陽縣主踏馬掠起，大刀脫手砍斷那吊著她父親人頭的繩索，兩物直直跌落，皆被她穩穩接住。

一聲裂帛聲響，衣裳前襟被撕下，丹陽縣主忍著哭聲，仔細將那頭顱包好掛在馬上。

「駕！」

陳珂帶著眾將士迎戰，正與沈青山纏鬥，刀劍相碰，幾十回合下，陳珂雙眉緊蹙，有些費力的應對著這無名小將。

沈青山神色凝肅，招招致命，手中的長劍快得讓人瞧不清，安穩得如同一座大山，哪裡還是從前那個人？

到如今，他也無所顧忌，他父親教授的劍法自是不必再藏著。

十年磨一劍，霜刃未曾試，今日出手，才覺鋒利。

陳珂臉上落了雨，喘息越來越急，右手更是震得發麻，逐漸失去知覺與力氣。他不戀戰，知曉這小子是個勁敵，策馬要逃，剛剛轉身，瞳孔卻瞬間放大。

三箭齊發！

剎那間，勒著韁繩的手鬆開，抓來身邊的士卒擋去那瞄準他胸口的箭，饒是如此，右肩還是中了一箭，他臉色陰狠的盯著百步之外的人，抬手折斷箭尾。

只是不等逃，泛著冷霜的劍從身後劈來，左肩劃至右腰，血肉外翻。

沈青山駕馬立於他身後，再抬手時，劍鋒直指他心窩，陳珂調轉馬頭急急躲開，左腰留下一個血窟窿。

到處都是嘶吼聲，倒是顯得沈青山很是沈默。

陳珂舉劍刺過來時，只覺得背後發涼，只瞧那手中刺過去的劍尖離沈青山的喉嚨不過一寸，倏地瞪大眼睛。大刀之下，頭身分離，馬背上的人尚且沒反應過來，無頭屍身上，心窩正中一劍，淌著血。

戰馬上的丹陽縣主肩背單薄筆直，掃了眼被馬蹄踏了一腳的頭顱，沒去撿。

沈青山翻身下馬，撿起那死不瞑目的頭顱高高舉起，揚聲道：「陳珂已死，降者不殺！」

渾厚響亮的一聲，穿破雨霧，直刺中士卒胸口，廝殺停下，一件件武器被扔到地上，降者一個接一個。

丹陽縣主掃了眼，點了人打馬自長街過，不見一人，直至行到午陽門，廝殺又生。

丹陽縣主翻身下馬，手起刀落，一顆腦袋落了地。她手中的大刀染了血，不知積攢了多少亡魂，殺紅了眼，身上的絳紫色衣袍變得如這黑沈沈的天，濕濡濡的，不是雨，是血，有她的，也有旁人的。

她的右肩傷了，猩紅的血肉露了出來，背上衣裳破了，左腿也被刺傷了，卻渾似無覺無痛一般，踩著那些屍首踏進宮門，拾階而上。

宮裡三千精兵，殺不完似的。

護在丹陽縣主身邊的侍衛勸道：「主子，咱們帶的五百人已折了一半，怕是頂不住了，還是先撤吧？」

丹陽縣主恍若未聞，赤紅的眼盯著那明宮大殿，渾然不覺自己揮出去的刀慢了許多。饒是身邊有兩人護著，在踏上最後一個石階時，後背又中一刀，蒼然得跪在了地上。

「主子！」

「丹陽！」

兩聲急呼，一前一後。

丹陽縣主循聲望去，冷眼瞧著奔赴而來的人，乾澀的眼再次湧上了淚。

「丹陽！」褚睢安面色急切，半跪在玉石階上，雙手抓著她雙臂，察看她的傷勢。

「好疼……」丹陽縣主囁嚅一聲，又道：「我父親死了……」

「別哭，我先帶妳出去。」褚睢安說著，伸手要將她打橫抱起，卻被一隻冰涼的手壓在了手臂上。

「不走。」丹陽縣主吐出兩個字，抬手抹去臉上的冰涼，仰頭瞧著那亮著燭火的大殿，一雙眸子滿是寒光。

褚睢安也不勸，握著長槍起身，抬步便往她瞧的方向走，一道輕而涼的聲音在他背後響起——

「褚睢安。」

他腳步頓住，回頭，抬手接住朝他扔來的嗜血大刀。

「殺了他！」恨意滔天，卻又平靜。

褚睢安深深看了她一眼，回首闊步往那明殿走，抬了抬握著的大刀，朗聲回道：「定不負，卿之願！」

「啪」的一聲，殿門被人一腳從外面踹開，群臣列位上朝之地，空蕩蕩的，只那把龍椅上坐著一人，左手撐著額頭，似是睡著了一般。

褚睢安面色冷肅，提著刀一步步上前，走了不過百米，四個身著玄甲的暗衛出現，握著劍刺來。

殿外，驟雨漸大，澆在一具具死屍上，宮人逃竄，士卒廝殺，梁王府養出來的侍衛與瘋狗一般，以一擋十。

丹陽縣主被身邊的侍衛扶起，帶到了遮雨的簷下，身上的傷處還在淌血，面色蒼白，只那雙眼，像是恨不得喝光李乾景的血。

侍衛替她上了藥，勸道：「主子，您傷得實在重，此處有梁王殿下在，我們先送您回府吧？」

丹陽縣主搖頭。「不走。」

片刻後，沈青山匆匆奔來，身後帶著一身著黛藍粗布衣、頭戴斗笠的男子。

「丹陽！」

丹陽縣主聞聲瞧去，寒著臉沒應聲，只那眸子一瞬不瞬的盯著那張素淨的臉。

「丹陽，是五哥對不住妳。」李珩緩緩在她身前跪下。

丹陽縣主抬手抹去滑出眼眶的淚珠，聲音如寒露。「跪我做甚？折我壽嗎？」

她深吸口氣，伸手扶他。「此事怨不得你，我父親自己願意的。」

她是先太子一脈，父親承襲爵位，她出生便是縣主，這大嬴朝政本與她父親無關，但那天地正主卻要她父親協理政務，用人但又疑心，只她父親殫精竭慮，良弓未藏，折了。

沈青山不知他們之事，只是應丹陽縣主的話，去長鳴寺將人帶了出來，此時聽見大殿內的打鬥聲，問道：「誰在裡面？」

窗明几淨，蓮花金盞上燭火正好，只地上橫著七、八具屍身，褚睢安提著刀，踏上最高處，聽見殿門被推開也未回頭，抬手便要劈下。

金龍椅上的人緩緩睜開眼，掀起的眼眸瞧他。「你一個異姓王，殺皇家子弟，還不夠格。」一說罷，抽出身後的寶劍擋住砍來的大刀。

只是身子，未曾從椅子上離開。

「他不夠格，那我呢？」丹陽縣主咬緊後槽牙，一把搶過沈青山手裡的劍，飛掠而起。

褚睢安側眼瞧了下身邊衝上來的人，將手中的大刀與她的長劍互換，安撫似的說了句。

「歇著。」

男人不似往日般和煦，出招又狠又快，一招一式都欲要將人弄死，與李乾景那般被精心教導的許多花招式不同。

誰占上風，一目了然。

沈青山瞧著戰況，雙手抱臂靠在門邊，絲毫沒有上前的打算，與他並立的是李珩，冷眼瞧著那龍袍被劃破，再到被血染紅。

金碧輝煌的大殿，多少人想坐上去……

過招片刻，褚暄安手裡的長劍直穿李乾景右胸口，將人釘死在那把龍椅上，穿著皮靴的腳踩著他大腿，絲毫不管鞋底的泥濘。

他朝丹陽歪了歪頭，道：「來吧。」

丹陽縣主出手極重，剛上過藥的傷口再次滲出血來，戾刀砍在李乾景的前胸，深可見骨。

又一刀砍在李乾景的眉骨，直劃到下頜，再一刀斷了他的手臂。

褚暄安也不阻攔，神色淡然的欣賞那張疼得猙獰的臉。

血染金黃，髒污不堪。

整整十八刀，李乾景才睜著眼睛斷了氣，嘴唇動了動，終究是沒吐出一個字。

丹陽縣主垂眸瞧著那面目全非的人，眼皮沈了沈，手中的刀「啪」的一聲掉在了地上，聲響在這空蕩蕩的大殿上顯得格外沈悶，整個人不受控的倒下。

「丹陽……」褚睢安動作極快，一把抱住了她。

這一夜，耳邊的廝殺怒吼似是噩夢，翌日晴光滿天，街上的商販悄悄冒出頭來打探狀況。

經過一夜，血戰的屍首被收拾乾淨，地面也被大雨沖刷。

朝堂上，群臣肉眼可見的蒼老了許多，那些文臣武將此時也不再嗆聲，能和和氣氣的問聲好。

傳言中的三份先帝遺詔，此時也都拿了出來，李珩被眾人恭請繼位。

剃了度的人緩步入了殿，卻沒坐到那把椅子上，一身粗布衣立在一旁，在眾人疑惑的神色中緩緩開口。「諸位抬愛，只我生性怯懦，擔不起這天下之責。」

沈靜一瞬，似有什麼轟然倒了地，眾人詫異，紛紛開口相勸。

李珩抬了抬手。「父皇膝下餘我兄弟四子，李乾景狼心狗肺，殘害忠良，現已伏誅。四皇兄雖被降為郡王，但乃父皇血脈，文韜武略，皆是我們兄弟中的佼佼者，最適宜──」

話未說完，褚睢安在袖袋裡掏啊掏，摸出一封信，打斷道：「殿下，成安郡王來信了。」

眾人瞧得傻眼，這又是哪一齣？

伺候在身邊的小太監趕忙上前接過褚睢安手裡的信，雙手奉上。

李珩瞧著信封上的「小五輕啟」，氣得舔了舔後槽牙，他四哥真賊！

宣紙展開，上面龍飛鳳舞的只有三個大字。

我不要！

倒是蓋著私印的左下角處，有一排小字。

李小五，別讓我揍你。

李珩深吸口氣，慢條斯理的將宣紙摺好，塞進自己的袖袋裡，又道：「四皇兄勞苦，快馬加鞭的趕去漠北，將企圖攻打我們北境的邊沙禿子趕了回去……」

就在那些誇讚之詞聽得眾人頭昏時，只聽他將話茬轉到了年僅三歲的奶娃娃身上。「小七雖年幼，但他出生時霞光漫天，欽天監當日也說是吉兆，有太傅與諸位大臣看顧教導，想來不日便能主理朝政……」

褚睢安本出神想著屋裡那個尚且昏睡未醒的，被這話拉回心神，嘴角抽了抽，簡直替他感到羞愧。

那是三歲，不是十三歲！得養多少年才能主理朝政？

好在李珩也要臉面，想到那昨夜窩在自己懷裡哭的小孩，難得良心發現，又補充道：「當然，父皇既是留了此遺詔，我自該聽從皇命，在七皇弟能主理朝政之前，暫為代理。」

眾人鬆了口氣。

剛經歷三皇子那一遭，大嬴朝著實需要一位能安邦定國的皇上，若是個奶娃娃……

先前政務紛雜尚未處理，奏稟的事宜很多，退朝時時辰已然不早，李珩喊住了迫不及待回府的褚睢安，蹭他的馬車隨他一同出了宮。

馬車上，李珩直接戳破道：「那信不是四哥剛送回來的吧。」

昨日剛破城，今日信便到了，哪有這般巧合之事？

褚睢安也不瞞著，又掏了掏袖子，將另一封拿了出來，同樣的字跡，這封上面寫著「皇上親啟」。

褚睢安沒將手上的信遞給他，又原封不動的塞了回去，靠在馬車上閉目養神。「先帝曾說他莽夫性子，我倒是覺得你對他的評價更為中肯。」

哪個莽夫會在自己走時留一手？

李珩也學他靠著，吶吶道：「四哥不要那個位置，我也不想要啊，阿娘為了家族榮寵嫁進皇宮，磨了心性，我阿兄死在後宮爭鬥中，她明知是誰做的，卻動不了那人分毫，我出生後，阿娘教我的第一件事便是藏拙，我蠢笨，處處都比不上李乾景，在民間更有笨蛋皇子的諢號，我不在乎這些，但是外祖父在乎，他想我繼任大統，扶持白家門楣，但我不想做皇帝啊，阿娘也不想，你猜她去世前與我說的最後一句話是什麼？」

褚睢安沒說話，掀起眼皮瞧他。

李珩渾不在意他的態度，摸著自己光溜溜的腦袋，勾唇笑了笑。「我阿娘說，讓我惜命，別去想那些權勢、榮寵等身外之物，若是李乾景容不下我，我就去長鳴寺出家，她在那裡給我留了銀子和肉，雖然在佛祖面前吃肉不好，但我背著佛祖不就行了？」

聞言，褚睢安揚了下眉，盯著他腦袋瞧了眼，神色有些一言難盡。

「誰知道李乾景那樣瘋，竟是殺了幾位肱骨大臣，就連叔父都殺了，我嚇壞了，只能自行剃度，告訴他不爭那皇位了，饒是如此，祝大人與陳大人也身負重傷，半個月下不了床，如今還在府中休養。」他耷拉著腦袋，聲音悶悶的。「我雖中宮嫡出，但父皇一向不喜歡我，也從未立我為儲君的想法，我更是對那皇位無意，他要我與李乾景打擂臺，我就打，誰知他會立那樣的遺詔，倒是害我好苦……」

褚睢安聽他倒苦水，耳根有些疼，馬車剛一停下，便躬身跳下車，大步流星的進了府。回到院子，正瞧見婢女端著藥碗要進屋。

「給我吧。」褚睢安道。

他繞過屏風走進內室，正好與那一雙黑漆漆的眼對上視線。

「剛醒？」他問。

丹陽縣主打量了一圈屋裡的陳設。「為何將我安置在你房中？」

她問得直白又大膽，顯然是想要點什麼。

褚睢安裝作聽不懂，伸手探了探她的額頭，又摸了摸自己的，罵罵咧咧。「不惜命的玩意兒，就該讓妳睡在柴房，昨夜燙手燙得太醫都覺得妳要救不回來了。」

聞言，丹陽縣主冷哼一聲，一隻手臂撐起身子，拿過他手裡的藥碗便一飲而盡。到底是自幼練武的，雖是渾身疼得厲害，也能面不改色，強撐著不落於下風。

褚睢安又如何能看不出來？他接過空藥碗，扶著她側躺下，避開背後長長的一道傷口，動作輕而緩。

幫她蓋好被子，他順勢在床邊坐下，右手握住她緩了一夜仍在發抖的右手，放輕力道給她揉捏手臂。

「等岳父大人的孝禮過後，我們成親吧。」褚睢安忽地開口，給她揉手臂的動作沒停。

「妳想怎麼成？去大同跑馬，還是如同尋常親事一般，三媒六禮？」

丹陽縣主一愣，依舊蒼白的臉上懵懵的，一瞬後，連忙垂眸，掩下泛熱的眼眶。片刻後才答。

「想得美，自個兒成去吧。」這話說得莫名有些嬌。

聞言，褚睢安也不惱，輕笑一聲，曲起的膝蓋碰了碰她的小腹，大言不慚道：「成啊！」

丹陽縣主腦子裡轟隆一聲，剛要急眼罵人，只聽他又出聲。

「我讓人去找一隻像妳的母雞，我與牠拜堂，牠再下個蛋，那就是我們生的孩子，如此，妳我當爹娘倒是也快。」

丹陽縣主生生被他這話氣紅了臉。「你混帳！」

褚睢安勾唇笑，不要臉的伸手捏了捏她發燙的臉頰。這模樣，倒是比昨兒白著臉好看多了，昨夜險些沒讓她給嚇死，方才說的那句太醫說的話，也不是哄騙她，那狗太醫就差直言讓他準備喪事了。

丹陽縣主抬眼瞪他，卻被他勾著脖子咬了唇。

「是啊，混帳想與妳生個孩子，成個家。」近乎呢喃的一句，響在耳邊，卻是重重敲在了她心口上。

第四十章

霜降前夕，沈蘭溪收到了元寶的信，還有一個大包裹，裡面都是她在京城時愛吃的東西，花的是元寶的銀子。

厚厚的一疊信，整整寫了五張紙。

沈蘭溪瞧得神色動容，一會兒皺眉一會兒笑。

祝煊配著她變幻的神色吃完晚膳，津津有味。

元寶不知上位者那些事，全然是按照自己身為小百姓的視角，與她講述這些時日發生的事，言辭跳脫，沈蘭溪像是看話本子似的，能夠身臨其境，與她感同身受，讀完後還頗有些意猶未盡。

桌上的殘羹冷炙已經撤下，換上水果茶點，祝煊坐在旁邊煮茶，三遍沸水過，斟了一杯放到手邊。

沈蘭溪趿拉著鞋過來，趴在他後背上，右手勾著他脖頸，低聲問：「之前不是說先帝不喜五皇子嗎？怎麼又會把皇位傳給他呢？」

她性子懶，從前所聽的八卦，多是元寶從府中的小婢女或僕婦那裡聽來的，沈蘭茹偶爾也會說上幾件，聽個有趣罷了，但是這皇家秘辛，她們便不知道了，只知坊間傳言，五皇子不甚聰慧，皇上不喜。

祝煊一手伸到背後扶住她的腰，一手將人拉至身邊坐下，脫口而出一句。「不知。」

沈蘭溪不滿的瞪他。「郎君好敷衍。」

祝煊有些無奈，人性本就難測，他哪裡知曉旁人心中如何想？只是……

「從前有言傳，先帝娶后，是在殿外跪了兩日，才向先祖求得一道旨。當時白家嫡女本與輔國公有親，因這旨意，兩家退親，白家嫡女入了宮，輔國公另娶，只那位王妃身子不大好，生下丹陽縣主後便撒手人寰了，之後輔國公也沒再娶繼。是以，也有言傳，說是白家嫡女與先帝互生情意，這才有先帝求賜婚聖旨一事，而輔國公早已對自己髮妻情根深種，也沒上言，痛快退了親，成了兩樁美事。」祝煊徐徐道，只是對上那張聽得津津有味的臉，一時覺得自己成了坊間的說書先生。

他抬手在她腦袋上敲了一下，又補充一句。「人云亦云的傳言罷了，聽過便罷，當不得真。」

沈蘭溪沒應他這話，反而道：「若先帝心悅白家女，怎麼後面又寵三皇子生母？人死後，還以后禮下葬？他將白皇后的臉面置於何地？再者，他若心悅皇后，那為何不喜嫡子？為何不立太子，不設東宮？先前三皇子那般猖狂，都是因他的縱容，三皇子與五皇子朝堂對峙，瞧著也是他設的局罷了，不過，成安郡王倒是聰明，避開了這些破事……」

她說得義憤填膺，祝煊卻聽得眉心一跳。

她竟說皇家事是破事?!

「不可妄言。」祝煊無力的訓斥一句，但也知他說了她也不聽……

果不其然，沈蘭溪哼他一聲，理直氣壯的反駁。「我又沒說朝政，不過是碎嘴罷了，但為何五皇子在朝中辛苦那些年，如今有了聖旨，卻又不承皇位，反倒推給了七皇子？」

祝煊喝了口茶，一本正經道：「我不如娘子聰慧，那簪花的聰明腦袋都想不出，我這顆榆木腦袋又怎知？」

沈蘭溪無言。這話是在誇她嗎？不太像，再聽聽！

她晃著腳踢了踢他的靴，不要臉的道：「你誇誇我。」

「沈魚落雁，閉月羞花。」張口就來。

沈蘭溪不滿，又踢他。「你那是誇我的嗎？你分明誇的四大美女！」

祝煊側眼瞧她，視線在她臉上打量一圈，沈蘭溪揚著下巴給他瞧，攥緊的小拳頭躍躍欲試。

祝煊抿了抿唇，開口道：「我瞧著，分明是妳。」翻譯成人話就是：在我心裡，妳就是這般美女。

沈蘭溪瞬間變得嬌羞，身姿嬌軟的靠在他身上，小拳頭捶他胸口。「討厭，死鬼～～」

「咳咳……」這力道……是在捶核桃？

沈蘭溪被哄得心情舒暢，夜間又被伺候著舒服了一回，身心愉悅的滾著被子睡了，一夜好夢。

翌日霜降，於百姓也是過節，隔壁白仙來包了湯圓，給他們送來一大碗，個個又圓又胖，很是喜慶。

幾人分著吃了，祝允澄舔舔嘴，將那紅豆沙捲進嘴裡，忽地道：「曾祖母，咱們包餃子吧！我可會包了，我教你們！」

沈蘭溪險些一口湯圓噴出來，哪裡來的給自己找事做的小傻子?!

老夫人到底是最寵他的，先是誇讚一番，後吩咐人將東西搬來，就在屋裡包。

主院是沈蘭溪三人住著的，這婆媳倆體恤小輩，也沒讓她們搬，一同住在東跨院，離得近，閒話時倒是方便。

如今府中是沈蘭溪掌管，祝夫人剛來時便道，不插手府中之事，讓她自己管便是。

聽得這話，沈蘭溪倒是好生遺憾。

出去玩了一趟的人，心寬了，倒是不願管家了。唉，沒辦法，她還得繼續當壯丁。好在府宅不大，下人也不比京城祝家時那般多，幾人懶散度日，沒什麼事需要管。而祝煊也無人情往來，很是舒心。

祝煊回來時徑直來到東跨院，拎著沈蘭溪喜歡的麻辣兔頭和紅燒鴨掌，瞧見案桌上的東西時，腳步不由頓了下。

真是……好興致啊。

祖孫模樣認真的在捏餃子，餃子東倒西歪，醜得千奇百態。

一旁坐著個小娘子，嗑著瓜子、歪著腦袋瞧，似是被那些餃子醜笑了，白嫩的掌心展開，上面是她剝好的瓜子仁。

「呀，郎君回來啦！」沈蘭溪循聲瞧去，忍不住使壞。「快去淨手，過來一同包餃子，這是咱們的晚飯。」

老夫人也催促。「快去，你胃口大，自個兒來包。」

沈蘭溪沒心肝的笑。

祝煊沒忍住，伸手搶走那沒良心的小娘子手裡的瓜子仁，一把塞進嘴裡。

沈蘭溪還沒動，一旁的老夫人已經抄起迎枕砸到祝煊身上。「她好好的，你欺負她做甚！」

祝煊面色窘迫，這才想起不是在自個兒屋裡，故作鎮定的撿起迎枕拍了拍灰塵，同手同腳的放回去，一回頭，就見沈蘭溪捂著嘴偷笑。

「郎君想吃，使喚我給你剝就是，不必搶。」她軟聲開口，指著地上一顆瓜子仁道：「喏，還浪費了一粒。」

祝煊眉心一跳，不等開口，被那剛放回去的迎枕又砸中了。

「你竟是還敢使喚你媳婦兒?!」老夫人震驚。「你過去給她剝，我盯著你！」

祝煊無奈嘆氣，沈蘭溪一臉無辜。

正在奮力包餃子的祝允澄，瞧見他父親當真老實的開始剝瓜子，腦袋轉了回去，笑得甚是開心。

他父親被欺負了哦！嘿嘿～～

晚膳時，餃子煮好，沈蘭溪使喚澄哥兒端了一大碗送去隔壁。

因是過節，桌上的飯菜非常豐富，還有祝煊特意添的兩道菜，麻辣兔頭旁人受不了，只有沈蘭溪和祝允澄吃得很是滿足。

那餃子醜是醜了點，但味道尚可，不知是不是因自個兒包的，幾人都吃了不少，撐得肚皮溜圓。

老夫人瞧沈蘭溪手捧肚子，道：「去走走消消食，這一日日的太懶了，就坐著。」

沈蘭溪搖搖頭，不願意動。「我沒吃撐，澄哥兒撐著了。」

祝允澄無語。

幾人互看幾眼，一拖一的起了身，去逛園子。

園子裡到處亮著燭火，雖是不大，但錯落有致，除了石橋涼亭，還有幾棵果樹。此時天已涼，但綠葉尚未變黃脫落，與這時節的京城不同，沒在南邊住過的幾人嘖嘖稱奇，處處驚喜。

沈蘭溪打了個呵欠。

祝夫人攙著老夫人走在前面，老夫人另一側跟著金疙瘩的曾孫。

沈蘭溪與祝煊落後一步跟著，袖襬下的手悄悄握住，面上一個矜持一個端莊，讓人瞧不出分毫。

走到石橋上，老夫人腳步停下，忍不住拿魚食餵那幾條興奮得直擺尾跳躍的小金魚。

祝允澄有些無奈。「曾祖母，今兒都餵過牠們啦！」

「是嗎？」老夫人不走心的反問一句，又丟了一把魚食下去。

祝允澄瞧著那爭相躍起搶食的金魚，幽幽道：「曾祖母，您都餵得牠們撐開了肚子，瞧不見金色，像隻大白胖魚。」

沈蘭溪沒憋住，噗哧一聲笑了出來，就連祝煊那般處變不驚的人，眉梢眼角也帶了笑，似是有些無奈。

祝夫人也笑。「母親就喜歡這幾尾金魚。」

老夫人憋了憋，終是忍住了，沒再撒一把魚食下去，慢悠悠的下了石橋。「這宅院雖小，但佈置不錯，就是這魚有點少。」聽著似是有些不滿足。

察覺到一道視線掃了過來，沈蘭溪默默地轉開頭，心虛不言。

她也不曾想，勤勞兩日，竟是撐死了三條魚……

幾日後，沈蘭溪給元寶的回信剛送出去，晚間時便收到了祝家主的來信。

雖然先前元寶來信時，說了沈家也一切都好，祝家主性命無恙，但直至收到信，眾人才徹底鬆了口氣。

「無甚事，他受過刑罰，如今沒在朝中，在府中靜養。」老夫人簡單說了句，將信摺好放到袖袋裡，神色淡淡的吩咐身邊的嬤嬤，讓人挑些品相好的補藥送去給祝家主。

祝允澄撓撓頭，不解地問：「曾祖母不回去瞧瞧祖父嗎？」他們都在這兒，只有祖父一人留在京城，有點可憐。

老夫人搖搖頭。「他又不缺人照料。」

說罷，她不著痕跡的看了眼旁邊剝栗子的祝夫人一眼，又開口對祝煊道：「三皇子死了，阿窈被你父親接了回去，信上說，她懷了遺腹子，不過這事讓你父親操心去吧，你們夫妻不必管，誰都知川蜀貧瘠，你們也不必想著送什麼東西回去。」

沈蘭溪一副受教的模樣，小雞啄米似的點點頭，忍不住開心。

又省銀子啦！她與祝窈雖只見過幾次，但次次都不歡喜，給她花銀子，實在肉疼。

說過這事，眾人散了，屋裡只剩下老夫人和一位嬤嬤。

老夫人方才臉上還掛著的淡笑，此時已全然沈了下去，自袖袋中又掏出那封家書，怔怔瞧著。

身邊伺候的嬤嬤喚她。「老夫人？」

被喚回心神，老夫人抬起眼來，接過遞來的安神湯。

嬤嬤瞧她神色不對，問道：「老夫人可是有心煩事？得了家主的信，怎的還不高興了？」

屋裡也沒旁人，老夫人將手中的家書給她瞧。這嬤嬤是她的陪嫁婢女，與花嬤嬤一同自幼伺候著她，也是識字的。

不過幾瞬，她忽地抬頭。「家主欲要將那韓氏抬為貴妾?!」

雖是半生伺候人，但她跟著老夫人也是見過世面的，此時卻全然藏不住驚訝，蹙了眉。

那韓氏，且不說是祝夫人的陪嫁婢女，爬了主人家的床，聲名不堪，便是府中的家生子婢女，也不夠格抬為貴妾，祝家主是如何想的？嬤嬤忍不住腹誹。

老夫人冷哼一聲，眉眼間閃出些厲色。「他敢？只要我活著一日，他就別想！他顧著祝窈臉面，生怕她被府中和外面的人說閒話，想抬了她生母的位分，讓旁人知曉，祝窈是有祝家護著的。但卻忘了，二郎也是要臉面的啊！若他那些同袍知曉他家中如此，即便當面不說什麼，少不得背後說三道四，議論不止。

「至於祝窈，她要給三皇子做側妃時，家中誰沒勸過她？她鐵了心要嫁，如今萬般苦楚，也該自個兒受著，憑何要折了二郎的臉面來給她做臉？」老夫人氣道，她怎的生了那樣一個糊塗東西?!

「祝窈如今不受三皇子牽連，如此已然很好了，二郎與二郎媳婦都是能容人的，只要她不在府中折騰生事，便能安穩一生。但若非要將韓氏抬為貴妾，莫說我不答應，便是二郎媳婦也會收拾他們。」老夫人氣呼呼的。

聞言，嬤嬤卻是笑了，重重的點頭。「少夫人是個聰慧的，主意也多，還護著郎君。」

這邊在說話，那廂沈蘭溪還在與祝煊小聲納罕。

「祖母為何沒給你與母親看看那信？」都說睹物思人，如今來了信，大家都瞧瞧不是正常的嗎？

祝煊將她的腳勾回到被子裡。「莫要貪涼。」

祝煊火力旺盛，綠嬈又怕沈蘭溪冷，早早給她換了厚被子來，倒是將人捂得有些熱。

不過，此時她也顧不得與他辯駁，又奇怪道：「還有，祖母的神色瞧著不對……」

黑暗裡，祝煊眸子深了深，語氣卻是平和。「哪裡不對？」

沈蘭溪默了一瞬，老實道：「笑得好假。」

祝煊險些被口水嗆到，有些無語，卻又無法說。祖母雖說尋常是不愛笑，但方才的笑也是淡淡的，如何就假了？不過，祝煊也察覺到了異樣，祖母看信時神色僵了一瞬，再抬頭時便斂了下去，雖然很迅速，但他瞧得分明。

只是不知，祖母瞞著的是何事？

「十有八九是壞事。」沈蘭溪在他懷裡動了動，扳著手指頭數給他看。「父親無恙，祝窈也安好，沒提及的便只有韓姨娘了，估計是她在府中又作妖了。」那語氣，興奮得緊。

作妖？祝煊汗顏，認真請教。「為何提及了的便除去了呢？」

沈蘭溪隨口道：「父親受了刑責，性命無憂，也沒有更壞的事了。祝窈雖經大禍，但被接回府中，她便是祝家三娘子，外面那些事與她無關，府中也沒人欺負她，又有何壞事？如此，自是可以排除了。

「是以，真相只有一個！」沈蘭溪語氣忽地變得神秘，動來動去，在他懷裡極不安分。

「那事情就是生在了韓姨娘身上，雖不知她想要什麼，但瞧來，祖母是不打算給。」

祝煊驚嘆不已。「受教了。」

睡前猜測一通，沈蘭溪轉頭就忘，但遠在京城的韓氏卻是夜不能寐，日等夜等得心焦，只覺這次回信送來的甚是慢。

半個月後的晌午，韓氏好不容易聽得有信送至了祝家主書房，趕忙端著一盞參湯去了前院。

案桌後沒有人，只有桌上放著一封展開的信，龍飛鳳舞的兩個大字——

作夢！

韓氏沒少做紅袖添香的事，此時瞧見那兩個字時，手裡的參湯頓時砸在了地上，臉上的神色更是控制不住。

祝家主本在裡間更衣，聞聲出來，瞧見案桌上的書冊和信無恙，鬆了口氣，卻也皺眉道：「毛手毛腳的，還不趕緊收拾了！」

韓氏卻沒如往常般溫順，臉色難看至極，拿起桌上的信問他。「為何？為何這麼些年了，阿窈此次又受了這麼大的傷害，夫人卻連個貴妾的名分都不願給我？平日裝得溫順恭良，在坊間更是有賢良淑德之名，如今還不是小肚雞腸——」

「住口！」祝家主厲聲呵斥，撫著胸口咳嗽不止。「那是母親寫的！」

韓氏神色錯愕一瞬，復而委屈道：「老夫人不喜我便罷了，但阿窈是無辜的啊，那是她的親孫女，她為何就不能替她著想一回呢？你也聽見外頭說的那些話了，他們如何編排我都行，但我就是心疼阿窈啊，好好的姑娘，瘦成了什麼模樣，家主，求你也疼疼她吧……」

「妳也瞧見了，母親不允。」祝家主出聲，不耐的打斷她的話。他舊傷雖癒，但身子到底不比從前了，此時被她嘰哩呱啦的哭訴惹得頭疼。

抬為貴妾，他知不妥，但阿窈是他疼寵大的，自三皇子出事以來，坊間不少話說得很是難聽，他給母親去信說這事，也是實在沒了法子。

此次是母親回信，只那兩字，便知她動了怒。歷朝注重孝道，他也不例外，自是不能有悖母親行事。

韓氏嚶嚶哭著，覷著他的臉色，瞧他絲毫沒有改變主意的意思，忽地心生一計。「家主，不如讓阿窈去成都府住一段時日吧？」

祝家主瞬間皺眉，斥責道：「妳胡說八道什麼？」

韓氏雙手攙扶著他手臂，柔聲道：「妾是為了阿窈著想啊，她在京城，閒言碎語不斷，還觸景傷情，如此，阿窈何時能走出傷痛？她是少郎君的親妹妹，去探探親又何妨？況且，老夫人與夫人都在那兒，親親熱熱的，時日久了，阿窈許是就能忘了先前那些事。」

「二郎是外放出京，探的什麼親？」祝家主不贊成，且不說祝窈兩次回來都與二郎媳婦兒生事，如今沈氏更是腹中有子，如若兩人再吵起來，生了好歹就壞了。

再者，他剛提過將韓氏抬為貴妾，惹得母親不高興，再讓阿窈前去，母親哪裡還能對她親熱？不過，韓氏方才那句遠離京城的話有些道理，祝家主思索一瞬道：「去汝州老家吧，那裡族人尚在，有他們照料阿窈我放心，再者也沒人說三道四的惹她傷懷。」

韓氏眼皮一跳，剛想說什麼，卻聽他又補了一句。

「阿窈腹中胎兒不穩，妳隨她一道去吧，路上將她照顧好，不必急著回來。」

韓氏晴天霹靂，她原想著瞧著才能惹人心疼，讓阿窈去老夫人跟前晃晃，替她掙一個貴妾的身分回來，可……誰要去那荒涼破爛的地方啊?!

「家主……」韓氏剛開口，再次被打斷。

「快收拾行李，府中開銷有數，我就不給妳拿銀子了，出去吧。」祝家主打發她道，又喚了婢女進來，將案桌前的狼藉收拾了。

韓氏回到後院，忙不迭去了祝窈那處閣樓。

「小娘。」祝窈瞧見人進來，示意身邊伺候的婢女出去。

門關上，韓氏面色戚戚，過去牽起祝窈的手，一把鼻涕一把淚的與她哭訴道：「阿窈啊，妳父親打發我們娘兒倆去汝州啊，這天寒地凍的，眼瞧著要落雪了，妳這身子可如何使得……」

祝窈不著痕跡的皺了皺眉。「父親為何要我去汝州？」

韓氏哭聲一頓，拿起帕子拭了拭眼角，委屈道：「阿娘想著妳在京城，受那些碎嘴子說三道四，還不如去蜀地尋妳祖母住上一段時日，待那些閒話沒了再回來。誰承想，妳父親面慈心冷，竟是要妳去汝州老家，那哪兒成啊，身邊沒個人照料，如何能放心得下？」

祝窈聽得心煩意亂。小娘瞞得了旁人，卻瞞不過自己，想讓她去蜀地不過是為了自個兒的貴妾位分。

「小娘如何不知，我與二嫂生了齷齪，此次去哪兒都決計不能去成都府尋我二哥，祖母疼澄哥兒，如今二嫂又有身孕，祖母定會當眼珠子似的看顧著，哪裡還有我的寵？」祝窈說著有些氣惱，又有些煩躁。「母親大度，又不曾苛待妳，一應分例都給妳了，如今不過是一個貴妾罷了，半輩子過去了，妳又何必爭？便是父親抬了妳為貴妾，旁人說起，不還是說妳爬床之事嗎？」

韓氏臉色難看又難堪，伸手在她手臂上掐了一下。「妳個沒良心的，我做什麼事不都是為了妳？旁人說我就罷了，妳怎能這般說？我若是安分守己的當個婢女，哪裡還有妳？妳還能這般金尊玉貴的有人伺候，又嫁入皇家嗎？」

聽得後面那句，祝窈臉色一沈。

李乾景那般薄情寡義，自私自利，是她過去瞎了眼，把他那些狗屁話當了真，在家中鬧著非他不嫁，從前有多歡喜能嫁他，如今便有多恥辱！

「閉嘴！」祝窈沒耐得住火氣，呵斥道。

韓氏神色一僵，愣怔一瞬，隨即甩著帕子委屈得直哭，現下倒是多了幾分真情實感。

「妳吼我?!不孝的東西，妳竟敢吼我，我可是妳母親！」韓氏哭罵著，在她手臂上捶打數下。

胳膊被捶打得疼了，祝窈一把將她推開，脫口而出道：「妳算得我什麼母親？我的母親是祝夫人！」

韓氏將將從軟榻上撐起身子，淚珠從眼眶滑落，怒極反笑，字字句句刺耳得很。「妳想當人家的閨女，可惜人家瞧妳厭煩得很，一個庶女，將家中折騰得雞飛狗跳，哭鬧著要嫁給皇子，將人家的兒子逼到那樣艱難的處境，如今妳想不認我這個生母，去親近她？我呸！妳當自己是個什麼東西，一個從我這個爬床的婢女肚皮裡蹦出來的玩意兒，還真當自個兒是侯府嫡女了不成？

「也就是妳父親心慈，將妳這個揣著孽障的東西接了回來。妳還不要臉的想要將他生下來？人家外頭說錯了？換作知廉恥的好人家的娘子，早就無顏面對家人，一頭吊死了，也就妳這般不認生母，忘恩負義的東西，還能不要臉皮的活著！」

狗咬狗，一嘴毛，兩人吵嘴，一人氣極，一人面色慘白，無口爭辯。

韓氏自覺吵贏了，用帕子拭了拭眼角的濕濡，揚長而去。

不多時，前院書房便有人來報，說是三娘子鬧著上吊了。

祝家主慌忙起身往後院小閣樓去。

人本怯懦，逞一時之氣而剛。

祝窈推開婢女，將自個兒鎖在屋裡，一條白綾穿過房梁，打結懸起，踢凳等死，窒息感襲來，頓時踢腿掙扎，唇張開，眼瞪圓，一張臉憋得赤紅，青筋繃起。

「救……」

外面婢女驚慌失措的拍門，聽不得半點聲音，頓時也顧不得分寸，急急喊來小廝砸門，鏤空雕花門被劈開，婢女與小廝鑽進去，便見到吊著的祝窈已然沒了動靜，頓時雙雙一驚。

「快……快把娘子弄下來……」婢女軟了腿，跌跪在地，聲音也如蚊蟲而鳴。

小廝倉惶回神，哆嗦的手抓住祝窈兩條腿，欲要將人托起，離開那白綾，卻是如何都做不好。

婢女見狀，忙去扶起圓凳，又拿了剪刀來。

祝家主來時，便瞧見那小廝摟抱著祝窈站在圓凳上，兩人身子緊緊貼著，頓時又覺氣血上湧。

「混帳東西！你們在做什麼！」他怒吼一聲，忽地眼前一黑，暈倒在地。

小廝驚慌，腳下的圓凳踩得不穩，兩人皆跌倒在地。

今日祝家忙得很，伺候的下人手忙腳亂。

花嬤嬤聽得消息便匆匆趕來，便聽得一婢女從小閣樓跑出來，驚叫道：「不好了，三娘子見紅了！」

花嬤嬤眉心一跳，趕忙讓人再去催大夫，自個兒隨著那婢女入了樓。

當夜，祝家主醒來，靠在床榻上聽下人稟報下午之事。

下午祝窈與韓氏兩人吵嘴時，婢女就在外面候著，聽了個真切，可現在說來，聲音越來越低。

聲音止，屋裡靜了一瞬，祝家主擺了擺手，讓婢女退下，又沈默良久，祝家主方才緩緩出聲，只那話涼薄。

「去找個人牙子來，將韓氏發賣出府吧。」

經久跟著祝家主的小廝聞言一驚，頓了一瞬才拱手應是。

片刻後，不等韓氏尖叫哭鬧，就被堵住嘴拖到後門的木板馬車上，燭火下，人影越拉越長，直至消失不見。

吱呀一聲，木門關上，自此再無瓜葛。

祝窈腹中的孩子終是沒保住，哭過兩日，被喊去了前院書房，一同來的還有當日救她的小廝。

瞧見跪在地上的人時，她瞬間臉色變得難看。

「父親安好。」祝窈上前行禮。

祝家主一雙眸子耷拉著，語氣沈沈卻又淡。「跪下。」

祝窈神色一僵，心裡沒來由的發慌，卻也依言跪下了。

祝家主掃了兩人一眼，語氣寡淡至極。「那日雖是情急，但你二人確有逾矩之舉，壞了禮數……」

一連串的咳嗽聲起，激得血氣浮在了臉上，他喝了口茶才稍稍壓住些。「今日便由我作主，成你們二人親事——」

「父親！」祝窈急急喚了一聲，打斷他未說完的話，芙蓉面上泛起焦急。「父親，女兒不嫁！我雖是庶女，但也出自侯府，哪裡是——」一個下人可以高攀的?!

「住口！」祝家主厲聲呵斥。「妳祖母說得對，是我將妳嬌慣太過，才讓妳這般任性妄為，絲毫不顧及家族顏面，做出那般有辱門楣之事！」

此事也怨他，從前只覺得女兒家要嬌養著，大是大非的道理教給她，小事便無須苛責。如今才驚覺，是他寵得她無法無天，半分不為父母兄弟著想。

祝窈咬唇，滿臉委屈的要開口。

祝家主瞧她神色便知她要說甚。「妳也不必攀說妳小娘說那些話，她固然有錯，但妳也不是平白含冤，妳母親與祖母素日教導妳的，妳全然忘了，秉性脾氣倒是與妳小娘如出一轍。」

他深吸口氣，胸口憋悶得緊。「我如今給妳兩條路走，一則，妳與阿寧成親，妳手裡的莊子、鋪子，妳母親也未收回，足夠你們過活。二則，妳出府去，那些嫁妝我都會收回來，只當是家裡從未有過妳。」

前日他們貼身摟抱雖是情有可原，但到底是於禮義上羞恥，胸口緊貼，腰也攬了，怎能不成親？

祝窈心裡一震，愣眼瞧著他的神色，竟絲毫不像說假話！

「父親，您當真要我委身給一個下人嗎？您口口聲聲為了我，為了祝家聲名，可曾想過，若我當真下嫁，旁人會如何議論？我才剛失去腹中孩子，您就這般狠心，讓我這會兒出門去？既是如此，前日又何必救我，還不如讓我一了百了的與那孩子一同去了的好。」

祝家主眼皮驚跳兩下。「孽障！妳父母俱在，竟還敢想這般大逆不道的事！」

祝窈冷嗤一聲，從地上站起。「多謝父親提醒，若不然，我都不知曉自己還是有父母的人，您倒是想想，哪家父母會逼著自己的孩子嫁給一個下人？」

這話聽在耳裡，倒像是詛咒一般。

祝家主一隻手捂在胸口上，只覺得眼前的人東倒西歪，暈得厲害。「妳、妳——」

忽地，一口血噴了出來，人倒在了案桌上。

祝窈瞬間呆愣，怔怔的無所動作，一股涼意從後背竄起。

倒是跪在地上的那名喚阿寧的人快速起身，推門出去，喚了近身伺候祝家主的心腹來。

「三娘子將家主氣得吐血了！」阿寧道。

祝窈腦子嗡嗡的，剛要反駁，對上那人的眼，卻又說不出話來。

好似，是她……

阿寧暗自翻了個白眼。她不願嫁，當他想娶似的。

第四十一章

沈蘭溪聽得祝家這一攤子事，已經是十二月了，多虧元寶悄悄送來的信，沈蘭溪將那跌宕起伏、兩敗俱傷的劇情看了又看，竟無端生出些唏噓來。

祝煊沐浴出來，便瞧見沈蘭溪躺在床上樂得直蹬腿，那七個月的孕肚已經很大了，瞧得他心顫，忙大步過去，壓下她的腿，道：「安分點。」

沈蘭溪揚了揚手裡的信，眉飛色舞的道：「元寶給我寫的信，你想看嗎？」

祝煊從不過問她們主僕之間的信件說了什麼，只上次提及他父親時，她與他說了一句。他剛要搖頭，卻聽她似是引誘般的又開口。「有大事哦！」

祝煊眉梢輕挑，生出一股逗弄的心思，偏生不如她所意，淡聲道：「哦，不想知道。」

沈蘭溪憋了憋。

「千萬忍住，萬不可與我說。」祝煊又悠悠的補了一句。

「哼，不說就不說！」沈蘭溪賭氣似的，費勁的翻了個身，用後背對著他，不給他摸自己圓滾滾的大肚子。

身後響起一道悶聲輕笑，隨即，一根手指撓了撓她腰窩，男人清透的聲音響在耳畔。

「這就生氣啦？」

有調笑，卻聽不出悔改之意，沈蘭溪繃著腳趾不理他。

忽地，身後人離開了，不等她反應，那腳步聲又近了，沈蘭溪想也知道，是那狗男人折返了回來。

「那還要我給妳抹油嗎？」祝煊拿著一只瓷瓶，立在床前問，端的是一派悠閒姿態。

沈蘭溪本就是假生氣，他搭了梯子，她也就下來了，何況她才不要拿自己來賭氣呢，這油是用來消除她身上的妊娠紋。

打蛇打七寸，祝煊便是拿捏了她愛美的性子，瞧見她艱難翻身，很有眼力勁的伸手幫她，還幫她墊了軟枕，裡面填著棉花，也不怕硌著這身嬌肉貴的小娘子。

祝煊倒出一些油，在掌心揉開、搓熱，才慢慢擦到她的肚皮上。溫熱的掌心從肚子兩側再擦回到肚子尖，忽地，有什麼頂了頂他的手，祝煊手一頓，滿臉溫柔，對裡面的小傢伙道：「乖一點。」

不知是否聽到了他的話，直至他抹完，肚皮裡的小手小腳都沒再跟他玩。

至於沈蘭溪，早已呼呼大睡，卻是不料，那信上的事，與她在夢裡相會了。

夢裡吃瓜甚爽，早上她被祝煊吵醒時，還意猶未盡的想要翻身睡回籠覺，再接著夢。

「起來用飯了。」祝煊又喚她。「今早有臘八粥。」

沈蘭溪咕噥一聲，到底是爬起來了。

昨夜就開始做粥了，經過一夜，黏黏糊糊，軟軟糯糯，想也知道有多香！

他們去時不算遲，祝允澄練武還未過來呢。

夫妻倆一進門，老夫人便與祝夫人打趣道：「就知道這個饞嘴的不會耽誤時辰。」

祝夫人笑得溫和。

女子澄澈如幼子，尋常是家中寵慣出來的，不經風霜，但沈氏卻不如這般，她的澄澈，是不在乎那些煩雜事，將自己置於看客的位置，那些事如何，與她無甚干係，看過便罷了，自己吃好喝好玩好才最緊要。

女子當如她這般，才不會作繭自縛糾纏情愛，或為府中之事所累，勞苦一世。

「來這兒坐。」祝夫人與沈蘭溪招手，指了暖炕與她道。

沈蘭溪立刻鬆開祝煊的手，顛顛兒的過去了。

待幾人坐定，老夫人給身邊嬤嬤一個眼神，後者意會，轉身去將匣子裡的信拿來，恭敬遞上。

「這是你們父親寫的。」老夫人說了句，卻轉手將信遞給了祝夫人，沈蘭溪伸出去的手又乖乖收了回來，面色訕訕。

祝夫人笑了下，轉手將信遞給她。「妳來唸吧。」

沈蘭溪像模像樣的清了清嗓子，這才小心翼翼的拆開信。

「母親大人在上，展信謹祝安康，臨近過年，兒祝母親大人身體康健歲歲安，勞母親代為問候夫人、二郎以及二郎媳婦兒。家中生了幾事，待兒一一與母親稟報。

「一則，韓氏出口生惡，不敬主母，不懂孝悌之道，教唆阿窈，行敗壞家風之事，兒已將韓氏發賣出府，特與母親稟報……」

這哪裡是與老夫人說的，字裡行間透出的意思都是在講給祝夫人聽的，沈蘭溪悄悄瞄了眼祝夫人，後者不動安如山，面色淡淡，一副聽了但沒入心的模樣。

「二則，阿窈受韓氏教唆，行大逆不道之事，幸而婢女將門破開，人已救回，但阿窈失了腹中子，且與家中小廝壞了禮義廉恥，是以，兒作主，成兩人親事，此事匆忙，來不及與母親大人容稟，特此請罪，還望母親大人見諒。信至時，親事約莫已成，母親且安心，家中事宜，兒自將打理好。

「兒不孝，不能侍奉左右，遙祝母親大人安康，家中一切都好，勿念。」

沈蘭溪話音剛落，嘴邊就被人餵了茶，她就著那手喝了一口，抬眼便與老夫人對上了視線，她眨了下眼，忽地福至心靈，眼睛瞪圓，雙手捂嘴，驚詫出聲。「啊？父親將韓姨娘發賣了?!祝窈與小廝成了親?!」

老夫人神色頗為一言難盡。

饒是端莊如祝二郎，此時也忍不住眉眼彎彎，輕笑出聲。

老夫人眼皮抽了抽。「別裝了，也忒浮誇了些，妳何時知道的？又是妳身邊那個婢女與妳傳信說的？」

沈蘭溪老實的點點頭，毫不遲疑的將元寶賣了，兩根手指捏出一條縫，賣乖道：「也就比您早了一些些。」

老夫人既是昨晚沒將這信拿出來，便是今早才收到，她早了她一個作吃瓜夢的晚上。

沈蘭溪索性也不裝了，真誠發問。「祖母，父親當真將韓氏發賣出府了嗎？」

老夫人頓時哼了一聲，沒好氣道：「他那性子，哪裡是會做這事的？多半是將人送到了底下的莊子，那韓氏這些年也攢了點銀錢，十有八九也一併帶走了，哪裡就落得艱難了？這般說，也不過是給祝窈尋死那事一個交代。」

知子莫若母，沈蘭溪抿了抿唇，有些無語。

「不過，人打發出了府，他便不會再尋回來。」老夫人又補了一句。

這句明顯是與祝夫人說的。

在座的都是人精，沈蘭溪一雙眼骨碌碌的轉到祝夫人身上時，手裡被她塞了個剝好的蜜桔，就連上面的白色經絡都挑得乾乾淨淨。

祝夫人淺笑開口。「沒了韓氏，也總會有旁人，他納不納妾，納誰為妾，細數起來，其實與我並無多大干係。這段時日，隨母親在外，不必理會操持不完的雜事，也沒有各家宴請或是登門拜訪的帖子，過得格外舒心自在，倒是瞧著二郎媳婦兒操持府中事，雖懶散了些，但隨興舒服許多，兒媳私以為，女子當如此。」

祝夫人本就是老夫人親自挑選的兒媳，這些年來也端莊穩重，從未行過錯事，待她自然親和些，聽得這一席話，絲毫不覺不對，反倒鬆了口氣。「難為妳想得這般清楚，既如此，我也不多說甚了，世間無一不是教導女子品貌端莊，未嫁從父，出嫁從夫，總是為旁人活的，哪裡有半分的自個兒？從前我以為，放下內宅那些事，便能心寬了，實則不然，心寬眼明朗，不在於那些，妳瞧這個饞嘴的，少夫人這身分於她而言不過是個名頭罷了，不受它箝制，反而能利用之，讓自己過得更好，這一點，妳我做的便不如她。」

過了臘八就是年，這幾日，老夫人與祝夫人迷上了垂釣，收穫頗豐，給街坊鄰里分了幾條，又給下人分了幾條，留下過年用的，婆媳倆看著木桶裡剩下的十幾條魚，有些傻眼。

「那時也不覺得有這麼多啊。」老夫人喃喃道。

祝夫人贊同的點點頭，殊不知，她們釣回來的魚都被好好養起來了，每日七、八條，積少成多啊！

沈蘭溪路過，輕飄飄的說了句。「實在不行，可以拿去街上賣了換糖吃。」

她本是不過腦的隨口一句，誰知這婆媳倆卻是當了真，灌好湯婆子，拿了小椅子，被下人簇擁伺候著，提著幾桶魚去街口擺攤了。

不到十日便是除夕了，街上往來者眾，許多人被那桶裡活蹦亂跳的魚吸引了目光，駐足去瞧，但是熱鬧半晌，一條沒少。

直至午飯做好，也不見兩人歸，沈蘭溪扶著肚子慢悠悠的晃出來，日頭落在身上，整個人都顯得格外和煦。

「祝夫人好。」

「哎，過年好。」沈蘭溪笑著回了幾個打招呼的，挪著腳蹭到了那臊眉耷眼還頗為氣憤的老夫人身邊，只略瞧一眼那木桶，便知與拿出來時無異。

「祖母、母親，回家吃飯啦！」她嘻嘻笑。

「那些人，眼睛長到頭頂上去了，咱們這魚又大又鮮，還是我與妳母親在冰湖裡垂釣來的，竟是沒人買！」老夫人氣道。

這話聽著像是在告狀，沈蘭溪忍不住樂，伸手攙扶她，手在那錦緞衣裳上摸了摸，財迷似的感嘆道：「祖母這衣裳摸著真好。」

驢頭不對馬嘴的一句，老夫人剛要作勢凶她，忽地神色一僵，視線在自己與兒媳身上繞了一圈，瞬間恍然大悟。

她抬手在沈蘭溪胳膊上輕拍了下，哼道：「瞧把妳聰明的！」回家時腳步都輕快了許多。

飯後，街口處沒了錦衣華服的老太太，倒是來了一對可憐兮兮的婆媳，只那魚啊，與上午那攤子上的一般好，價錢實在，眾人哄搶，不過一個時辰就賣光了。

賺了十兩銀子的婆媳倆，豪氣的請沈蘭溪三人去酒樓用飯，沒要酒，菜也不多，但是夠他們五人吃了。

老夫人真實演繹了「酒不醉人人自醉」這話，席間講著她們的魚如何好，眾人如何搶著付銀子的壯觀場面。

祝允澄年紀小，聽得眼睛閃亮，發自肺腑的誇讚，如此，倒顯得只會點頭附和的沈蘭溪甚是敷衍。

至於祝煊，跟個木頭似的，只會吃喝，還有給沈蘭溪挑魚刺。

老夫人對那木頭夫婦甚是嫌棄的咂咂嘴，視線又轉回到自己寶貝曾孫身上。「曾祖母與你說啊，那人當真是圍得水洩不通，銀子像是燙手一般，爭先恐後的往我手裡塞……」

年三十，用過團圓飯，祝煊帶著家裡的幾人上了街。

今夜有燈會，由肖萍主辦，他意思是今年雖遭了災，但到底比別處好許多，且他們也做了大事，那些族長現在甚是妥帖聽話，合該慶祝一番。

祝煊與趙義也出了些銀錢，城裡的燈籠、年畫，都是趙義帶著營裡的士卒掛的。

夜本靜謐，但炮仗聲連天響，到處都充斥著硝煙味。

炮竹算是貴的，不當吃不當喝的，也就響兩聲應個景，是以，尋常百姓家的小孩，手裡若是有炮竹，那在小孩堆裡是能當老大的。

「前面那酒樓有猜謎，要去瞧瞧嗎？」祝煊問。

沈蘭溪抬眼瞧他，彎彎的眼眸裡皆是星光燦亮。「郎君想去砸人家攤子嗎？」

祝煊略一挑眉，不置可否。

他對猜謎無甚興趣，從前在京城時也從未參與，雖是有同窗宴請，多是臨窗而坐，看他們玩樂，倒是不知，他在她心裡這般才智雙全，便篤定他能拔得頭籌？

老夫人聽得這話，倒是道：「那就去瞧瞧。」她也從未見過這些熱鬧呢！

幾人行了百米，便瞧見了祝煊說的猜謎，饒是自覺見過大場面的沈蘭溪，此刻都忍不住倒吸一口氣，滿目驚嘆。

酒樓三層，外面除卻門的一小塊位置，都插滿了燈籠，亮如白晝，豪橫得明晃晃的。

「這些燈籠，每一個都對應一謎題，猜中者，除了額外獎勵，還可將這燈籠帶走。」祝煊語氣輕緩的解釋。

老夫人慭了慭，還是道：「鋪張浪費。」

沈蘭溪立刻點點頭，看得她眼紅，誰讓她沒有！

幾人擠到人群裡，祝煊在旁邊虛環著沈蘭溪，替她擋開擁擠的人。

祝允澄踮著腳往裡面瞧，緊緊跟著沈蘭溪，不防被人拉了下後脖領，整個人頓時站不穩的退了一步，靠在身後人的胸口上。

「誰偷襲我！」祝允澄氣呼呼的側頭，忽地眼睛發亮，驚喜道：「寒哥兒，你回來啦！」

瞧他笑，趙寒也扯著唇角笑了下。「嗯。」

「我前兩日隨母親去你家送東西時，楚姨還說你們不定能不能回來呢，你何時回來的，怎的不來找我玩？春哥兒知道你回來了嗎？」祝允澄嘰嘰喳喳的問。

「今日晌午時到的，還沒見到春哥兒。」趙寒回道。

不過片刻，他們便到了前面，那酒樓裡的夥計笑咪咪的讓他們挑燈籠。

沈蘭溪與祝煊耳語一句，毫不客氣的將他推了出去。「第一戰關乎士氣，郎君只可勝不可敗！」

祝煊仰頭看了一圈，點了第一層角落裡的一盞兔子燈籠，旁邊候著的人立刻踩著長梯取下。

祝煊伸手接過，不待那綁著紅繩的謎題打開，唰唰唰的冒出來好幾顆腦袋，瞧著比他這個答題人還緊張幾分。

他輕笑一聲，解開紅繩，只掃了一眼便心中有數。最簡單不過的字謎，莫說是他，就是身邊方才還緊張兮兮的澄哥兒都答了出來，頓時士氣大振。

得了兔子燈，還有一小盒點心，那夥計道了句吉祥話，又將視線轉向旁人。

「他為何不讓你繼續猜了？」沈蘭溪疑惑。

小娘子模樣明豔，但神色懵懵的著實有些好笑，旁邊人聽見她這話，笑答。「每人只能選一個，答對答錯皆如此。」

沈蘭溪愣了一瞬，後變得嫌棄。「這不是欺負人太聰明嘛！」

祝煊手抵在唇邊輕咳了兩聲，眉眼染笑。

祝夫人瞧著頗有興致，挑了一盞小豬的燈籠，也是字謎，很是好猜，提著自己贏來的燈籠甚是歡喜，那是從前做祝夫人時沒有的滿足。

祝允澄兩次都猜中了，很是興奮的舉手，少年意氣風發。「我來！」

夥計微微彎腰與他對話。「小郎君要哪盞？」

祝允澄剛想問沈蘭溪喜歡哪個，冷不防的聽旁邊的人忽地說了句。「你們都好生聰明啊，不像我，一個都猜不著，饒是喜歡那小馬燈籠也拿不到。」

祝允澄搔搔腦袋，看向眼巴巴的盯著高處燈籠瞧的趙寒。

他的手指立刻指了那白色夾雜一點紅的小馬駒。「要那盞！」

夥計的眼睛瞬間亮了，神色複雜一瞬，又問了句。「小郎君當真要這個？」

沈蘭溪瞬間腦子裡雷達響了，有詐！

只見那穿著喜慶的小孩很是肯定的點頭，語氣甚是堅定。「就要那盞！」

夥計依言將那盞燈籠取來，雙手奉上，笑咪咪道：「恭賀小郎君拿得這除夕夜的題王。」

祝允澄心想什麼鬼？

祝煊嘴角抽了抽，努力憋笑。

他方才忘了說，這些謎題中，有一最難的，只因挑選隨心意，是以，誰也不知那題藏在哪盞燈籠裡，卻不想，他這兒子手氣這般好……

祝允澄僵著手接過那盞燈籠，在眾人灼灼目光下，硬著頭皮拆開紅繩。舉頭望明月。

「……低頭思故鄉？」聲音弱弱的。

對上小孩滿含無辜的眼，夥計笑咪咪。「小郎君確定是這個？」

祝允澄遲疑道：「不確定。」

「望舒？」趙寒問。

夥計沒應也沒答，只是笑。

老夫人護崽，不高興了。「既不是猜字，那打一個什麼東西總要說吧？」

夥計依舊笑，閉口不言，等著那攥著拳頭努力的小郎君。

沈蘭溪站在旁邊擰眉思索，好片刻，忽地幽幽的冒出兩個字——

「當歸？」

「咦？」祝允澄瞬間抬頭，重複一遍。「當歸?!」

夥計此時眼底才多了些實意，又問了句。「小郎君確定嗎？」

祝允澄側頭與沈蘭溪對視一眼，重重點頭。沈蘭溪最聰明啦！若她猜的都不對，便是這謎題就是錯的！

「恭喜小郎君拔得頭籌。」夥計誠心實意的道。

立在旁邊的人立刻將這燈謎的獎勵雙手奉上。「恭喜小郎君，得醉春風兩罈。」

周圍議論聲起，比方才一個小孩挑中了題王還要驚詫。

「往年不是一罈嗎？怎的今年兩罈呢！」

「誰說不是？早知我也試試了！」

眾人肉疼得緊，為著那兩罈酒。醉春風啊，一罈便價值百兩，莫說是嚐個味道，就是轉手賣出去，尋常人家都能富裕幾年呢。

祝允澄沒接那酒，轉頭看向沈蘭溪。「母親，是妳猜中的，這酒是妳的，只是這燈籠能不能給我啊？」寒哥兒想要呢。

「燈籠給你。」沈蘭溪眼皮抽了抽，誰能想到當真是這個謎底呢？還要感謝上一世國文老師教授的古詩詞鑑賞，耳提面命的那句「使勁聯想，總能碰到一點得分項」。

「這酒，我們不要了。」沈蘭溪道：「換成銀兩吧。」

夥計笑意頓僵，面色崩潰。還能這樣？

瞧出他臉上的震驚與為難，沈蘭溪很善解人意。「你既做不得主，便進去問問掌櫃的吧，我等著。」

須臾，那夥計出來，手裡拿著個紅封，恭敬遞上。「夫人，那醉春風在小店賣三百兩一罈，折成銀子便是六百兩，這是銀票，您收好。」

沈蘭溪滿臉歡喜的接過，揣進自己的小荷包裡，妥帖的拍了下，語氣輕快。「多謝。」

得了這銀子，她也沒再去猜燈謎，捂好自己的小荷包才是緊要的。老夫人也沒猜，她怕猜不中，在小輩面前丟臉，她最是要面子，這事自然不能做。

幾人往前面去，那裡有篝火，熱鬧聲不輸酒樓這裡。

在川蜀地，篝火可以驅邪避災，每逢年節，都會點起篝火，圍著轉一圈，來年災病皆退散，總是個好寓意，幾人寧可信其有的過去湊熱鬧。

祝允澄墜在後面，將手裡的白色小馬駒燈籠遞給趙寒，大氣道：「喏，送你。」

趙寒不著痕跡的動了下眉。「當真？」

暖橙色的燭火映照下，少年眉眼都不再冷，反倒浮出幾分暖意。

祝允澄大大咧咧，脫口而出。「自是送你的，不然我與我母親要這燈籠做甚？」

趙寒微微垂眸，唇角勾起些清淺的弧度，伸手接過，鄭重道謝。

祝允澄有些彆扭的擺擺手。「作何這般客氣？我大舅很會做燈的，什麼樣子都能做，我和英哥兒每年元宵提的燈盞，便是大舅親手做的，每回都能引得許多小娘子和小郎君豔羨，巴巴兒的瞧，從街頭瞧到街尾，很是得意，可惜不在京城，不然我讓我大舅也給你做一盞。」

趙寒聽他說著，也能想到那是何種熱鬧景致，卻是低聲問：「英哥兒是？」

「哦，我小舅舅。」祝允澄摳摳手指，理直氣壯道：「雖他年歲與我差不離，但我才不喊他小舅舅，幼時他還與我爭辯，現今已然放棄了，我就一直喊他英哥兒！其實，這也不是最主要的，我倆是一同去書院讀書的，那時他一進書院便哭，哭著要大舅、外祖父、外祖母，眼淚鼻涕一起流，有時甚至還會在地上打滾，我與他走在一處，那些同窗都瞧我們，好丟臉！我才不要對這樣一個只會哭唧唧的小破孩子喊舅舅！」

趙寒笑了一聲，少年聲音爽朗，很是好聽，視線觸及手裡的燈盞時，又低不可聞的道了一句。「這盞是最好的。」

澄哥兒不懂，心想等他回到京城，定要去找大舅做一盞小馬燈，到時讓人給他送來，誰叫他們是好兄弟呢！

烤過篝火，幾人路過一間草廬鋪子，夫妻倆在賣湯圓，糯米白皮，裡面是紅豆沙或黑芝麻餡，被沸水煮得咕嘟咕嘟，白白胖胖的浮著。

這樣的冬日裡，鍋裡的氣都是人間味。

「咱們吃一碗再回去吧？」沈蘭溪停下步子，饞道。

老夫人還從未在這般簡陋的攤子上吃過東西，她身分尊貴，吃穿用度樣樣都是頂好的，不過眼下也沒嫌棄，與祝夫人挽著手在剛空出來的木桌前坐下。

沈蘭溪也被祝煊扶著落了坐。

幾人圍坐，一碗熱呼呼的湯圓下肚，全身都暖了起來，甚是舒坦。

老夫人本還想著祝煊吃不完，卻不想他端著碗又去要了一碗，這次是芝麻餡的。

到底是自個兒疼愛的孫子，老夫人心疼道：「二郎晚間沒吃飽？」

聞言，祝煊握著筷箸一頓，風輕雲淡。「吃飽了。」只耳根有些紅。

倒是沈蘭溪托腮笑咪咪。「郎君喜甜，這湯圓合他口味。」

老夫人瞳孔咻的睜大，她聽見了什麼?!

一旁祝夫人雖也驚訝，但很快便轉了神色，語氣有些欣慰。「從前只當你不重口腹之慾，如今聽你有偏愛的，這般就很好。」

二郎自幼便比尋常人家的孩子懂事，規矩禮儀也學得好，一舉一動當真如書裡那般，是世家子弟中的佼佼者，旁人提起便是誇讚之言，父母族人臉上有光。

只她也遺憾過，那樣的小孩，還不如如今的澄哥兒大，不會撒嬌耍賴，規矩行禮時像個小呆瓜。

「多謝母親。」祝煊道。

吃完湯圓，幾人打道回府，趙寒行禮告辭。

祝允澄打了個呵欠，急急叮囑道：「我明日無事，你記得來尋我玩啊，我們找春哥兒一起去城外策馬！」

趙寒點頭應好。

沈蘭溪懷著身孕，澄哥兒也吃飽喝足昏昏欲睡，老夫人索性大手一揮，各自回屋去睡，不必守歲。

旁人家點著油燈等日升吃接神飯，祝家人個個睡到日上三竿，紅光滿面，小輩伸著手要壓歲錢，吉祥話跟炮仗似的往外蹦。沈蘭溪厚著臉皮也要到了三個紅封，喜孜孜的塞進阿芙給她繡的新荷包裡。

祝允澄撅著屁股在旁邊搗鼓，片刻後，竟是拿著五個紅封，有模有樣的分給了他們四個。

沈蘭溪捏著被小孩塞來的兩個紅封，一臉懵。

那張稜角漸顯的臉繃著，表情很酷，祝允澄拍著胸脯，一本正經的道：「我都是大孩子了，日後有我孝敬曾祖母、祖母和父親母親，我也會照顧好弟弟的，你們只要享福就好。」

老夫人與祝夫人感動得眼淚汪汪，抱著金疙瘩捨不得撒手，恨不得將自個兒全部的家當都搬來塞給他。

祝煊倒是沒哭，驚詫過後也被觸動了。世家子弟，德行品性最為緊要，首孝悌，次謹信，現下瞧，他學得甚好。

真誠永遠是必殺器，饒是沈蘭溪從前想著做做面子禮便罷了，但如今回首，那想法早就被拋到了九霄雲外，不見蹤影。沈蘭溪感動得鼻酸，從荷包裡掏出一張昨夜贏來的銀票，慎而重之的將它送給了祝允澄。「拿去，買糖吃！」

她很摳，難保不是最後一次這般大方。

「哇！」祝允澄毫不遲疑的收下，清脆響亮地道謝。「多謝母親！」

沈蘭溪嘴角抽了抽，總覺得缺少了些什麼環節呢。

她這一動，其餘三人也不能毫無表示，於是，祝允澄又收了一輪紅封……整個人富足得很。

祝家在蜀地無甚親朋好友，不必費心思拜年走禮，但想著與隔壁肖家相處融洽，平日裡往來不少吃食，沈蘭溪還是在初三這日請肖家與趙家來吃飯。

唯一經她手的事，也就是確認了一下宴請的菜色。

與沈蘭溪的清閒相比，祝煊就忙了許多，不時有人登門拜訪或是宴請，他雖是能推則推，卻也被纏得脫不了身。

廂房裡，酒過三巡，眾人皆有些酒意上頭，唯祝煊坐在其中，清凌凌的，聽他們粗著嗓門說話。

男人說的不過就那幾樣，吃酒、聽曲和狎妓。後者嘛……他們不敢，怕那提刀來的趙大人會一刀一顆腦袋，跟摘西瓜似的。

至於聽曲，那也是分雅俗的，雅曲他們聽不懂，無甚意思。淫曲倒是分外有趣，但那趙大人又黑了臉……

最好的便是吃酒，氣氛到了，關係自然會變得熱絡，只這回又是祝大人，說是什麼家中娘子即將臨盆，怕渾身酒臭味將人熏著了。

這……這誰還敢再勸?!

這時，敲門聲響，眾人循聲望去，阿年頂著眾人視線，硬著頭皮進來，稟報道：「郎君，少夫人來接您了。」

熱烈的氣氛頓時變得沈寂，只見那清凌凌的人起身，整了整衣袍，面色無奈道：「對不住，我家娘子近日脾氣大，我便不留了，諸位用好。」

說罷，他穿好大氅出門去。

被勸酒喝得臉頰通紅、眼神迷離的肖萍現學現賣，他張口道：「我家——」娘子脾氣也大，我也先回家了。

「肖大人，來，我再敬你一杯！」

「我……」

「來，喝！」豪氣雲天。

肖萍一臉生無可戀。

第四十二章

祝煊伴著新歲的雪，打馬回了府，屋裡的熱氣驅散了他身上的寒涼。

阿年口中來接他的娘子，此時正靠在軟榻上，膝上蓋著皮毛毯子，手邊是糕點和茶水，還有一碟果乾，舒服得讓人嫉妒。

沒心肺的小娘子從話本子上抬頭，瞧見他，還詫異道：「今兒回來的挺早啊。」

祝煊心口一哽，兩步過去，捧著那白白嫩嫩的臉啃了一口，立刻遭了小娘子的嫌棄。

「祝二郎！都是口水！」沈蘭溪凶他。「渾身酒氣，離我遠些！」

只這男人似是沒臉沒皮，脫下外裳，捏著她的下頷又來親她。「自個兒嚐嚐，我吃酒了嗎？」

沈蘭溪霸道得很，她因懷孕飲不得酒，也不許祝煊喝，她吃不得的東西，祝煊也不能沾！

唇齒交融，半晌後分開，兩人皆喘息。沈蘭溪這回倒是不嫌棄他的口水了，還咂了下嘴，品出點味道來。

「你吃了麻辣兔丁！」她怒目圓睜的控訴。

祝煊視線不受控制的落在那丁香小舌上，暗了神色。

不僅甜，還格外好使……

「我不管，我也要吃！」沈蘭溪立刻撒潑道。

平日倒也能吃到，但因著身孕，那辣度少了一半，滋味便缺了大半，都不好吃了。

祝煊可不敢由著她來，哄道：「明兒便是十五了，咱們吃暖鍋，妳昨兒不是還饞嗎？」

沈蘭溪也知吃不得，但就是想鬧一下，聽得這句，頓時如同被順毛的貓，退而求其次的道：「那成吧。」

翌日，不到晌午，幾人就聚在老夫人院裡，等著吃暖鍋。

沈蘭溪親自調的料，不過片刻便傳來香味，一大一小似是屁股底下坐了針，不斷朝外張望。

忽地，沈蘭溪腹中一陣疼，頓時變了臉色，後背生了汗。

「這是——」祝煊瞬間心驚，趕忙攙扶住她。

「怕是要生了！」祝夫人急切道，又吩咐人。「去請大夫，讓穩婆也來主院。」

老夫人去如廁回來，屋裡已經空了，不等她問，便聽嬤嬤說沈蘭溪要生了，頓時也顧不得那燙好的鍋子，腳下生風的往主院去。

剛走兩步，卻又回頭。

嬤嬤不解。「老夫人？」

「讓人將暖鍋端去主院。」老夫人道：「頭胎沒那麼容易生，她又那般饞，先吃上一口，也好有力氣生。」

嬤嬤頷首偷笑。

一行人風風火火的帶著暖鍋過來，老夫人便瞧見她那事事沈穩的寶貝孫子在與攔在門口的婢女講道理，她聽了一耳朵，也算知曉怎麼回事了，揮揮手讓婢女進去幫忙。

屋裡，沈蘭溪被陣痛折磨得不輕，淚眼汪汪的還在委屈自己沒吃到嘴裡的鍋子。

綠嬈伺候在旁，心驚膽戰，根本顧不得這事，哄道：「等娘子生完就可以吃了。」

穩婆也在，聽得這話，在心裡默默辯駁一句，生完得吃糖水雞蛋、喝豬腳黃豆湯下奶，哪裡能吃鍋子？

「少夫人別急，用不了多久就能吃了。」穩婆不走心的安慰一句。

正說著話，只見祝煊進來了，手裡端著碗，碗裡盛著暖鍋燙熟的肉片和丸子，被醬料裹著。

沈蘭溪頓時吞了吞口水，一雙眼睛黏在上面，委委屈屈的喚道：「郎君～～」

小娘子本生得明豔，此時額上布滿了汗，一張臉也煞白，惹人心疼，祝煊上前，餵她吃飯。「先吃幾口墊墊，我讓人去買了麻辣兔頭，一會兒生完就能吃了。」

穩婆欲言又止，還是沒說。郎君也不懂，一會兒她去與當家老夫人叮囑幾句才是。

綠嬈見狀，讓開床邊的位置，給她家娘子端水喝。

眼瞧著這碗吃完，穩婆趕人了。「瞧著是要開始生了，大人在外面等著就是，不可再進來了。」

婦人生孩子，哪有郎君跟在旁邊盯著瞧的？

祝煊倒是沒再辯駁，餵沈蘭溪喝了水，哄道：「我在屏風後，妳好好的，一會兒餵妳吃麻辣兔頭。」

陣痛再次襲來，沈蘭溪疼得說不出話，只是重重的點了點頭。

祝煊立在外面，屏風遮擋不住什麼，沈蘭溪疼得吸氣的聲音不斷往他耳朵裡鑽，整個人心焦得很。

不過，老夫人猜錯了，沈蘭溪這胎生得甚是順利，也只是開口時遭了點罪，前後不過一個多時辰。

嬰兒哭了兩聲便停了，很是克制，就連沈蘭溪也仰著汗濕的臉，說了句。「可以吃飯啦！」

祝煊有些哭笑不得的捏了捏她的臉，將她臉頰上被汗浸濕的髮絲撥到耳後。

沈蘭溪生了個小娘子，皺皺巴巴紅彤彤的，但是瞧得出眼睛很亮，像極了沈蘭溪，鼻子和嘴倒是與祝煊相像。

老夫人與祝夫人稀罕的瞅著，熱切的低聲說話。

祝允澄站在旁邊，瞧著那娃娃，有些失望。竟是個妹妹？這便罷了，但為何是個醜妹妹！分明沈蘭溪長得那般好看，他父親也俊朗，妹妹卻像個肉丸子！

「這小腿還挺有勁。」老夫人臉上的皺紋都透著笑。「就是瞧著懶，隨了她阿娘。」

祝夫人也笑。「懶一些也無妨，勤快了就要幹活，累的是自個兒。」

老夫人被這話一噎，仔細思索，倒是也沒錯。像是沈蘭溪，她就從未見她幹活，不是吃就是喝，過的極為舒心自在。

自家的曾孫女，老夫人自是疼的，連連點頭。「妳說得是，懶一些好。」

生完兩日，沈蘭溪摸著自己像是扁了的皮球一般的肚子，還是不甚習慣，之前那突然壓得她喘不過氣的重量消失了，換成了枕邊只知道睡覺的小孩。

沈蘭溪用手指戳了戳她的臉，沒碰兩下，將娃娃生生戳醒了。

母女倆大眼瞪小眼，誰也沒說話。

只見小胖子忽然咧了咧嘴，對她笑了一下，眼睛又閉上繼續睡，那模樣……是在哄她？

沈蘭溪嘿嘿笑了聲，與她挨著小腦袋，也閉眼睡著了。

生孩子到底是勞力之事，沈蘭溪整整歇了五日，才覺得有了些精神。小十五有奶娘和阿芙照顧，府中有祝夫人替她打理，她萬事不愁，很是省心。

十五是老夫人給小孩起的乳名，老夫人雖想讓沈蘭溪親自餵母乳，但他們夫妻都沒這個打算，她也沒再提了。

府中的奶娘是兩個月前便找好的，生怕不夠，祝煊竟是找了兩個，還都是沈默木訥的性子。雖如此，他還是讓人私下盯著些，生怕生了什麼後宅陰私。院裡幾個婢女額外得了銀錢，自是妥帖辦事。

祝煊晚上回來，一進屋便與正在啃兔頭的沈蘭溪對上了視線。

瞧著吃了不少，桌上的一個骨碟已經滿了，那唇也紅亮亮的，漂亮極了。

沈蘭溪招呼他。「郎君快些來！」

因著她的口味，祝煊如今也能吃辣了，雖比不得她，但與她一同啃兔頭時，也不再是那個啃一個便要喝兩碗湯的人了。

祝煊脫下大氅，站在炭火盆前烤暖和了才過去。「今日歇的可還好？」

沈蘭溪點點頭，只是臉上神色欲言又止。

「怎麼？」祝煊啃著兔頭問。

沈蘭溪猶豫未答，啃掉手裡的半個兔頭後，還是蹭到他耳邊低語。

祝煊瞬間紅了臉，就連耳根都燒了起來，視線落在她飽滿的胸口時都像是著了火。

「漲了？」他聲音沙啞。

沈蘭溪悶悶點頭，有些氣餒。「下午時，我還抱著小十五吸了好一陣子，都沒出奶。」

她不必親自餵奶，雖然省事，但身子著實不爭氣，漲得疼啊！

祝煊喉結滾了滾，沒吃完的兔頭放回盤子裡，起身去淨手。

「咦，你不吃了嗎？」沈蘭溪問。

她最見不得人浪費食物，拿起那半個兔頭，幾下啃了個乾淨，舌尖一捲，帶走唇上殘留的香辣。

真好吃啊！

剛吃完，手邊遞來一條熱帕子，沈蘭溪毫不客氣的接過擦手，隨即便被他打橫抱起，往內室走。

「做、做甚？」沈蘭溪忽地結巴了，還有些緊張，腦子裡的黃色廢料唰唰唰的往外冒。

祝煊將她輕輕放在床上，放下床幔，昏暗的小天地裡，兩人的眼神，一個直勾勾，一個緊張又含著些難以言說。

腰帶被扯散了，外裳被拉開了，裡面柔霧色的小衣羞怯怯的見了人。

瞧見聳起的山巒，那直勾勾的眼神深了些，隨即毫不猶豫的埋頭幹活，不多時，嚐到了大自然的恩賜。

「你辣到我了……」聲音難耐。

「妳甜到我了。」嗓音沙啞。

不多時，低吟與嬌泣從屋裡傳來，外面路過的綠嬈頓時紅了臉，默默的挪著腳步離得遠了些，心裡卻忍不住腹誹，郎君也太胡來了，她家娘子還在坐月子呢！

小夫妻倆悶聲幹了大事，小娘子羞得頭髮絲都冒了煙，還能不要臉的問一句。「好喝嗎？」

神色之真誠，讓人語塞。
祝煊紅著耳根，面色如常的起身，用錦被將人兒裹好，整好衣衫走出內室，在案桌前坐了一刻才驅散滿身慾念。
沈蘭溪從錦被裡滾出來，衣裳皺了，頭髮亂了，但身心都舒爽了。
這時倒是知羞了，背著身揉了揉自己，才慢吞吞的合攏衣裳。
她趿拉著鞋到了外室，端著果盤站在祝煊身後瞧，看著他在幾個字間猶豫不決。
這是要給小十五起名，可愁壞了老父親。
沈蘭溪果子咬得響，吃得歡快，也擾人得很。
祝煊拉住她手臂，將人拽著坐於自己膝上圈住，指著畫了圈的兩個字，問道：「選哪個好？」
沈蘭溪搖頭。
祝煊以為她也難抉擇，剛想開口，便聽她脆生生的扔出三個字——
「都不好。」
這話就有些打擊老父親了，畢竟是他看了許多書籍才挑選出來的，一張宣紙上寫著密密麻麻的字，如今只剩下畫圈的兩個，卻是不招人待見。
「澄哥兒的『澄』字取自日光，這個『舒』、『朦』皆是月亮之意，郎君只想著日月共生，卻是忘了，日月不相見。」沈蘭溪噼哩啪啦的道，在他懷裡尋了個舒服的姿勢，又開始吃。

祝煊頓如醍醐灌頂，茅塞頓開，又鋪了一張宣紙，思忖一瞬，提筆在紙上寫下另一字。

「這個如何？」

沈蘭溪視線移過去。「昭？不也是日光之意？」

祝煊「嗯」了聲，手環著她腰背。「他們是兄妹，也是手足，昭與澄同義，萬望他們兩人能手足情深，同氣連枝。」

他聲音淡淡，沈蘭溪卻忽地生出一股心疼，祝煊年少時，也是期盼自己能有一個守望相助的手足吧？可他的嫡親兄長不等長大便離世，而他成了別人的兄長。

饒是祝窈出自姨娘肚子裡，他礙於自己母親，但還是做了兄長該做的事，待她寬容，不會計較，但祝窈那人，委實受不起他的一腔情感。

沈蘭溪伸手抱住他，下巴抵在他肩上，一字一頓的輕聲唸道：「祝允昭，昭姐兒……」

祝煊心動，捏了她的手，想親親她。

不等他動作，忽地對上一雙燦若星子的眸子，彎彎的桃花眼，裡面藏著不懷好意。

紅唇一張一合，聲音跳躍又歡快，慫恿他。「你去喊她，看她答應嗎？」

祝煊無語。

今天是小十五的滿月禮，祝夫人請了城中的戲班子，特意辦得熱鬧些。

他們在此無親眷，祝夫人對宴請名冊還頭疼了許久，遲遲未定下，誰知沈蘭溪聽聞，讓綠嬈喊了隔壁的肖夫人來，兩人在屋裡說了兩刻的話，肖夫人喜孜孜的走了。

過後，也沒有宴請名冊，倒是定了桌數，玩笑似的湊了個十五，與小孩乳名一般。

老夫人聽說後，唸了她一句「胡鬧」，但那臉上分明是笑著的。

乳名是她起的，沈蘭溪喜歡，她便高興，大手一揮，將這次滿月禮的開銷歸到了她的帳上，讓沈蘭溪笑得見牙不見眼。

不過，今日來的人確實不少，十五桌堪堪夠坐，雖是大多沒見過，但見人三分笑，再說句祝賀的喜慶話，主家賓客都歡喜。

草長鶯飛，剛過了一個冬的百姓又開始忙了起來。

年前，肖萍提前準備，因此在別的知府恨不得一天當兩天用時，他如今還有工夫與祝煊各捧一杯茶在簷下聽雨。

「現在外面鐵匠鋪的農具都搶瘋了，價格也比尋常高了幾倍，咱們這邊還好，早早將官府租賃農具的消息放了出去，價格平常，百姓自是樂意租用，那些匠人倒也沒有暴利。」

肖萍飲了口茶，又道：「聽聞許多地方，有好些人家搭了夥，將家裡的鍋聚在一起，只留一口共用的，剩下的都拿去打了農具，著實是有些慘。」

這事，祝煊倒是頭一回聽說，卻不由得讚嘆。「也是個好法子。」

「不過，青苗就沒法子了，只能靠搶。我前日查了一下帳簿，帳上銀子不少，也按你說的，在城中貼了告示，可借些銀錢給百姓，待夏收之後再收回來。告示在昨日午時張貼出去，文房先生從晌午後便忙得水都顧不得喝，連春哥兒都跑去幫忙了。」肖萍仔細與他說。

祝煊坐在一旁，聽得這話，道：「過幾日栽種，找趙大人借一些人來，農田那裡要有人時時看顧著才好。」

肖萍不解。「為何？往年栽種時也無須看顧呀。」

祝煊側頭瞧他，不語。

兩人對視幾瞬，肖萍忽地瞳孔微張，撫掌道：「你是怕有人去拔人家栽種好的青苗？」

祝煊不置可否，手裡的熱茶漸涼。

「這等缺德事，沒人會幹吧？」肖萍有些遲疑，但還是聽話地點頭。「成吧，我到時去找趙義借人。」

於百姓而言，莊稼可是命根子，若當真被偷了苗，那不只是損了買青苗的銀錢，還有夏收的收成，可是要人命的事！

再者，若是當真出了這事，他這知府可就有麻煩了。想到此，肖萍就頭皮發麻，還好祝煊提點了他一句。

這個大腿他要抱好！

此時，相隔兩條街的學堂，熱鬧得如同過年。

一個粉雕玉琢的小孩被白底紅花的棉毯子包裹著，被放在陳年老舊的案桌上，裡三層、外三層的小蘿蔔圍著瞧，七嘴八舌的似是要將屋頂掀翻。

「澄哥兒，你妹妹真可愛！」

「就是，比別人家的小孩好看多啦！」

「她好胖，你看她手上還有小窩窩！」

愛睡覺的小十五，被吵得睜開了眼，眼珠滴溜溜的轉了轉，掃過一張張興奮的臉，嫌棄的癟癟嘴，又閉上了眼睛。

一個同學被她的表情逗樂了，伸手想要碰碰那肉嘟嘟的臉，誰知手剛伸出去，就被旁邊的人毫不留情的拍了回去。

「只許看，不許碰！」祝允澄微抬下巴，語氣強硬。

那人齜牙咧嘴的揉了揉手背上被拍出來的紅印，問道：「你把你妹妹偷偷帶出來，你母親不會揍你嗎？」

祝允澄心虛了一下，剛要開口，卻被人搶了先。

「他母親是後娘，後娘都不待見繼子的，他回家一定會挨揍。」一個小蘿蔔頭幸災樂禍道。

「你娘才不待見你！」那問話的小孩立刻梗著脖子罵。「你是住澄哥兒家床底下了嗎？

我跟澄哥兒說句話，問你了嗎？巷子裡的阿婆都沒你話多！有這工夫，還不如滾去精進一下你的課業，省得先生每次問話，你都答不上來，教訓你便要用半堂課，平白耽誤大家的學業進度，跟你做同窗，呸，真倒楣！」

那嘴噼哩啪啦一通罵。

那人臉青了又白，白了又紅，憤怒與羞恥交織。

「怎麼？還想與我動手？」呱呱嘴還意猶未盡。「走啊，去院子裡比試一番。」

祝允澄伸手攔了攔，瞧向那欺負他的人，目光不善道：「我母親有多好，你個親娘不如後娘的又怎知曉？這世間僅有一個沈蘭溪，那是我母親。」

這語氣，驕傲得很！

許是有很多後娘會苛待繼子，但沈蘭溪才做不出那樣的事，他很幸運，阿娘給他送來這樣好的母親。

這廂唇槍舌劍，軟布包裡的小孩不知何時睜開了眼睛，揮舞著小手握住祝允澄的一根手指。

「呀！」祝允澄驚訝出聲，垂眸看向案桌上的小孩，眼裡滿是驚喜。

小孩的手軟軟的，還熱熱的，抓著他的手指不放。

祝允澄半邊身子都僵了，一動也不敢動的與她大眼瞪小眼。

好半晌，他開口。「妹妹呀——」

小孩突然咧著沒牙的嘴朝他笑了一下，隨即又閉上眼睛。

祝允澄愣了下，又無奈的笑，摸摸她的小手。「小睡包。」

不多時，先生過來要授課了，眾人才一臉不捨的回到自己的位子，有些遺憾沒摸到那樣軟嫩嫩的小孩。

澄哥兒看顧得也忒緊啦！

祝允澄也趕緊在蒲團上坐下，把小十五小心翼翼地放在自己腿上，書打開，跟著先生上課。

晌午放學，雨還未停，祝允澄也不在簷下等，將小十五包好放進書袋裡，棉帽子也戴好，只剩一雙眼睛露在外面。

他將書袋挎在胸前，一手撐傘，一手托著她，小碎步的往家裡走。

方才還睡得熟的小孩，此時正睜著眼睛看淅淅瀝瀝的雨，滿眼好奇。

祝允澄以為她餓了，有些心疼，又有點愧疚。「小十五再睡會兒，一會兒就能吃奶啦！」

好在今日他只上一個時辰的課……

偷偷摸摸的回了府，祝允澄剛想裝作什麼事都沒有發生一般，將小十五放回小木床上，一推門，對上三張嚴肅的臉，其中一張還打了個呵欠。

沈蘭溪也不知怎麼回事，一見到她家小閨女，她就犯睏……

老夫人最是疼愛這個曾孫，此時黑著臉，肅神厲色道：「你怎的將小十五帶出了府！」

祝允澄一怔，站在門口耷拉著腦袋聽訓，胸前書袋子裡的小十五被奶娘抱走了。

「她還這般小，你若是帶著她有個閃失，要如何面對你父親、母親！」老夫人恨鐵不成鋼的斥責道，殷殷之情盡顯。

祝允澄雖小，但也知此事是他做錯了，一句都不反駁。

「這般行事，一點分寸也無，枉費你父親一番教導，竟還不如三歲時懂事！」老夫人又罵。

哎，這就有些傷人了啊。

沈蘭溪看看這個，又看看那個，心知不該蹚渾水，但瞧著那紅了眼眶的小孩，還是頗為不忍心。

「祖母別罵他了，這不也沒出什麼事……」沈蘭溪小聲勸道。

這話一出，老夫人頓時將炮火對準她。「妳就縱著他，今日他敢不告知妳，便帶著小十五出府，日後若是有事，也定是半分不與父母長輩商議，看妳到時如何哭！」

「……這事我知曉的，他將小十五塞書袋子裡。」沈蘭溪小小聲，偷偷瞧她臉色。

果不其然，老夫人頓時炸了，臉色難看得猶如鞋底。

「妳知道?!妳知道還讓他將小十五帶出府?!若是有點閃失——」老夫人說不下去了，氣得心口疼。

小的不省心，這大的更甚！

祝允澄也詫異，沈蘭溪如何知曉的？他分明瞧過沒有人啊！

老夫人又問：「妳既是知道，方才怎的不說？」

沈蘭溪理直氣壯。「我怕您罵我啊。」

老夫人無語。

「沈孝順」趕緊伸手，給老夫人順了順氣。

被嫌棄的挪開，再伸，再被挪開。

冷屁股不好貼，沈蘭溪乖乖坐了回去，往嘴裡塞了顆蜜餞甜甜嘴。

老夫人餘光掃見她的動作，越發覺得心口疼。這個沒心肺的！

「我知妳疼澄哥兒，但也不能一味的縱著他，小十五剛兩個月，身子正是軟的時候，可禁不住磕碰，澄哥兒這半大小子，手上沒個輕重，若是磕碰著她，妳不心疼？」老夫人終是忍不住，殷殷切切的與沈蘭溪道。

沈蘭溪點點頭，遲疑一瞬，還是老實道：「但澄哥兒抱小十五，抱得比我都好。」

老夫人被她這話一噎，氣得嘴唇都哆嗦。

沈蘭溪瞧見了，「沈大孝順」再次上身，趕忙遞上一杯熱茶。「祖母喝口茶暖暖身子，都凍得哆嗦了。」

「……我這是被妳氣的！」

這帽子沈蘭溪可不戴，連忙擺手，拒不承認。「我可沒氣您，我就是說兩句實話罷了。」

嘴上說著，身子也誠實的往後挪，生怕什麼沾上身。

老夫人氣急，拂袖而去，祝夫人趕緊起身跟上。

沈蘭溪坐得穩穩當當，大聲挽留。「祖母、母親，別走啊，我們中午吃暖鍋……」

第四十三章

門口的小孩還站著，沈蘭溪朝他招手。「過來坐，站著不累嗎？」

祝允澄走近，卻未坐下，嘴巴癟了癟，說了句。「母親，是我錯了。」

話出口，眼圈又紅了。

沈蘭溪微微張嘴，詫異一瞬，倒不是因他說的話，而是這眼眶說紅就紅的本事！

她伸手，拉他在旁邊坐下，靜默一瞬才問：「怎麼把小十五帶出去了？還不敢與我說一聲？」

祝允澄耷拉著腦袋，期期艾艾。「我想讓那些同窗看看小十五。」

沈蘭溪眉眼一挑，迸出一個詞。「顯擺？」

祝允澄頓時一張臉脹紅，滿是難為情，但還是點了點頭。

沈蘭溪在他肩上拍了一下。「抬起頭來，臊眉耷眼的不嫌難看啊？小十五喜歡漂亮的，當心她不要你抱——」

話且沒說完，那顆腦袋倏地抬了起來。

沈蘭溪語塞一瞬，又道：「顯擺就顯擺唄！做甚一副見不得人的架勢？」

祝允澄小聲又困惑。「這……顯擺不好。」

沈蘭溪輕哼一聲，又往嘴裡塞了顆蜜餞，還順帶給了他一顆。「不是顯擺不好，是過度顯擺是一種心理病。」

她說著稍頓。「如我，我穿了新衣裳，得了新手鐲，自是要穿戴著在人前晃一圈，惹得旁人豔羨，這是正常的。但你若是顯擺，誇大自己，看輕旁人，或是變成了攀比，這便不好了。」

話音剛落，祝允澄便急急出聲。「我沒看輕旁人，也沒拿小十五與那些同窗家的小孩攀比！」

「那不就成了？」沈蘭溪說罷，站起身。「洗洗手準備用飯吧。」

晌午還真的吃暖鍋，各色肉菜、丸子裝盤，碗裡調著料，滿屋子的香味。

祝煊黑著臉回來了，祝允澄立刻縮成一團，垂著腦袋不敢與他對視。

沈蘭溪頭也不抬。「收斂一下你的黑臉，影響食慾。」

祝煊深吸口氣，冷著聲與那鵪鶉似縮著的大兒子道：「你隨我出來。」

被點了名的人渾身一抖，硬著頭皮、趿著鞋底往外去。

一如先前，沈蘭溪沒攔。她知道祝煊是嚴父，又不是毒父，怕甚？再者，小孩總要有人費心教導才好，他先前將澄哥兒教的便很好。

片刻後，暖鍋滾了，父子倆一前一後的回來了，沈蘭溪端著碗，不著痕跡的掃過兩人的臉。

神色……很不錯？

「碗過來。」祝煊打斷她神遊天外，挾了一筷子燙熟的肉放到她碗裡。

沈蘭溪收回思緒，肉片裹了醬料，一大口吃下去，真香！

三人吃得大汗淋漓，十分滿足，桌上的肉菜皆空了，什麼都沒剩，咕嘟咕嘟的鍋底也沒了。

沈蘭溪靠在祝煊身上，後者遞給她一個剝好的橘子，幾口就被吞下肚。

美滋滋！

祝允澄詫異。「妳還吃得下？」

沈蘭溪斜他一眼。「休想分我的橘子，自己剝皮去！」

祝允澄揉肚子。「吃不下了。」

「哦，那你真不行。」語氣真誠。

用過飯，上學的上學，上工的上工，某人繼續家裡蹲。

瞧祝煊開門出去，沈蘭溪一把拉住正要跟上的祝允澄，做賊似的小聲問：「你們方才說甚了？」

祝允澄一副「就知道妳要問」的神色，歡喜道：「父親罵了我一通。」

沈蘭溪瞧著他的神色頗為一言難盡，這……莫不是被罵傻了？

「父親說，既然我這般喜歡小十五，就讓我每日騰出一個時辰照顧她，不許旁人幫忙！」祝允澄興奮道。

沈蘭溪無語。這是將自己兒子當「月嫂」用？

她嘴角抽了抽，視線觸到那興奮的臉，越發不解，怎麼有人年紀輕輕就傻了呢？

不管沈蘭溪如何想，祝允澄很是喜歡這個懲罰，蹦蹦跳跳的去學堂了。

夜裡，奶娘將吃飽喝足的小十五抱了過來。

兩個月吃胖了不少，嫩白的胳膊跟藕節似的，祝煊挽起她的袖子，用絞乾的濕熱帕子幫她擦身子。

沈蘭溪瞧得忍不住笑，在旁邊打滾。

門被敲了兩下，就見一個腦袋鑽了進來。

祝允澄滴溜溜的眼睛瞧見榻上的小孩時，「嗷」的一聲撲了進來，趴在榻上，摸著那肉嘟嘟的小手和小腳，嘿嘿笑道：「小十五真可愛！」

似是聽懂了這話，小十五咧著嘴對他笑，小手撲騰兩下，抓住他一根手指。

沈蘭溪忽地生了些醋意，手指戳戳她胖胳膊，等她抬手時，又戳戳她小腳丫。

小十五忙壞了，抬胳膊縮腿的，卻還是被沈蘭溪壓倒性的欺負。

忽地，她停下動作，與沈蘭溪對視一眼，也衝她咧嘴笑了。

「傻樂什麼？人家欺負妳，妳還笑？」沈蘭溪似是惱她一般，又戳她胖胖的身子。

小姑娘脾氣太好了，隨了沈蘭溪的懶，也有著祝煊的溫和，如何逗弄她都不哭，也就餓了時，會假哭兩聲知會他們。

「母親，妳別欺負妹妹！」祝允澄看不下去了，護崽道。

沈蘭溪毫不承認，大言不慚。「我是在與她玩。」

祝煊將擦完的濕帕子放在一旁，勾著唇笑，也不戳穿她。

忽地，咕嚕嚕的一聲，很響。沈蘭溪伸出去的手指頓了一瞬，轉身就走。

頃刻間，一股臭臭的味道傳了出來。

祝煊愣住。

饒是祝允澄也有些無語。「母親！」

沈蘭溪裝聾，趿拉著鞋就跑。

也沒喚人進來伺候，祝煊這個老父親出了手，動作嫺熟，有條不紊的給小閨女擦屁股，又換了布巾，側頭問：「瞧清楚了嗎？」

捏著鼻子的祝允澄點頭。

「日後你看顧時，就是你自己來換。」祝煊道。

祝允澄忽然有些明白沈蘭溪方才為何要跑了……

瞧他露出些難色，祝煊挑眉得意。真當他不罰他了？

日子不疾不徐，青苗栽種到田裡，放眼望去，滿是青翠。
祝家門前，箱籠裝車，祝允澄牽著老夫人的手依依不捨，不覺紅了眼眶。老夫人也最捨不得這個金疙瘩，抱著哄他。「哎喲，乖乖，莫要哭，待得秋涼，曾祖母就又來了。」
祝允澄點頭，眼淚卻是啪嗒啪嗒的掉，小大人似的叮囑。「山高路遠，曾祖母萬望當心，若是累了便歇一歇，母親給您帶了許多吃食呢，夠吃好久，不必急著趕路。」
「好，」老夫人心裡熨貼極了，拉長音回了一聲。「曾祖母都聽澄哥兒的。」
說罷，她抬頭瞧向沈蘭溪，剛想也溫情幾句，卻聽得那饞嘴的開了口。
「今年吃不到汝州的大桃子了。」一咂咂嘴，語氣頗為遺憾。
老夫人險些氣得倒仰，瞧瞧這說的什麼，只知道吃！頓時也懶得與她說了，擺擺手，被嬤嬤攙扶著上了馬車。
只那背影，瞧著氣鼓鼓的。
沈蘭溪笑咪咪。「祖母、母親慢走，二娘便不遠送了。」
做甚惜別哭紅眼，她今日畫的桃花妝很是好看呢。
一眾人浩浩蕩蕩行過二里地，老夫人才發現，小几案下放著一個缸子，裡面幾尾胖金魚游得歡快。
祝夫人忍不住笑道：「二娘有心了。」

老夫人板著臉，語氣硬邦邦的。「那個沒心肝的，這是給我帶著吃嗎？」

雖是如此說，但眉眼間的溝壑都透著驚喜。

那廂將人送走，這廂一家四口上了街。

祝允澄還悶悶不樂。「母親，曾祖母和祖母為何一定要回去？就與咱們住在這兒不好嗎？」

沈蘭溪被街邊的煎包勾了魂，胡言亂語道：「她們得回去清點家財。」

祝煊嘴角抽了下，一手抱著小十五，一手在沈蘭溪腦袋上輕拍了下，訓斥道：「別胡說。」

沈蘭溪立刻癟著嘴轉頭瞧他，滿臉委屈。「你打我?!」

祝煊剛要辯解一句，卻被搶了先。

「沒有一籠煎包，別想哄我！」

祝煊順著她纖細的手指瞧去，小攤子上的湯包煎得金黃，撲鼻得香。

為何她不自己買？濺起的油滋滋響，這愛美的小娘子今兒穿了一身花團錦簇的新衣裳，才捨不得呢！

祝煊輕笑一聲，抬腳就走，只扔下兩個字。「沒錢。」

剛走兩步，後面便來了個拆臺的。

「母親，我給妳買！」祝允澄大方道，朝小攤子跑了過去。

祝煊嘴角抽了抽，一回頭，便與沈蘭溪對上視線，桃花眼裡滿是揶揄。

沈蘭溪心情甚好。

欺負她？沒關係，她的好兒子會出手！

片刻後，祝允澄拎著一袋油紙包回來了，看向他父親的眼神滿是嫌棄。

「父親真小氣，連煎包都捨不得買給母親，母親還為您生了小十五呢，生小孩對母親來說，那是在鬼門關走一遭，父親都不對母親好一點……」譴責的話連成串。

祝煊額上的青筋狠狠跳了兩下，忍無可忍的將自己腰間掛著的青綠色荷包解下扔給他。

祝允澄單手接住。

「自己看。」祝煊沒好氣道。

祝允澄哼了一聲，解開。

唔……兩文錢？咳，確實買不起……

他迷惑的抬眼看向沈蘭溪，後者已然悄悄的溜走了。

「父親您也太窮了。」小孩語氣真摯。

祝煊眼皮一跳，沒吭聲。

「我給您一點吧。」小孩很是大氣，打開自己的荷包，掏出一枚銅錢放進那青綠色荷包裡，繫好遞給他，抬起的臉上寫滿了「求表揚」。

祝煊深吸口氣，接過自個兒的荷包，抬腳就走。

混蛋兒子，他都看見了，他裡面有一錠金元寶！

夏日瓜果熟，沈蘭溪抱著半顆西瓜，用勺子挖著吃，大口大口美滋滋。

坐在對面的小孩瞧得目不轉睛，微微張開的小嘴流出一串哈喇子，晶瑩剔透。

沈蘭溪瞧見了，與她講道理。「不是母親不給妳吃，是妳自個兒脾胃不好，吃不得，也別饞，等妳長大了就能吃了……」

小孩眨著眼睛，咂咂嘴，咿呀咿呀的伸著胖手。

「做甚？」沈蘭溪問著，又往嘴裡挖了一塊西瓜，好甜！

祝允澄放學歸來，便瞧見那母女倆對坐，一人吃，一人看，吃得心滿意足，看得垂涎三尺。

沈蘭溪手裡的瓜只剩下貼著瓜皮的一層了，小十五的口水也流到了小肚子上，暈開一大片。

祝允澄嘆口氣，幾步進入屋裡，將外裳脫去，淨了手，才去抱那胖墩墩的小孩。

「別瞧了，看妳口水流的。」祝允澄拿她的口水巾，動作輕柔的幫她擦嘴。

沈蘭溪將吃完的西瓜皮扔掉，淨了手，接過他手上的工作。「剛冰過的瓜，給你留了一半，快去。」

祝允澄眼睛一亮，毫不猶豫的跑了。

「呀呀……」

「等哥哥先吃個瓜！」

小十五立刻委屈的癟嘴，也不坐著了，胖身子一歪，躺下了。

沈蘭溪瞧樂了，伸手戳她墊著尿布的小屁股。「生氣了？」

「呀呀！」小手很是嫌棄的扒拉她的手。

「不給碰啊？」沈蘭溪故意招惹小娃娃，又戳了戳小胖墩身上的肉。

五個月時，沈蘭溪便打算讓她戒母乳、加輔食。

小孩倒是不挑嘴，餵什麼吃什麼。

祝煊那老父親也沒反對，卻是轉頭尋人牽了一頭下奶的牛回來，養在後院，生怕餓著他小閨女。

沈蘭溪氣笑了，但也沒攔，每日讓人多擠一些，也給澄哥兒喝。

祝煊下值回來時，便瞧見大兒子坐在廊下吃瓜，一大口一大口很是著急。

他皺了皺眉，教訓一句。「飲食當細嚼慢嚥。」

祝允澄好不容易將嘴裡的瓜吞下去，答了句。「再細嚼慢嚥，小十五都要被母親欺負哭啦！」

祝煊略一挑眉，抬步進了屋。

軟榻上，母女倆大眼瞪小眼，好脾氣的小姑娘居然被惹得炸了毛。
瞧見他時，藕節似的兩隻胳膊立刻張開，小嘴兒也癟了，好不委屈。「呀……」
祝煊無奈輕笑一聲，兩步過去將她抱起，嗓音清潤含笑。「妳母親又逗妳玩了？」
「呀呀呀……」手舞足蹈，昭示某人欺負小孩的惡習。
沈蘭溪捏了顆葡萄扔進嘴裡，嫌棄她。「就會告狀，略略略～～」
「略略略……」小十五有樣學樣。
祝煊嘴角一抽，捏捏她的小肉手，溫聲低語。「別學這個。」
小十五繼續道：「略略略……」
沈蘭溪不給面子，笑得好大聲，連在廊下吃瓜的祝允澄都探進頭來瞧。
小十五不知她為何笑得那般大聲，歪著腦袋疑惑的瞧她。「呀？」
沈蘭溪剛想再逗她，就聽綠嬈在門外稟報。「娘子，外面有百姓送來了些瓜果時蔬，放下東西便跑了，守門的小廝沒追上。」
自夏收以來，時常有些百姓來給他們送菜，不算貴重，多是自家地裡摘的，但她家娘子向來不讓他們收。
沈蘭溪立即瞧向祝煊，後者神色淡淡。
「拿去廚房吧。」祝煊道。
「是，郎君。」

祝煊將小胖墩放在軟榻上，去淨了手，折回來剝葡萄。

沈蘭溪雙手托腮，用星星眼瞧他。

祝煊抬頭瞧她一眼。「做甚？」

「想吃郎君剝的葡萄呢～～」聲音嬌滴滴。

祝煊抿唇輕笑，將指間剛剝好的一顆葡萄餵到她嘴邊。沈蘭溪剛要張嘴，只見那青葡萄忽地飛了。

旁邊排排坐的小胖墩卻是滿足的笑瞇了眼，小嘴吧嗒吧嗒的嚐著美味。

「給，還剩半個。」祝煊面色正經道。

沈蘭溪瞧著那修長手指捏著的半個稀巴爛，負氣似的哼了一聲，從盤子裡的葡萄串上揪了一顆，扔進嘴裡，嚼啊嚼，吐了皮。

她悄悄的瞥他一眼，那混蛋竟在笑！

她氣急，起身便要走，誰要他哄，才不稀罕呢！

誰知屁股剛離開軟榻，就被一隻小手揪住衣角，沈蘭溪面無表情的回頭，視線下移，定在那遞到她面前的小胖手上。

半顆葡萄肉被捏得流出汁水，順著手骨流到了那蓮藕節的胳膊上，小胖手還在努力往她面前伸，小孩「呀」了一聲，黑而亮的眼睛瞧著她，似是疑惑她為何不吃？

沈蘭溪瞬間心軟了，將那孝順小孩抱起，抓著她的小胖胳膊，將那爛葡萄餵到祝煊嘴邊，驕傲的抬著小下巴，一雙眼裡赤裸裸的擺著挑釁。

祝煊忍不住又笑一聲，氣息低沈，傳入耳裡有些性感。

他身子微微往前探，張嘴吃掉那捏得看不出原形的半顆葡萄，面色坦然，似是半分不嫌棄。

沈蘭溪微微張嘴，甚是詫異，又氣得咬牙，她沈二娘又輸了一籌！

「好你個祝煊！」她氣得叫嚷。

話音未落，沈蘭溪忽地被擒著脖頸彎腰，兩人鼻尖相對，眼睛裡都是彼此，下一瞬，舌尖探進唇舌，相濡以沫，沈蘭溪吃到了那葡萄肉。

很甜，一點都不酸。

夏收又秋收，念著南邊去歲遭了難，自封為淮南王的五皇子下令，夏稅並秋稅，共減兩成稅收，百姓喜極。

肖萍整日笑得見牙不見眼，眼角的細紋又擠得多了幾條。

「如今好啊，百姓安樂，那些族長也不營私，帳上有銀子，地裡有糧食，真好！」肖萍忍不住感嘆。

祝煊也點頭。天下安定，百姓富足，便是最好的。

「帳上的銀子可夠修路？」祝煊問。

肖萍張了張嘴，像是守著銀子的老財主，萬分捨不得。「真要修路嗎？」

祝煊斟了杯茶，推到他面前，又給自己倒了一杯，才徐徐道：「川蜀多年貧困，便是因著山路，外面進不來，裡面出不去，商賈更是不願來。再者，也只成都府這一片平原產糧尚可，其他地方的百姓依舊過得艱難，如此，只憑藉種田，不引商賈，怎能富庶？如今帳上有銀錢，修路只是開始，你能做的還有許多。」

肖萍懵懵的。「我能做什麼？」

祝煊飲了口茶。「例如……哄騙一些商賈來。」

「哄騙？」肖萍驚訝，尾音都上揚，這還是那個風光霽月的祝家郎君嗎？

祝煊瞧他，似是在看一個大蠢蛋。「不然，你還指望著人家主動帶著家財來？」

一旁立著的肖春廿都瞧不下去了，扶了扶額角，忍不住插嘴。「父親，自是要哄騙的呀！人家行商者，自是要在富饒之地，咱們川蜀貧瘠百年之久，誰人不知？咱們得有自知之明，若是不哄騙，人家哪能上當啊？」

他跟在祝阿叔身邊已有些時日了，自是學了許多。

祝煊不似其他科考入仕者一般，做事循規蹈矩，相反的，他能靈活以對，且游刃有餘，他著實羨慕得緊。

除此，尋常做事時，也是走一步看三步，瞧得比旁人都遠，就說先前他父親找趙阿叔借人巡視田地，也是祝阿叔提點了一句。

他可是知道的，其他地方在春種時可是出了事的，前一夜剛種的青苗，第二日田裡空空，官府忙得焦頭爛額，反觀他們這兒，可是一點事都沒生！

肖萍道：「做人得誠實不是？」

「誠實又不是傻憨！」肖春廿嘴快道。

說罷，急急捂嘴。

饒是如此，一隻鞋子還是朝他飛了過來。

第四十四章

修路之事後續如何，祝煊不知，只因他被肖萍一道功績摺子送回了京城，走時還是坑坑窪窪的泥濘路。

這事來得突然，祝煊傻了眼，肖萍笑咪咪。

肖萍還拍著他的肩膀，替他高興。「這都是你應得的，不必謝我！」

祝煊頭一回想罵人。

「我怎麼不知你寫了摺子？」祝煊問。

肖萍理所當然道：「誇讚你的話，哪能讓你瞧見？你得多羞臊啊。」

「……好有道理。」

肖萍得意。「是吧，與你共事一年多，我多少也學得聰明些了，人生能遇你一次，已然是我之幸，雖不捨你走，但你之才，平步青雲，扶搖直上才是正途。相識一載有餘，今夜我在酒樓設宴，與趙義一同給你送行。」

祝煊剛張嘴，肩膀又被拍了兩下。

「放心，我有銀子，咱不吃五文錢一碗的麵了！」肖萍豪氣道。

祝煊深吸口氣，誠心實意。「子埝兄真大方。」

肖萍撓了撓頭，嘟囔道：「這話聽著怎麼跟罵人似的？」

祝煊抬腳進屋，腳步沈重。「不，誇你的。」

這裡雖貧瘠，但沈蘭溪顯然是喜歡這裡的，街巷的小食、鄰里的閒話，還有無人管束的自在。

他要如何跟她說，要調回京城了？

夜裡，吃酒後回府，肖萍醉了，又哭又喊的鬧，祝煊讓阿年將人送去了隔壁。

夜已深，府中靜得很，廊下的燭火還亮著，屋裡的燭臺也沒熄滅。

祝煊放輕動作，推門進屋，床上的錦被亂糟糟，一瞧便是被人摟著滾過的，枕邊還倒扣著一本話本子。

他折身欲出內室，卻不防與小木床上的小十五對上視線。

大眼瞪小眼一瞬，祝煊上前抱她，用手摸了摸小屁股上墊著的布巾，是乾爽的。

「餓了？」他柔聲問。

小十五忽地抬手，摸了摸他的鼻子，咯咯笑。

祝煊滿臉柔色。「妳母親呢？」

小十五不知是不是聽懂了，胖手指了指窗外。「呀……」

「想出去玩？」祝煊又問。

他伸手，將衣桁上的紅色小斗篷拿來，把她包好，老虎帽子也戴上，這才抱著她出了院子。

「那個亮亮的，是月亮。」祝煊低聲與她道：「旁邊那些小小的，是星辰。」

小十五咧嘴與他笑了一下，小手立刻指向迴廊後的一處，咿咿呀呀的叫喚。

祝煊順著她的視線瞧去，眉梢忽動。

月明星稀，不如火摺子亮。

廚房裡動作輕微，木門被推開時，兩隻偷吃的小耗子皆是一震，神色木然。

沈靜一瞬，小胖手在火摺子微弱的光線中飛快撲騰，還伴隨著一陣「咿咿呀呀」的聲音。

「聽不懂。」沈蘭溪冷酷無情地道，又吸了一口麻辣兔頭。

祝煊舔了舔後槽牙，對那有恃無恐和腦袋埋在胸口的兩人道：「喝上了？」

沈蘭溪理直氣壯。「你今晚也喝了，沒立場說我們！」

她旁邊那顆腦袋又低了一點……

祝煊道：「他們沒喝妳的嫁妝酒。」

如澄哥兒出生時一般，小十五出生之日，祝煊也親自給她釀了一罈酒，埋在院子裡的桃樹下。

「呀呀……」小胳膊一抱，胖身子一扭，看樣子是生氣了。

祝煊對這小姑娘的饞勁有些無奈，揉揉她的腦袋，哄道：「不是要背著妳吃的，妳現在還小，吃不了這個。」

沈蘭溪翻了個白眼，這還對上話了？不到一歲的胖娃娃，聽得懂有鬼。

今夜的麻辣兔頭是沈蘭溪親自下廚做的，麻辣鮮香，配一口桃子酒，整個人快樂似神仙。

祝允澄本想蹭一口吃的，沒想飲酒，但……受不了誘惑，誰讓沈蘭溪勸他一回了呢！

「不吃了？」祝煊掃過停下動作的兩人。

祝允澄抬起頭。「還、還能吃？」

他從前哪裡吃過宵夜啊，年歲小時，不好好吃飯，夜裡餓了，他父親也不會讓人送東西來給他吃，只是教訓他，既是自個兒做的，便要好生受著。

祝煊沒答，抱著小十五在長凳上坐下，思忖一瞬，道：「你們吃，我有事與你們說。」

沈蘭溪微微抬眼，吃得不亦樂乎。

「我被調任回京了，任大理寺卿。」祝煊道。

話音未落，對面一大一小兩顆腦袋頓時都抬了起來，皆是茫然。

「待手上事宜交代完，便可啟程。」祝煊又道。

沈蘭溪看看手裡的麻辣兔頭，張張嘴，還沒發出聲音，便被打斷了。

「不行。」祝煊斬釘截鐵。

沈蘭溪頗覺遺憾，仍不放棄，一副深明大義的體貼模樣，勸說道：「郎君趕著上任，路上定是快馬加鞭，我們幾個老弱婦孺，身子受不住，郎君且行，我們緩緩歸矣。」

至於今年歸還是明年歸，那就不好說啦！沒辦法，她捨不得走呀！

聞言，祝煊輕笑了聲，哪裡不知她話中意，也配合著她的話，體貼入微。「山高路遠，我哪裡捨得讓你們獨自上路？哪怕是受罰，我也得帶著你們一同回京。」

沈蘭溪鼓了鼓臉頰，一臉不高興的瞧他。「郎君得登高臺，我為婦者，自是要為郎君安後宅，郎君大膽往前飛，出了事我們不陪。」

祝煊眼皮狠狠跳了下，他閉了閉眼，忍無可忍的伸手捏住那不斷張合氣人的唇。

「放我獨行？休想。」

硬生生的被堵住了心靈的大門，沈二娘的小心思啪嗒碎了一地，暗惱了幾句。

祝煊挑眉，一臉好整以暇，氣人似的扔出幾個字。「說什麼？聽不懂。」

沈蘭溪氣憤。混蛋！你以武力勝之不武，她嘴巴被捏著，氣死人了！

逗弄片刻，眼見要將人惹惱了，祝煊適時鬆手，手指一轉，將觸到的油漬擦到了她臉頰上，故作泰然的起身。

「時辰不早了，回去睡。」

沈蘭溪扔下沒啃完的半個兔頭，抬腿跟上。

祝允澄見狀，自我安慰道：「浪費食物不是好孩子，旁人也吃不得這辣，還是我委屈一下，吃完再去睡吧。」

嘟囔幾句，嚐到美味的味蕾被滿足，太開心了！

那廂追逐的兩人，剛出了廚房幾步，祝煊便被逮住了。

沈蘭溪勾著他的脖頸一躍，整個人跳到他的背上，同時，祝煊伸手，一隻手托著她的腰背。

「你敢將油漬擦我臉上?!」沈蘭溪壓低聲音與他算帳，伸手掐他臉。

祝煊身前抱著一個，身後揹著一個，倒是不覺負累，腳步依舊穩重，縱著她的動作。

小十五的大眼睛裡冒出新奇，「呀」了一聲，小腦袋湊近沈蘭溪，在她臉上「啵」了一口，自己捂著嘴巴咯咯笑。

饒是沈蘭溪不捨，半個月後他們還是啟程了。

不同於來時，入了秋，天漸涼，尤其是北行，越發寒涼。

沈蘭溪吃不得涼食，受不得寒，祝煊照料她比對小十五還細心。

行進途中，祝允澄不必做功課，整個人都撒了歡，整日與小十五一同玩。

如趙寒說的，稍長大一些，小十五便沒有那般愛睡了，也只是晌午前睡一會兒，用完飯睡一會兒，晚上比旁人早睡兩個時辰罷了。

瞧，現在又睡著了！

一旁，沈蘭溪與祝煊對弈，柳眉蹙著，冥思苦想，一張漂亮臉蛋上滿是倔強。

她就不信贏不了！

反觀對面那人，神色輕鬆，遞了一個烤橘子給她，橘皮剝了，經絡也處理乾淨了。

沈蘭溪眼珠子轉了轉，沒伸手接，忽地抬頭，一臉認真的譴責道：「你打亂我思路！」

這碰瓷碰得巧妙，祝煊眉梢一動，骨節分明的手立即收了回去，將那溫熱的橘子塞進自己嘴裡。

「你竟吃我橘子！」

祝煊險些一口噴出來，幾下咀嚼吞下，無奈道：「不敢打擾妳思路，我只好自己吃了。」

這是用她方才的話堵她！沈蘭溪啞口無言，氣呼呼的。

「你當真不讓我一子嗎？」她無計可施，揚著下巴，理直氣壯的威脅道。

祝煊眼神揶揄。「沈二娘這般厲害，還需我讓子？」

沈蘭溪大言不慚。「沈二娘強悍如斯，自是不需要，但你娘子需要！」

祝煊扶額輕笑，在那灼灼視線下，伸手將那欲成大勢的一顆黑子捻了出來。「可否？」

沈蘭溪眉眼彎彎，笑出了一口小白牙，盈盈道謝。「郎君真好～～」

祝允澄在一旁瞧得一張臉皺巴巴。他父親教導他，落子無悔，但他如今卻是自己剔骨似的悔了棋……

這就是寒哥兒說的兩情相悅的夫妻吧？

沈蘭溪忽地抬頭，擰眉瞧他，一言難盡的開口。「你怎笑得賊眉鼠眼的？」

祝允澄頓時無語。

一行人走得愜意，近十一月才回到京城。

祝家得了信，一早便遣人去城門口迎接。

進了城，祝允澄便忍不住跳下馬車，騎上自己的小馬駒。到處都是熟悉的景色，忽地生出幾分回鄉之情，心情愉悅。

十幾輛馬車打長街過，周圍百姓不約而同的駐足瞧熱鬧，七嘴八舌的說著自己聽來的小道消息。

「到底是京城，比成都府熱鬧多了。」沈蘭溪嘟囔一句，掀開車簾往外瞧。

祝煊懷裡的小十五瞧見，驚喜的「呀」了一聲，手腳並用的往沈蘭溪身上爬，小腦袋挨著大腦袋，同樣的一臉好奇。

自她會爬，沈蘭溪頭上便很少用精緻的珠釵和流蘇髮釵，生怕刮到她，今日也是一樣，一支圓潤的白玉簪綰髮，瞧著素淨不少。

「哎喲，小土包子，沒見過這般繁盛的景象吧？」沈蘭溪故意逗她，伸手捏捏她的小臉。

小十五兩隻眼睛都有些不夠用了，小粉嘴微張，嘰哩咕嚕的不知說了句什麼，肉嘟嘟的臉上滿是歡喜。

祝煊也沒管那兩個沒規矩的，兀自捧著書冊在看。

馬車在祝府門前停下，立刻有下人來放腳凳。

祝煊抱著小十五先下了馬車，剛要伸手攙扶裡面的嬌娘子，他的好兒子立刻奔過來，掀起車簾。

「母親，我扶妳！」

眾目睽睽下，只見那小夫人一身素衣，頭上只一支白玉簪，髮髻歪歪扭扭。

眾人唏噓，果真是苦楚之地，祝家這般世家，去了那兒，也不免受苦。

沈蘭溪哪知旁人心中所想，瞪了眼剛才在馬車上，因為玩鬧將她髮髻綰得歪斜的罪魁禍首……

祝煊避開視線，甚是心虛。

這時，府中出來一群人，老夫人走在前頭，由花嬤嬤攙扶著，臉上都掛著笑。

「可算是到了，怎的走了這麼些時日？」老夫人問著，抱了抱曾孫子，又抱了抱小十五。

小十五不認生，在老夫人懷裡也不哭鬧，轉著大眼睛好奇的瞧這些沒見過的人。

沈蘭溪與祝煊上前給幾位問安，這才隨著進了府。

「快快回去梳洗一下，一會兒過來用飯。」老夫人也不纏著他們夫妻作陪，對沈蘭溪道：「妳院裡那喚作元寶的，早早就讓人將院子收拾一番，屋子熏了，熱茶、吃食備好了，只等著你們回去。」

府中婢女、小廝的動作，自是逃不過花嬤嬤的法眼，元寶這般惦念著沈蘭溪，花嬤嬤也不免在老夫人面前提了一嘴。

沈蘭溪樂呵呵。「我就知道！」

在外雖不至餐風露宿，但也累人，回到自己的小金窩，沈蘭溪舒服得只想在床上打滾。

元寶擠走祝煊，跟在沈蘭溪身邊噓寒問暖，說著竟是帶了哭腔。

沈蘭溪趕緊坐起，掏出帕子遞給她擦擦淚。「哭甚？哎喲，我這不是回來了嘛！」

元寶委屈癟嘴。「娘子日後若是再出去，要帶著婢子，我都許久沒見您了，沒有我在，娘子都不穿金戴銀了，頭上這般素淨，我都以為您是被人打劫了……」

沈蘭溪一臉黑線。

她這般嘴甜的人，怎的帶出一個這般不會說話的姑娘？

「妳若跟著我，那袁郎君怎麼辦？也跟著嗎？」沈蘭溪打趣道：「我這次回來，頭一件事，便是要將你倆的喜事辦了。」

元寶隨了她，絲毫不知羞，大剌剌道：「成啊，就近日辦吧。聽綠嬈說，娘子要給我們添妝，娘子可不能偏心，我跟著娘子的時日最長，要給我多添一點。」

聞言，沈蘭溪立刻坐直了些，一臉正直的教訓道：「做人不能這般物慾，不管添多少都是我的心意。」

元寶也一臉正直道：「依我與娘子的情誼，厚禮才能顯出您的心意。」

沈蘭溪無言。果真是與蓮藕精待久了，兔子都變成了狐狸！

兩人沒說幾句，阿芙已經擺好了膳。

「想來外面吃不好，婢子就讓人準備了清湯麵，娘子喝一口暖暖身子，老夫人那邊早早讓人備了家宴，聽主院的下人說，有很多娘子愛吃的，您現在少吃點，一會兒多吃些。」元寶跟在沈蘭溪旁邊嘰嘰喳喳的。

祝煊坐在案桌前，微不可察的嘆了口氣。

真能說，他是一句都插不進去。

「這麵是剛下鍋的，咱們小廚房做的，很勁道，滷子也很香，還有這滷牛肉，特別好吃，婢子都捨不得吃，特地給您留的，您快嚐嚐！」元寶嘴巴根本停不了。

沈蘭溪不吝誇讚。「沒白疼妳，用心了。」

元寶立刻挺胸。「那是，婢子都想您了，好不容易盼得您回來，自是要用心伺候的！」

沈蘭溪坐下，接過元寶殷勤到幫她拌好滷汁的麵碗，吃了一大口，滿嘴噴香，頓時又是一波誇讚。

她又吃一口，忽覺不對，轉頭看向書案前孤零零的人，問道：「郎君不吃嗎？」

總算是想起他來了。

祝煊心中嘆氣，面上不顯，聞言起身，在她身邊坐下。「吃。」

「哦，郎君還得等一下，您的麵還在鍋裡。」元寶道。

祝煊頭上三條黑線。

在西院吃了個半飽，夫妻兩人才晃去了正院。

祝允澄與小十五都在，一個咿咿呀呀，一個滔滔不絕，沈蘭溪剛進來，轉腳便想走。

也太吵啦！

但那坐在暖炕上的老夫人卻似渾然不覺，眉眼漾著笑。

祝家主今日告了假，此時也在，與祝夫人分坐兩端，瞧著是聽得認真，眼裡滿是稀罕。

祝夫人瞧見他們進來，喚兩人來身邊坐。

沒見到祝窈，沈蘭溪眼觀鼻、鼻觀心的也沒多問。

小十五瞧見沈蘭溪，眼睛亮了一下，小肉身子爬了兩下，伸著兩隻短胳膊要她抱。

「瞧這孩子，到底是親近她母親的。」老夫人吃味道。

聞言，沈蘭溪拍拍小十五的肉屁屁。「妳曾祖母醋了，去親親她。」

老夫人瞬間臉色羞臊，瞪她一眼。「竟是渾說。」

話音剛落，臉側被軟軟的貼了一下，留下一灘口水。

她伸手，點了點那仰著的小腦袋。「就學妳母親的機靈。」

老夫人臉上藏不住笑，讓花嬤嬤拿來一只木盒，沈蘭溪好奇的伸了伸脖子。

雕花桃木盒打開，裡面織紅繡花的錦緞上躺著一條手鍊。

金元寶小小的，串成串，邊緣打磨光滑，金燦燦，套在那肉肉的胳膊上，很是喜慶。

小十五非常歡喜，咿咿呀呀的摸著自己手腕上的金元寶手鍊，手舞足蹈。

沈蘭溪不要臉地問：「祖母，我沒有嗎？」滿臉期待。

老夫人白她一眼。「沒羞沒臊的，跟我一個老人伸手要東西。」

沈蘭溪絲毫不覺這話是在罵她。「我是晚輩，我孝敬您，您體貼我，我覺得這金元寶手鍊就不錯，您也體貼我，給我一條吧，我的手腕比小十五粗，那金元寶大一些戴著才好看。」

老夫人嘴角抽了抽，實在沒忍住，又賞她一記白眼，似是惱的與花嬤嬤道：「將那兩個也拿來吧。」

花嬤嬤止不住的笑。

盒子一大一小，一只桃木，一只竹翠。

桃木的盒子打開，裡面赫然是與小十五手腕上的元寶串一般的手鍊，應沈蘭溪的話，那小金元寶也比小十五的那條大一圈，戴在手腕上不知是要晃瞎誰的眼，卻也沈甸甸。

沈蘭溪笑得見牙不見眼，衣袖也不拉下去，非要露出那截細腕上的金燦燦。「哎呀！祖母就是嘴硬心軟，待二娘真好～～」

著。

老夫人眼裡溢出笑，卻是斥道：「坐好，膩膩歪歪的成什麼樣子。」

沈蘭溪乖乖坐好，屁股卻是蹭呀蹭的挪到她身邊。「二娘喜歡與祖母貼近一些～～」

老夫人眼皮不受控的跳了跳，深吸口氣，到底沒再趕她。

小十五歪著腦袋瞧了瞧她母親，若有所思一瞬，有樣學樣，爬到老夫人另一側，緊緊貼著。

老夫人垂眼看。

小十五仰頭笑。「嘿嘿～～」

祝允澄笑得喜樂，指了另一個盒子問：「曾祖母，這個是給我的嗎？」

老夫人被纏得伸不出手，點頭。「你打開瞧瞧。」

「哇！」祝允澄驚喜。

素白的錦緞上，兩只金鑲玉髮冠瑩瑩發光，白玉為主，金子點綴，文雅又不失富貴。

「這個是給你和你父親的。」老夫人道。

祝煊眼裡閃過驚訝，起身拱手。「多謝祖母。」

「多謝祖母！」小孩的感謝超大聲。

「呀呀～～」小十五仰著腦袋等人誇。

老夫人沒忍住笑，手指摸了摸那巴巴仰著的小肉臉。「真機靈。」

小十五歪著腦袋笑得眉眼彎彎，她又被誇了哦～～

第四十五章

家裡難得這般熱鬧，祝家主嚴肅的臉上也堆滿了笑，讓人去他的書房將東西拿來。

老夫人聽了，側眼瞧他。「你也備了東西？」

祝家主吃了口茶，頷首略顯侷促。「先前得了一塊青玉，瞧著品相不錯，讓人打了兩只玉墜，給澄哥兒和昭姐兒一人一個。」

老夫人撇撇嘴，不甚滿意。「那還是我的金子貴重。」

祝家主搖頭，一根筋地回道：「那玉難得見，比方才那玉冠品相要好，況且金銀是俗物。」

老夫人瞪他。「金銀怎的就俗物了？你吃穿用度哪樣不是靠它？」

祝家主再是傻愣，此時也聽出老母親的不悅，趕忙拱手認錯。「是兒子錯了，母親莫要動氣。」

沈蘭溪摸著手腕上的金元寶手鍊，甚是滿足。

俗物嗎？

可她俗人一個，偏愛俗物呀～～

長輩們賜了東西後，祝煊讓人將馬車上的幾只箱籠抬過來，裡面都是川蜀的東西，沒有多貴重，但也是他們晚輩的一些心意。

給老夫人的是一疋烏梅紫的暗花錦緞，還有一支玉鏤雕丹梅紋花簪，祝夫人的是一套金華簪頭面，祝家主則是一枚玉珮。

親近之人的東西都是沈蘭溪用心挑選的，至於其他親戚的禮，瞧得上眼便夠了，而送禮這事，有老夫人身邊的嬤嬤在，沈蘭溪也不必操心。

老夫人得了花簪，一面說沈蘭溪胡鬧，竟給她挑了這般花俏的簪子，一面又讓花嬤嬤拿來銅鏡，簪上瞧瞧。

明顯是喜歡的，眾人也不戳穿她。

花嬤嬤伺候著她簪了花簪，老夫人左右照照銅鏡，也沒說要拿下來，美得昂首挺胸。

東西分送完畢，婢女來稟報可以用飯了。

沈蘭溪立刻穿鞋下炕，小十五急了，咿咿呀呀的爬過來要她抱。

沈蘭溪還未抬手，祝允澄便一把將小十五抱起，小胳膊立刻摟住小哥哥的脖子，咯咯直笑。

元寶誠不欺人，今日一半的菜色是沈蘭溪喜歡的，另一半是祝允澄喜歡的。至於小十五，許多東西還吃不得，廚房另做了些。

沈蘭溪大快朵頤，吃得肚皮溜圓。

坐在祝煊懷裡的小十五肚子飽了，嘴巴還沒有，羨慕得口水直流。

祝煊疼她，餵她吃飽後便要綠嬈將她抱走，小胖手卻抓著他的胳膊不放，硬是賴著。饞歸饞，她又不是不能忍！

用過家宴，老夫人便趕他們回去歇息了，臨走時還不忘交代沈蘭溪。「若是決定了哪一日回去，讓人到沈家說一聲，別讓妳母親等得心焦。」

沈蘭溪應了一聲，回去倒頭就睡。

她的床啊，好舒服！

在家歇了兩日，沈蘭溪才讓綠嬈去沈家傳話。

翌日，祝煊沒上值，散朝後便回府了。

屋裡，沈蘭溪剛起，綠嬈伺候她梳妝，元寶哄著小十五擦乳液，一早便很熱鬧。

鬧哄哄的用過早飯後，一家四口便出了府。

府前停著馬車，要帶去沈家的禮已然裝了車。除了沈蘭溪帶回來的一些，還有祝夫人從府庫拿來的，滿滿當當裝了一整車。

這一幕，有些似曾相識。

沈蘭溪腳步一滯，腦袋走馬燈似的想起她回門時的情景。

「娘子，祝家還是比您有錢。」元寶在她身邊小聲咋舌。

沈蘭溪抬手敲了一下她的腦袋。「妳也是掙大錢的人了，出息些。」

黃金屋經營不錯，哪怕如今京中多了許多仿效的鋪子，每個月盈利依舊可觀。

元寶吐吐舌，理直氣壯道：「婢子沒見過世面。」

說話間，祝煊抱著小十五回頭，瞧她們主僕倆在那兒嘀嘀咕咕，也沒催促。

祝允澄牽著自己的小馬駒風風火火的跑了出來。

「注意儀態。」祝煊皺眉斥責一句。

「哦。」應得很快，就……很不走心。

沈蘭溪昨夜歇得晚，一上馬車便沒骨頭似的靠著祝煊小憩。

小十五摸摸她的臉，自個兒玩得不亦樂乎，在瞧見沈蘭溪頭上金燦燦的步搖時，小手摸了摸，那步搖晃了晃。

「呀！」那雙大眼睛裡滿是喜歡，再伸手，作勢要扯下來。

祝煊眼疾手快的抓住她的小胖手，教訓道：「這是妳母親的，她沒給妳，妳便不能拿，記住了？」

「呀呀……」

「待妳長大也會有。」祝煊眉眼間滿是認真。

小十五懵懵的瞧他片刻，點點頭，有些蔫。

祝煊將車簾掀開一些，抱她欣賞外頭的風景。

小孩立刻被轉移注意力，開心地趴在那兒瞧。

馬車轉過街角處時，少年打馬回來，拎著幾份醪糟湯圓，橙黃的初陽落在身後，照亮那一張明媚的笑臉。

「母親，吃湯圓啊！」祝允澄咧著一口白牙，笑得燦爛。

分了兩份給後面馬車裡的元寶和綠娆，小馬駒給旁人牽著，祝允澄跳上了馬車。甜甜的香味立刻在暖烘烘的馬車裡散開。

三人各捧一碗，對坐而食。

旁邊的小十五，與他們對坐著飆口水。

瞅見那眼巴巴瞧他們的小人兒，祝煊瞬間生出幾分負罪感，只能道：「妳還小——」話沒說完，那兩人卻是突然噴笑。

祝煊話音戛然而止，神色僵硬一瞬，埋頭狂吃，也顧不得細嚼慢嚥了，快快吃完，食盒收拾好，繼續抱著小閨女瞧街景。

馬車在沈家門前停下時，等在門口的紅袖立刻迎了上來，笑盈盈的屈膝行禮。「二娘子安。」

「呀！紅袖姊姊，許久不見，姊姊越發好看了~~」沈蘭溪嘴甜道。

紅袖嗔她一眼，剛想說話，只見一輛馬車從另一頭來，也停了下來。

「二姊姊！」一道清脆的聲音帶著雀躍。

沈蘭溪循聲回頭，就見一個穿著鵝黃色衣衫的女子跳下馬車，朝她奔了過來。

思緒轉瞬間，她整個人就被一道蠻力抱住了。

沈蘭溪面無表情的拍拍她恨不得上天的腿。「下去，蹭髒了我的新裙子。」

沈蘭茹癟嘴，控訴道：「妳一點都不想我！」

沈蘭溪略一挑眉，視線上下打量她一圈。「胖了。」

沈蘭茹瞬間啞口無言，抬手摸摸自己的臉。「這般明顯嗎？」

話音未落，她又樂觀地道：「胖就胖吧，身子好，我也要生個大胖娃娃！」

沈蘭溪險些一口口水嗆到。

沈蘭茹倒是不覺自己語出驚人，樂顛顛的去抱小十五。「小十五呀，來給姨姨抱抱～～姨姨給妳帶了許多好東西呢，我們去瞧瞧！」

喬四郎慢了幾步過來，與祝煊和沈蘭溪問安。「二姊姊，二姊夫。」

祝煊也與他微微頷首。

沈蘭溪倒是打量他一瞬，擰眉思索。「我似是見過你。」

祝煊略一挑眉，不動聲色。

喬四郎又作一揖。「是，杜大人家抄府那日，不慎帶倒了我娘子，是以見過。」

沈蘭溪瞬間恍然。還挺有緣分啊！

兩廂說著話，林氏與沈青山夫妻也出來了。

「怎麼不進來，倒是在門口說上話了？」林氏笑道。

沈蘭茹抱著沈甸甸的小十五，揚聲道：「母親快看，這就是二姊姊生的昭姐兒！」

又是一番見禮，眾人這才入了府。

沈青山也想與妹妹話家常，是以祝煊和喬家四郎也沒去書房，一同跟著去了後院。

熱鬧的一群，吵鬧得很。

祝允澄跟在祝煊身邊，忽地腰間的玉珮被扯了一下。

他垂眼，瞬間頭皮發麻——

是那個吃手手的小女孩！

「哥哥？」瑩姐兒長大了些，已經不吃手指頭了，但還是喜歡長得好看的哥哥！

到底是有了妹妹的人，祝允澄自認已經「穩重」了，小大人似的開口。「喚我澄哥就好。」

「澄哥哥！」瑩姐兒脆生生的道，小手還抓著他的玉珮，亦步亦趨的跟著。

祝允澄瞬間察覺到幾道視線齊齊看了過來。

尤其是他父親，滿眼的揶揄色，太壞啦！

祝允澄心一橫，從荷包裡掏出一把糖遞給這喜歡拽他玉珮的小姑娘，一臉認真的與她講道理。「男子的玉珮不能輕易贈人，喏，澄哥請妳吃糖。」

玉珮雖好，但哪有可以吃的糖好？

瑩姐兒立刻鬆手，接過他手中的糖，妥帖的塞進自己的兜裡，美滋滋！

唰的一下，那些視線又齊齊收回。

這是小十五頭一回見外祖家的親人，收禮收得小手都痠了，對那些亮晶晶的東西目不暇給。

沈蘭茹最喜歡香香軟軟的小女娃，瞧她可愛的模樣，只覺得自己帶的東西太少了。「都是我們小十五的，給妳包起來，帶回去日日看，好不好？」

「好！」好開心～～

「呀！會說話啦？」沈蘭溪驚訝。

林氏忍不住笑道：「與妳母親一樣，小財迷。」

沈蘭溪驕傲。

忽地，只見那小胖手拿了一支步搖，爬過來遞給沈蘭溪，還笑咪咪的指了指自己的小腦袋。

小十五面色茫然一瞬，又手腳並用的爬到沈蘭溪身上，指了指她滿是珠玉的頭。

沈蘭溪無語一瞬，輕輕拉了下她用紅繩紮著的小辮子。「妳頭髮太短，還用不上。」

「呀……」

「妹妹是要二姑姑用！」瑩姐兒脆生生的道，嘴裡吃著糖，甜絲絲的。

沈蘭溪這個老母親感動了，捧著小十五嫩白的小臉，香了一口。「真孝順！」

說罷，接過那金步搖簪在髮髻上，腦袋越發沈甸甸，一動便響。

沈蘭茹醋了，攥著拳頭發願道：「我也要生一個小香閨女！」

林氏嘴角一抽，斥道：「不知羞。」

「羞什麼？在座的不是為人父便是為人母，也就我與我家郎君且膝下空呢，有甚好羞人的？」沈蘭茹絲毫不覺得。

瞧得出沈蘭茹在喬家過得不錯，身子豐腴了些，性子卻一如從前般跳脫。

那喬四郎呢？

喬四郎只會傻憨憨的笑看著沈蘭茹絮絮叨叨。

沈蘭溪瞧在眼裡，心安許多。

一群人圍坐，女眷坐在榻上，說得熱鬧，三個男郎坐在爐邊煮茶，也聽得仔細。

沈青山先前平亂有功，直接被調回了京城，如今是正四品的明威將軍，因他不想分府，也就沒有立將軍府，如今與潘氏仍住在沈家宅院裡。

一番敘話，不覺竟過了兩個時辰。

正廳飯菜備好時，沈岩也回來了。

熱熱鬧鬧的用過飯，眾人又閒話片刻，祝允澄便抱著小十五往梁王府去了。

他要給英哥兒瞧瞧他妹妹，還要纏著大舅給寒哥兒做個小馬駒燈籠！

再不到兩個月便是新歲了，正好送去給他玩！唔……也給春哥兒送一個吧，要不顯得他偏心。

但春哥兒喜歡什麼燈籠呢？

罷了，隨便吧，到時瞧瞧大舅想做什麼樣子的。

黃昏時，沈蘭溪一手拎著寶貝，一手牽著郎君，大步出了自個兒的小院。

「成親那日，你是抱著我出府的。」沈蘭溪忽道。

祝煊側眼瞧她，不言語。

成親兩載，再聽不出她話未說盡他就是豬。

沒聽到想聽的，沈蘭溪停下腳步，朝他伸手，理直氣壯。「要抱。」

祝煊略一挑眉，生出些壞心思，故意惹人惱。「小十五才要抱。」

沈蘭溪微抬下巴，用眼神威脅。「不是小十五就不能抱了？」

祝煊輕笑一聲，拉著她手臂靠近，低聲耳語。「小十五喊我父親，妳喚我什麼？」

沈蘭溪忽地福至心靈，踮腳湊近他耳畔。「我喊你，你敢應嗎？」

赤裸裸的挑釁。

祝煊揚眉，與那狡黠的美眸對視。

忽地，一股溫熱的氣息噴灑在他耳邊，短促、極低的一聲，又故意勾人的嬌軟。

「哎。」祝煊笑應，立刻抬腳便要走。

「祝二郎，你竟是占我便宜！」沈蘭溪惱羞成怒，渾然想不到他能這般厚臉皮。

她剛要拔腿就追，卻是不防那人忽然回身，視線對上一瞬，倏然消失。

轉瞬間，沈蘭溪視線倒轉，被迫趴伏在這人寬肩上，想起什麼，羞得臉通紅。

「這樣抱，成嗎？」男人揶揄地問。

「不成！」一臉氣憤。

男人清潤的笑聲與胸腔共鳴，沈蘭溪只覺得肚子都被震得發麻。

下一瞬，她忽地被托著胳肢窩直起了身，整個人坐在他手臂上，那姿勢，一如他抱小十五時。

沈蘭溪羞得繡鞋裡的腳趾蜷縮，恨不得摳出一座宮殿來，與他日日夜夜不知羞臊。

「還挺計較。」祝煊笑評，抬著腦袋，目光灼灼的瞧她。

沈蘭溪晃著腳輕踢了他一下，計較道：「我今日喚了你，你就要抱我一輩子！」

祝煊想起她方才在唇齒間囁嚅的兩個字，頓時氣血又上湧，托著她的手臂往下，一手撐在她腦後，重重的親了下那小嘴，四目相對，化成糖似的拉絲，嗓音喑啞低沈，似是在與蠻不講理的小孩說話。

「沈二娘，哪有這般占便宜的？喚一次，才抱一次。」

沈蘭溪剛要開口，忽地一股濕涼落在臉上。

她抬頭，驚喜道：「落雪了耶！」

「嗯。」祝煊應聲。

「我想吃烤兔肉了。」沈蘭溪又道。

「好。」祝煊又應。

沈蘭溪趴在他肩頭嘻嘻笑，仰頭望著白雪飄揚。

有酒有肉，還有良人相伴……

這日子，美呀！

番外一

紅梅覆雪。

祝允澄端著溫熱的牛乳進屋，便見一個小肉團撅著屁股趴在窗邊。

「小十五，過來。」祝允澄將手裡的瓷碗放在案桌上，朝小姑娘伸手，示意她走過來。

小十五笑了一聲，在毛茸茸的軟榻上滾了兩圈，滾到了祝允澄跟前，一雙眼睛彎彎的，瞧著他笑。

祝允澄嘆息一聲，伸手將她抱起坐好，自言自語道：「怎的這般懶，兩步都不願走？我還想教妳習武呢，怕是妳連馬步都懶得扎，還有下河摸魚、上樹掏鳥蛋，可有意思了……」

他嘴上不停，手上卻是拿著湯匙，慢慢地餵那眨著眼睛瞧他的小孩喝牛乳。

一碗牛乳見底，小十五喝得肚皮溜圓。

祝允澄蹲下給她穿鞋子，就聽「咚」的一聲，吃飽喝足的小孩身子一軟，懶洋洋的躺下了，小胖手摸著鼓鼓的肚皮，咧著嘴笑。

祝允澄無語。他怎麼有個懶妹妹？

祝允澄抱著小十五出了屋，只見本趴在他肩頭的小腦袋唰的抬了起來，秀氣的小鼻子吸了吸，立刻直起身子，手指指向另一邊的方向。

「吃！」

祝允澄頓時啞口無言。

就一絲絲甜味從小廚房飄出來，就被她聞到啦？

小十五一雙眼睛爍亮，焦急喚他。「咯咯，吃！」

「母親在給妳做糖葫蘆，我們一會兒回來吃，可好？」祝允澄與她商議道。

似是聽懂了，紅繩扎著的毛辮子立刻左右晃了晃。

祝允澄眼珠子一轉，作勢道：「哥哥抱不動妳了，小十五自己走，行嗎？」

突然視線矮了一大截的小十五，小臉茫然，瞧著很是有趣，祝允澄壞心眼的想哄她多走幾步路。

「哥哥牽著妳——」

「呀！」小十五忽地出聲，瞧著廊下昨日剛玩過的小雪車，咯咯直笑。

嗯……懶人總是法子多。

小廚房裡，沈蘭溪坐在灶火前，渾身沒骨頭似的倚在祝煊腿上，捧著一碟桃乾，吃得津津有味。

祝煊拿著鍋鏟站在灶前，慢慢攪拌鍋裡逐漸融化的糖漿，直至變成琥珀色，垂眸問她。

「這樣可成了？」

沈蘭溪微微仰頭，似是紆尊降貴的瞧了眼，點點頭。「可以了，拿串好的山楂串進去裹一圈，再放到那個盤子裡。」

她渾身被火烤得暖洋洋，聲音也含著慵懶的睡意，聽在人耳裡，軟綿綿的，似是每個字都帶了鉤子。

祝煊依她說的做，裹著糖漿的糖葫蘆瞬間變得透亮，不過片刻，那糖漿就變硬了，像是穿了一件國王的新衣。

沈蘭溪抬手掩唇，打了個呵欠，便見嘴邊多了一串紅豔豔的糖葫蘆。

「嚐嚐？」祝煊道。

沈蘭溪也不客氣，一口咬下頂端那顆山楂，糖漿熬得尚可，脆脆的，美中不足的便是這山楂也忒酸了些！

她克制著神色，嚼了嚼嚥下，示意他也吃。「好吃，你嚐嚐。」

祝煊不疑有他，也咬了一顆，不過一瞬，一張俊臉被酸得直皺眉，忽地眼前伸出一隻手，捏住他的唇，堵住他想要吐出來的念頭。

沈蘭溪笑得得意，一雙眼睛透著狡黠，故作疑惑道：「郎君這是做甚，不好吃嗎？」

祝煊格外怕酸，山楂刺激著味蕾，嘴裡口水瘋狂分泌，這混蛋小娘子捏著他的唇欺負人，讓他好好感受那酸意，笑得像是一朵花。

祝煊氣笑了，將手中的「酸葫蘆」放回盤子裡，雙手掐著那楊柳腰，將人抱起坐在灶臺上。

沈蘭溪頓感風雨欲來，縮著身子便要逃，卻被人將手腕壓在頭頂，欺了唇舌。

「唔——」

與津液相伴的是碎果肉，酸得人倒牙，身前那清冷氣息，更是熏得她臉皮發燙。

這人……口水也太多了吧……

沈蘭溪仰著腦袋，髮髻上的珠玉隨著她顫，好不可憐。

耳根紅了，脖頸紅了，就連眼尾都染上一層紅霧，惹人生憐。

祝煊鬆開她的唇，救了她一條小命。

沈蘭溪大口呼吸，像是缺氧的魚，模樣狼狽，卻是勾人得緊。

祝煊眼底一片火熱，乾燥的大掌摩挲著她的白玉耳垂，啞聲問：「還欺負我嗎？」

沈蘭溪紅著臉瞪他。

那山楂分明是進了她的肚子裡，她還嚐了……他卻將自個兒說得那般可憐，還要臉不要！

祝煊微挑眉梢。「嗯？」

「不欺負了。」沈蘭溪識時務道。

這還扮上可憐相了？

祝煊輕笑一聲，也不戳破，微微彎腰，在她耳邊輕聲道：「娘子想要被親，日後直言便是，我都給妳。」

沈蘭溪腦中的神經似是被人勾起的細肩帶，險些把持不住。

她綳著一張小臉，嚴肅道：「青天白日的，郎君莊重些，莫要這般孟浪。」

祝煊愣怔一瞬，忽地笑了，舌尖舔過後槽牙，似是還能感覺到那股酸，他伸手，掐了下那滾燙的臉蛋。「沈二娘啊，妳這臉皮是有多厚？」

沈蘭溪仰頭，一臉驕傲的寬慰他。「郎君莫要豔羡，我的還不就是你的嘛！」

祝煊一臉認真。「那妳荷包裡的銀子，我可以隨意用嗎？」

沈蘭溪瞬間垮下臉。「你敢！」

祝煊如同被薄情郎欺騙一般，可憐又委屈道：「看吧，妳就是騙我的。」

沈蘭溪無語。這人怎的突然開竅了呢？

尚未琢磨出怎麼哄祝煊兩句，沈蘭溪眼角餘光忽地掃見窗外，頓覺無語。

這也太慣著了吧！

外面兩人，老牛拉車似的，大的在前面拉，使了吃奶的力氣，一張臉都憋紅了。後面小雪車裡坐著的小孩，兩隻小手搭在木板上，也皺著眉，鼓著小臉使勁。

祝煊順著她的視線瞧去，頓時失笑，好整以暇的趴在沈蘭溪肩頭瞧外面兩人的熱鬧。

小十五累極了，嘆了口氣，伸手要抱。「咯咯～～」

祝允澄也嘆了口氣，忍不住嘟囔。「這斜坡爬不上去啊，小十五妳下來吧，我們去瞧瞧母親做好糖葫蘆了沒，這糖味真香啊……」

小十五似是被饞到了，咂了下嘴，撅著屁股往車外爬，被兩步過來的祝允澄抱著胳肢窩揪了出來。

兩人一抬頭，就瞧見了窗內看戲的夫妻。

「呀呀！」小十五頓時激動得手舞足蹈。

母女倆隔著窗戶相望，沈蘭溪學舌。「呀呀～～」

只那勁兒，敷衍得很。

鍋裡的糖漿有些黏稠，灶膛裡的火已經滅了，祝煊將剩下的十幾串山楂一併裹了糖衣，放在盤子裡等涼。

紅豔豔的糖葫蘆，被仔細去了山楂核，瞧著賣相甚好。

一大一小等在灶前，皆垂涎欲滴。

沈蘭溪已然從灶臺上下來，坐回自己的小板凳上，雙手托腮，似是綻開的一朵花，眼眸含笑，等著什麼。

「可以吃了。」祝煊嗓音清淡道，那面色坦然得很。

祝允澄先拿了一串給了小十五。

小十五眼睛都亮了，伸出小舌頭舔了舔，與沈蘭溪一般的清透桃花眼笑得彎起，很是歡喜。

祝允澄一口咬掉一顆，嚼了兩下，臉色驟變，張著嘴不知所措，那模樣呆愣愣的有些可愛。

沈蘭溪半分同情也無，笑得開懷。

祝煊輕挑眉眼，笑問：「味道如何？」

祝允澄勉強將嘴裡的山楂果吞下，酸得眼睛都泛起了濕潤。「真酸！」

聞言，祝煊喉間逸出一聲輕笑，垂眸與板凳上的沈蘭溪對上視線。「酸嗎？不是挺甜的？」

他意有所指，沈蘭溪自是聽得分明，頓時臉一紅，卻撐著面子一本正經道：「許是不是一棵樹上的果子吧。」

聽她這話，祝允澄贊同的點點頭。

收拾好東西，一家四口出了小廚房。

漫天雪靜，沈蘭溪忽地生出幾分附庸風雅的念頭，讓人將晌午要吃的暖鍋擺在了廊下。

祝允澄牽著小十五，跑到梅林摘花，枝頭落下的雪掉在兩人脖頸、肩上，小十五被冰得縮起脖子，咯咯咯的笑。

祝煊靜坐於廊下，替沈蘭溪煮……奶茶。

眾人皆忙，只沈蘭溪抱著話本子，大半個身子靠在祝煊肩上，笑得身子直顫，不時被餵顆葡萄，或是一瓣橘子，舒服得很。

鍋子煮沸，香氣四溢，不等人喚，祝允澄便抱著小十五回來了。

沒見過大世面的小十五被香迷糊了，張著小嘴流口水。

祝煊挨著她坐，餵了她一小口煮得軟糯的芋頭，只見那小臉頓時滿是驚詫。

祝煊嚇了一跳。「怎麼？」

他問著，手已經伸到她嘴邊，等著她吐出來。

小十五咂咂嘴，響亮道：「好次！」

祝煊失笑。

小十五笑得瞇起眼，瞧見沈蘭溪筷子上的肉片時，抿抿小嘴，以迅雷不及掩耳之勢一口吃掉了。

沈蘭溪頓時傻眼，她那～～麼大的一口肉呢？

番外二

正月十五，祝允昭小娘子的週歲宴。

祝夫人早早便忙了起來，光是準備抓週的東西，便跑了好幾趟主院，與老夫人和沈蘭溪商議許久。

正月十五一早，院子裡的人全部忙得熱火朝天。

沈蘭溪被祝煊從被窩裡挖起來時，已然辰時了。

老夫人知曉她性子懶，早就免了她晨昏定省，只讓她閒暇時過來坐坐，但今早眾人要在主院用膳，再不起便要遲了。

元寶手腳麻利，匆匆從祝煊手裡拽過渾身沒骨頭似的沈蘭溪，與綠嬈一同伺候她梳洗、穿衣，來不及梳什麼好看的髮式，只用一根白玉簪綰髮，堪堪沒誤了時辰。

老夫人瞧見沈蘭溪時，頗為嫌棄，對花嬤嬤道：「去將我那只梨花木匣子拿來。」

花嬤嬤一怔，又瞧了眼耷拉著眉眼、一副睏倦模樣的沈蘭溪，這才應了一聲，去翻那壓箱底的物件。

因是小十五生辰，早膳做了麵條和各種滷子，聞著甚香，沈蘭溪勉強清醒了些，各種滷子澆一點，吃了兩碗。

小十五今兒穿了一身喜慶的紅衣裳，脖領處一圈雪白兔毛，衣裳前面繡著大大的金元寶，兩隻小袖子貼著手腕處，各繡著一個「福」字，意思淺顯又明瞭。

小十五抱著自己的小碗吸麵條，吃得眉眼彎起。

用過飯，沈蘭溪打著呵欠起身，便被老夫人喊住了。

「妳過來。」老夫人道。

沈蘭溪不明所以，抬腳跟上。

小十五瞧見她走，立刻放下自己的小碗，咿呀兩聲，那模樣急得很。

祝煊無奈，抱著她跟上沈蘭溪。

祝允澄瞧見，也不吃點心了，連忙跟上他父親。

他們休想背著他吃好吃的！

進了屋，老夫人瞧見那串糖葫蘆似的父子三人，頓時沒好氣道：「我還能吃了她不成？」要這般緊緊護著?!

祝煊面色如常，替自己解釋。「小十五要跟著。」

祝允澄也替自個兒辯解。「小十五太黏人啦，非得拉著我。」

小十五一臉笑。「哈？」

老夫人瞪他們一眼，將手邊的老舊梨花木盒子遞給沈蘭溪。「穿戴得鮮亮些，讓人瞧見妳這般光禿禿的腦袋，還以為咱家沒好東西似的。」

沈蘭溪嘴角抽了抽，接過盒子打開，唰的眼睛放光，滿臉不可置信。「真、真就給我了？」

瞧她這反應，老夫人心裡舒服得很，傲嬌道：「還不算沒有眼光，瞧得出這是個好東西。給妳了，一會兒宴賓客時戴著。」

不得不說，也只有沈蘭溪這張臉，才不會被這頭面襯得黯淡無光了去。

沈蘭溪吞了吞口水，小心翼翼的抱緊這寶貝。就算她這些時日長了些見識，但也惶恐得緊。

嗚嗚嗚，老夫人對她是真愛啊！

祝煊瞧見那盒子裡的東西時，神色也詫異了一瞬。

那頭面……是他祖父特意尋來給祖母的聘禮，從前幸得一觀，祖母還曾說，誰都別惦記，這東西她便是百年之後入土為安，也得帶在身邊。

只這些，沈蘭溪不知，笑咪咪的讓綠嬈給她梳了個極漂亮的髮式，將那寶石頭面戴在頭上，擦口脂、戴耳鐺，一身簇新的錦緞衣，風華絕豔，讓人挪不開眼。

小十五蹬了兩下小腳，胖手捂著嘴巴，一副興奮模樣。

沈蘭溪勾她小下巴，聲音嬌柔，含笑問：「小娘子怎的紅了臉？」

小十五咧著嘴撲到她懷裡，摸摸耳鐺，又碰碰那頭面，再摸摸她親娘的臉，一張小臉通紅，激動得很。

「親親～～」

倒不是讓沈蘭溪親親她，小孩且不會喊母親，只會後面那個音。但沈蘭溪故意當作聽不懂，噘著嘴在她肉嘟嘟的小臉上「啵」了一口。

小十五歡喜極了，也噘嘴要親她，卻被人一把罩住了臉。

「我梳了妝，不能親。」沈蘭溪說得理直氣壯，分毫不給她破壞自己漂亮桃花妝面的機會。

「哇，母親這樣真好看！」

一大一小步入屋裡，小的那個大大咧咧的直白誇讚道。

沈蘭溪回頭瞧去，老夫人送的那兩個髮冠，這兩人戴上了，分明是一樣的東西，只是瞧著，一個清冷如冬，一個暖如春。

祝允澄跑進來，抱起那盯著沈蘭溪流口水的小胖墩。「妳饞啦？別急，妳長得像母親，待妳長大了，也能這般好看！」

小十五兩隻小手捏成拳，目光灼灼的點頭。「好看！」

沈蘭溪笑得倚在祝煊身上，肩膀直顫，還不忘一隻手扶著自己的頭面。

「沈嗎？」祝煊問，抬手替她扶著另一邊。

沈蘭溪剛想搖頭，卻被頭上的沈重壓住動作，思索一瞬，答道：「很沈，你要幫我扶著。」

祝煊笑了一聲，也沒說什麼讓她換下來的話，只道：「母親他們來了，現下在祖母院裡呢。」

沈家是姻親，自是要比其他賓客來得早些，一來是說些體己話，二來也能幫忙招待著些。

「那我們也過去吧，賓客該是來了。」沈蘭溪道。

她已經迫不及待的想去炫耀自己的新頭面啦！

今日宴請的賓客不少，多是祝家主與祝煊的同僚，攜妻帶子，好不熱鬧。

寒暄片刻，老夫人便讓人將抓週的東西拿出來，一一放在紅布上。

「小十五，過來。」老夫人將她抱起，放在紅布中央。「去挑個自個兒喜歡的。」

小十五歪了歪腦袋，黑亮的眼睛閃了閃，嗖嗖嗖的朝那金銀爬過去，生怕有人與她爭搶一般。

眼瞧著那小手便要伸到金銀堆裡了，小腦袋卻忽地一抬，揪住蹲在她面前的一個小郎君，小胖身子撅起，兩隻小腳將那堆金銀勾到自己的小胖腿間。

「咯咯！」小十五咧著嘴笑，喊得響亮。

那小郎君頓時滿臉通紅，手足無措的與她大眼瞪小眼，半分都不敢動。

祝允澄卻是瞬間黑了臉，氣呼呼的繞了半圈跑過去，指著自己，急道：「這才是妳的哥哥！」

小十五瞧瞧他，大方的捏起兩個金元寶給他，又拍拍腰間的小荷包，只抓著人家小郎君的小手沒鬆開。「咯咯～～」

一眾賓客也瞧得傻眼，這是……給自己抓了個小郎君？還是要腰纏萬貫？

沈蘭溪默默捂臉，有些不忍直視。

祝煊也沒過去攔，卻是意味深長的瞅沈蘭溪。

但小十五是個孝順孩子，捧著一個金元寶給了老夫人，又拿了一個給了祝夫人，左右瞧瞧她娘親，視線捕捉到人時，瞬間笑得綻開了花，抱起那一大堆，步履搖晃的走過去，兩隻小胳膊舉起，笑得像個散財童子。「親親～～」

祝煊醋了，竟沒有一個給他的！

他面色尋常的伸手，在那一堆裡拿了兩個，塞進自己腰間的荷包裡，佯裝不覺旁邊那噴火的眼神凝視。

到底是顧及他的臉面，沈蘭溪也沒搶回來，端莊溫柔的將那一堆元寶裝進自己口袋，拿出帕子拭了拭小十五的額頭。「熱了吧？」

小十五摸摸自己光潔的額頭。

老夫人恍若瞧不出眾人臉上微僵的笑，拿著小十五送給她的金元寶，甚是滿意的讚嘆。

「我家小十五隨了她爹娘，孝順得很，看看這孩子，有了銀錢，便先給了我們，她自個兒都不知用的。」

「啊……是是是。」旁邊的夫人僵著臉連聲應。
「時辰不早了，諸位移步花廳用飯吧。」老夫人道，抬頭挺胸，驕傲模樣如同鬥贏的孔雀。
賓客隨著主家往前廳走，男女賓客分坐。
平常都是祝煊親自餵小十五用飯，是以，他帶著小胖墩往男賓那廂去了。
那腰間沈甸甸的人，卻絲毫沒覺察到自己的好兒子不見了。
祝允澄拽著那小郎君，不讓人家去用飯，瞧見眾人走了，立刻語帶威脅地問：「你是哪家的？」
小郎君身長剛至他胸口，仰著腦袋思索片刻，小聲答道：「家父是大理寺少卿，名喚許有才，家母是長興坊豬肉鋪子的掌櫃，名喚陳七娘，我是他們家的。」
聲若蚊蚋，答得老實，祝允澄囂張氣焰噌噌噌的長，凶巴巴道：「你沒吃飯嗎？」
小郎君抿了抿唇，老實點頭，慢吞吞的道：「我父親說，帶我來吃席，有很多好吃的。」
「你的父親和母親呢？怎麼沒瞧見？」祝允澄問。
「我母親去賣豬肉了，父親帶我來的，他許是去用飯了。」小郎君乖巧地答。
祝允澄一口氣梗在喉間，忽覺這小孩有些可憐，他父親去用飯竟不帶他一同走！
「方才我妹妹抓週，抓到你不算數，你不許與我搶妹妹！」祝允澄色厲內荏，凶凶的警告他。

小郎君「哦」了一聲，仰頭瞧他，一臉認真地問：「我可以去吃飯了嗎？」

祝允澄無語。他家小十五竟是比不過一頓飯?!

「……走吧，我帶你去。」祝允澄主動道。

「多謝。」小郎君有模有樣的與他作揖行了一禮。

兩人剛行至長廊橋，便見下人腳步匆匆的過來了，瞧見他們二人時，明顯神色一鬆。

「小郎君，郎君喚您去前廳用飯。」下人稟報。

「知道了。」祝允澄酷酷的道，說罷，帶著這個五歲小孩抄近路去了前廳。

一進去，只見那穿得喜慶的小胖墩抬眼瞧了過來。

「咯咯！」

祝允澄剛想應聲，卻順著她那黑亮的葡萄眼看去。

啪嗒！一顆心碎成了八瓣！

「哇，果真好多好吃的！」小郎君驚訝道。

說罷，他一抬頭，對上了祝允澄忿忿的臉，小心翼翼地問：「不能給小孩吃嗎？」

祝允澄捋起袖子，一臉凶狠道：「先挨頓打才能吃！」

小郎君面色為難。

他還小，怕是挨不了揍，能不能去打他父親啊？

這時一道清冷的聲音插了進來。「都過來用飯。」

「……好的，父親。」祝允澄瞬間乖巧了。

番外三

金黃十月，秋獵佳節。

綠茵地上的營帳，像是一朵朵飄落凡間的雲。

穿紅戴綠的小娘子們嘰嘰喳喳的說話，推著一個身著湘妃色衣衫的小娘子往前面的營帳去，那小娘子又羞怯的縮了回來，一推一回，折騰了好半晌。

帳中歇晌的褚睢安被吵得心煩意亂，翻身下榻，趿拉著鞋，掀起帳簾兩步出來，趕狗似的粗聲道：「去，到別的地方玩去！」

鬧聲頓停，那湘妃色衣衫的小娘子瞧見人，立刻垂下頭，卻又耐不住的偷偷瞧一眼，反倒是自個兒先紅了臉。

褚睢安察覺什麼，並未理會，說罷便要折身回帳。

忽地，身後一道風聲。

他眉眼凌厲，手朝後一抓一轉，便聽得熟悉的一聲喀嚓。

戰場上廝殺回來的人，出手又快又狠，他回頭，眉眼間厲色未收，不見刺客，卻瞧見一個淚水漣漣的小娘子，被他卸了的右臂軟軟地垂落，一張臉疼得煞白，哭都哭不出來。

後面眾人臉色瞬變，伸手推人的小娘子更是呆若木雞。

褚睢安愣怔一瞬，隨即一雙眉皺得死緊，滿臉不耐。「別哭了。」說罷，一手抓著她的肩，一手抓著她的手臂，狀似隨意的扭了下，又是一聲脆響。

幫人接了回去，褚睢安也未瞧她面色，冷心冷肺的丟下一句。「下回再敢偷襲我，我還會擰斷妳的胳膊。」

說罷，掀簾進了帳。

外面窸窸窣窣的聲音沒了，他四仰八叉的躺下，一臉安詳的閉上了眼。

午後靜謐，不多時，營帳內便響起一串打呼聲。

日落前，前去狩獵的眾人回來了，營地頓時熱鬧聲起，各種獵物堆在一處，上面的箭羽或是旁的，標著各家姓氏，幾個小太監忙著清點。

褚睢安聞聲而來，一眼便瞧見馬背上的一抹紫色。

髮冠束髮，紅唇微抿，單手勒著韁繩，勁裝下腰細腿長。

兩年未見，長得越發凌厲了，一雙狹長的眸子瞧來時，渾像是被她那大刀抵了喉，嚇人得很，哪還有半分小娘子的嬌柔？

四目相對，褚睢安懶洋洋的立在人堆裡，雙手環胸，戲謔地瞧著她眼裡一閃而過的愣怔。

此次狩獵的彩頭是皇上定的，一串岫岩玉串。那岫玉清透，一顆顆圓珠子像是青葡萄。

李丹陽雙手接過，翻身下馬謝恩。

嘖，真虎！

褚睢安搖著頭輕嘆，悠悠的晃出了熱鬧的人群，去了一方僻靜處。

待火堆上的兩隻野雞烤得金黃時，方才聽到了熟悉的腳步聲，沈穩有力，不疾不徐。

褚睢安手肘撐在腿上，回頭去瞧，唇角若有似無的勾著笑。

恍然對上視線，李丹陽被他直勾勾的盯得腳步一頓，渾身不自在，冷聲道：「再看，仔細我挖了你的眼。」

「好凶啊。」褚睢安漫不經心地道。

話音剛落，一物便重重朝他面門砸去。

褚睢安輕笑一聲，伸手接住，是一罈他慣來愛喝的酒。

李丹陽幾步過來，在他對面坐下，也不客氣，撕了一條雞腿啃。「阿雲有孕了，十分掛念你，你此番回來還未見她吧？」

褚睢安瞧她。「嗯，午後過來時，遇見了祝二郎，聽他說了兩句，待秋獵後再去瞧瞧阿雲。」

想起她方才坐於馬上，風頭無兩，他單手撐額，瞅她。「這般風聲起，真不怕那人將妳視為眼中釘？」

聞言，李丹陽掀起眼皮瞧他一眼，跟看傻子似的。

「我就是要活在世人眼中，我越是聲名鵲起，他越是不敢動我。宗室皇親，和親之事誰都能做，但唯我李丹陽能替他守邊關，他又不是傻子，自是深知如何做。」

說罷，她隨手將幾口啃光的雞骨頭扔進火堆裡，燒得滋滋響，語氣狷狂。「他便是瞧我不爽，那也得憋著。」

褚睢安將另一隻雞腿也撕給她，自個兒扯了隻雞翅啃得無甚滋味。

兩人對坐而食，靜默半晌，褚睢安嘆息一聲，低沈出聲。「翻過年，妳便二十有一了。」

李丹陽知他話中意，嗤笑一聲，不甚在意。「又沒讓你娶我，做甚操這閒心？」

褚睢安苦笑，仰頭灌了一口酒。

他作夢都想娶她啊……

只是，他一個本就深受忌憚的異姓王世子，如何能娶得皇上都拿捏不住的宗室女？怕是他們今兒敢成親，明日便有意圖謀反的罪名扣在腦袋上。

吃了兩隻雞腿，李丹陽方才稍慢些，自袖袋裡摸出那岫玉珠串，隔著火堆扔給褚睢安。

「秋獵後我便走了，這珠串你替我拿給阿雲吧，那日與她逛鋪子，瞧見一串差不多的，阿雲甚是喜歡，但瞧著沒這個好。」

褚睢安捏著那串染上她溫熱的珠串，就著火光瞧了眼，唇角一勾，眉眼輕佻，似是玩笑道：「怎的不贈我？」

李丹陽似是詫異的抬眼，與他對視一瞬，忽地哼笑。「世子這是哄我給你下聘呢？」

褚睢安摩挲著那瑩潤珠子，眸色沈沈，裡面似是壓著什麼。

「丹陽縣主，給是不給？」他一字一句，慢吞吞的。

「想與我討要東西，世子拿什麼抵？」李丹陽微抬下巴直視著他，掏出帕子，慢條斯理的擦了手，起身繞過火堆走到他面前。

褚睢安笑了一聲，仰頭瞧她，一雙眸子閃著星光。「我身無長物，縣主瞧上什麼，只管來拿便是，只這珠串啊，我要了。」

這賴皮模樣，瞧得人牙癢癢，李丹陽半跪著蹲下身，忽地伸手，將人壓在粗樹幹上。

「褚睢安，我成不了親，你也別想娶妻。」李丹陽目光熾熱，絲毫不藏著，一字一頓，似是要將這幾個字刻在他心尖上。

褚睢安被人這般壓著，卻依舊笑得渾不吝，像個混蛋。「成啊，這輩子，老子便與妳癡纏了，不死不休。」

李丹陽咬了下腮邊肉，方才壓下眼裡的溫熱淚意，就著這姿勢便朝那彎著的唇親了上去。

去他娘的倫理綱常，她嫁不得的人，睡了也成啊。

小娘子未經情事，親嘴跟欲要吃他肉似的，不得其法，磨得他嘴唇怕是要起火星子。

褚睢安反客為主，耐著性子教她相濡以沫之意。

他身子被壓得乏，剛要動，卻又被壓了回去，背靠樹幹，雙肘撐地，只有被人為所欲為的腦袋仰著，腰挺著。

一雙眼睛閃過些許無奈，忍不住哂笑。

不愧是揮大刀的，這勁兒壓得他半分起不了身。

直至一隻手欲要扯他衣帶，褚睢安方才急了，倉惶抓住自己的衣帶，紅著臉低喝。「李丹陽！」

一口酒沒沾的人，此時似是醉酒了一般，眼神迷離，意猶未盡的舔了舔唇上不知誰的水光。「做甚喊我？」

褚睢安深吸口氣，胸腔憋悶得緊，一時竟不知該斥她膽子太大，還是他太過膽小？

李丹陽半跪在他腿間，不滿的伸手抵著他的下頜抬起，與自己對視，理直氣壯道：「我是下了聘的。」

褚睢安被她這話嗆得止咳，卻又忍俊不禁，眼神戲謔的打量她。「縣主下個聘，便想要我身子了？」

「你竟不願？」李丹陽不滿，帶了幾分厲色，大有一種「他若不願，她便霸王硬上弓」的意思。

褚睢安舔了舔後槽牙，笑得放蕩。

他坐起身，兩人之間的距離倏然拉近，他又湊近些，下一瞬便要親上去了一般。

不知怎的，李丹陽突生了些緊張，屏著呼吸瞧他。

只見那腦袋忽地一歪，繼而溫熱的氣息席捲她的耳畔，霎時紅至脖頸。

「少了些，這聘禮……只夠縣主親個嘴。」

李丹陽一口氣提上來又下不去，惡狠狠的揪著他衣裳，渾像是酒樓調戲美人的惡霸。

「那便再親一次！」

褚睢安笑了一聲，一雙眸子彎彎，像是今夜的月。

兩人挨得極近，那笑聲帶起的滾熱呼吸噴灑在小娘子臉上時，陡然給那清冷面容染上了晚霞色。

「還請縣主憐惜些……」褚睢安不要臉的道。

兩人姿勢對調，李丹陽仰著腦袋給他親，生生被逼出了幾分乖巧。

褚睢安攬著她，不累著那細腰，仔細教這小娘子如何親嘴。

李丹陽不覺伸手抱住他，單薄的衣衫下，卻是忽覺那肩脊處有些不對，頓時消了旖旎色，歪了歪腦袋，避開他的唇，細聲問：「傷了？」

褚睢安被她摸得肩背繃緊了些。「小傷，再過幾日便能大好。」

李丹陽注視他半晌，身子往前探了探，摟著他脖子抱緊，鼻子泛酸，喃喃細語。「褚睢安，你定要長命百歲。」

文臣死社稷，武將死沙場，他們這般征戰之人，不定哪天就回不來了，活著的人卻是無休止的惦念。

褚睢安摟著她的腰，將人一把抱起坐在自己膝上，低聲允諾。「好。」

慶歷元年，祝家少夫人纏綿病榻許久，終是於初春撒手人寰。

四皇子李昶許瘋了似的，要將人家的骨灰葬在自己宮裡。

皇上大怒，將其貶為從一品郡王，封號「成安」，連夜將人踢去了北邊。

這一踢，倒將北邊戍守的李丹陽替了回來，與那圈在京中的梁王一同混跡酒樓。

李丹陽不畏人言，但耐不住求親者煩，提了大刀駕馬南下，四處遊玩，羨煞了京中貴女。

慶歷四年，隆冬，她自江南歸，途中得信，祝煊要續弦了，一個不曾聽聞名姓的小娘子。

成親那日她去了，待蓋頭揭下，瞧見那張明媚嬌豔的臉時，頓時心冷幾分。

憂心的不只是她，還有祝家老夫人和祝夫人。

這繼室若是心腸好的，那便眾人皆安，但若是蛇蠍美人，阿雲留下的澄哥兒，怕是在後宅艱難。

當夜她便讓人去查沈家二娘，京中唯一聽得一次，便是她與陳家三郎退親一事。

行事果決聰慧，不像是那般裝蒜善柔之人。

此後探子多次來報，澄哥兒過得甚好，她心方安，趁祝煊生辰時，將府中謄抄的諸多書籍送去了沈蘭溪的書鋪，明面上是給祝煊的生辰禮，實則是給沈蘭溪賠不是的。

同年，皇上駕崩，不等五皇子繼位，李乾景篡位，攪得生靈塗炭，朝堂不穩。

事畢，七皇子登基，淮南王攝政，她被褚睢安按在床上將養了一個月，她父親的後事乃他一手操辦，熟稔得讓人心疼。

家中無長輩，她與褚睢安無媒無聘，拜了天地。

「怎就無媒無聘了？」褚睢安嗤笑一聲，將袖子捋起，露出一截手臂。手腕處的岫玉珠串，瑩潤清透，帶著他灼人的溫熱。

李丹陽驚詫。「你——」

「怎的，丹陽縣主不識得了？」褚睢安哼笑一聲，床帳未放，當著那龍鳳燭的面，將人壓在床上欺負。

「那時……妳便對我欲行此事，縣主可記起了？」他語氣輕佻，漫不經心的問，唇舌卻是勾著人家不放。

李丹陽羞憤，翻身將他壓下，氣道：「不也因你拽著自個兒衣帶，不曾成事？」

「饞了？」褚睢安摸她臉，寸寸下滑，直將人逼得脖頸都紅了一片，才翻身。

他粗礪的手握著她的，十指緊扣，察覺到她輕顫，忍不住笑，湊在她耳邊低語。「抖什麼？怕了？」

不等她答，他又笑語。「放心，我會憐惜妳的……」

憐惜個鬼！

李丹陽再睜眼時，已然是翌日晌午，飯香味勾得肚子咕嚕嚕的叫。

褚睢安端著飯菜進來，便聽得一聲音。

「在床上用？」

李丹陽抓著一只軟枕就朝他那笑咪咪的臉砸了過去，只是往常提大刀的手，此時卻軟綿綿的使不上力，軟枕未曾砸到人，自個兒掉到地上滾了兩圈，好不可憐。

褚睢安將飯菜放在案桌上，過去將自己的枕頭撿起拍了拍，嘴上使壞。「火氣這般大，昨夜沒滿足？」

聽得這話，李丹陽霎時臉紅脖子粗，大有一種與他同歸於盡的架勢。

褚睢安見好就收，拿了衣裳給那光溜溜的女人穿。「別氣別氣，保不准肚子裡已有了孩兒呢，可別動了胎氣。」

李丹陽聽他這混帳話，氣得又想動手，卻是被人扒了錦被。

「你！」

「我給妳穿。」褚睢安此時倒是正經了許多，手掠過一處青紫，輕輕給她揉了揉，壓下慾念，那眸子裡只剩下疼惜。「青了，疼嗎？」

李丹陽翻了個白眼，奪過衣裳幾下穿好，急急去用飯。

此時倒知問她一句疼不疼，昨夜她如何求——

混帳東西！

卻不想，這混帳東西一語成讖，給她肚子裡揣了個胖娃娃！

懷胎十月，褚睢安殷勤伺候著。

瓜熟蒂落，李丹陽足足睡了一日一夜。

滿月後，皺皺巴巴的小郎君已然變得嫩白，閉著眼還在練武。

褚睢英想摸摸大姪子的小手，卻是不防被一拳揍在了臉上，頓時委委屈屈的捂著臉去尋他哥告狀了。

告狀未果，又折身回來，念經似的在小孩耳邊重複著一句，打人的不是好孩子！

奔來的祝允澄在門口立了幾瞬，著急忙慌的跑去尋他大舅了。

他得趕緊告訴他大舅，英哥兒要出家啦！

——全書完

2023年7月出版

一縷續命

文創風 1175～1176

既然重活一世，就要好好達成自己的任務……

儘管不明白為何亡故之後沒有墜入因果輪迴，

但是該向哪些人展開復仇大計，她卻是再清楚不過！

情境氛圍營造達人 ／鍾白榆

十歲的顧嬋漪不知人心險惡，傻傻地被送到寺廟苦修；
過了七年，她看清局勢卻為時已晚，就這麼在深秋寒夜被滅口。
幸好老天給了機會，讓她的魂魄附在親手為兄長編的長命縷上，
伴他在邊疆弭平戰亂，直到他不幸遭奸佞害死；
又許她以靈體之姿陪在他們一家的恩人——禮親王沈嶸身旁，
看著他為黎民百姓鞠躬盡瘁，默默燃盡生命之火。
如今，顧嬋漪回來了，她要向那些用心險惡的人討回公道，
而沈嶸不僅搶先一步安排好所有細節，讓她能守護自家兄長，
那句「本王護得住妳」，更令她闖出自己的一片天。
可當她發現沈嶸跟自己一樣是「歸來」的人時，頓時呆住了……

2023年6月出版

金玉釀緣

文創風 1167~1168

前生在沙漠做奴隸，沒有機會以家傳酒譜開啟新生，
所以老天大發慈悲，讓她穿越到一座物產豐饒的寶島，
這裡的海產隨便撈，水果甚至還多到不值錢！
她靈機一動，發展釀酒，可不就把果物變黃金了？

家傳酒藝，醇情如意　／元喵

南溪一睜眼，發現自己穿越成十五歲的小村女，
明明原身命苦，父母雙亡，弟弟又半身不遂需要醫藥費，
面對這款人生，她非但不覺得悲劇，反而還喜孜孜地留了下來。
在四季如春的瓊花島，有數不清的水果和海產、用不盡的水源，
眼下窮歸窮，但只要她自個兒手腳勤快點，也不至於活活餓死，
何況她還有家傳酒譜的前世記憶，打算以釀酒絕活來大顯身手，
正巧原身的娘親祖上也是製酒的，她對外展現這項天賦也順理成章。
孰料，她把自個兒日子過得越來越好，竟成了不少人眼中的香餑餑？
這廂她打著酒水事業的算盤，那廂則有人打起了她的主意；
先有一個欲納妾的路家少爺，後又來一個想說親的童生阿才哥，
縱使她瞧不上這些弱不禁風又敗絮其中的紈褲子和讀書人，
無奈只要她一日還名花無主，婚事就會遭人各種惦記，
看來看去還是能吃苦又強壯的鄰家大哥最合眼緣了，
只不過，她想速速斬斷爛桃花，他卻要攢夠聘禮再說親啊！
既然借他銀子的方法行不通，路不轉人轉，她拋下矜持道：
「我花十兩買你這個人，下半輩子都得賣給我！」

願得一心人，白首不相離／灩灩清泉

2023年6月出版

棄婦超搶手

前世她的婆婆面甜心狠，慣會演戲，害她吃盡苦頭，
此人甚至設計栽贓她與人偷情，將她休棄，
她被娘家厭棄，最終都沒能洗刷清白，含冤死在了庵裡，
幸而上天垂憐，讓她重生回到了議婚之前，
這一次，說什麼她都得拒了婚事，避開淪為棄婦的命運才成！

文創風 1169 **1**

因過人的美貌，江意惜在一場桃花宴上被忌妒她的女眷陷害，跌入湖中，
情急之下，她胡亂拉住了站在旁邊的成國公府孟三公子，兩人雙雙落水，
事後，滿京城都在傳她心眼壞，賴上有潘安之貌、子建之才的孟三公子，
由於江父是為了救他們孟家長孫孟辭墨而死在戰場上，老國公心存感激，
於是乎，老國公一聲令下，孟三公子不得不捏著鼻子娶她回家以示負責，
婚後，孟家除了老國公及孟辭墨，上至主子、下至奴僕，無一人善待她……

文創風 1170 **2**

順利拒了前世那樁害慘她的婚事後，江意惜住到西郊扈莊辦了兩件要事，
其一是助人，助的是因故在扈莊附近的昭明庵帶髮修行多年的珍寶郡主，
小郡主不僅是雍王的寶貝閨女，更是皇帝極寵愛的姪女，太后心尖上的孫女，
這麼明擺著的一根粗大腿，今生她說什麼都得結交上、好好抱住才行！
其二是報恩，前世對她很好的孟辭墨和老國公就住在西郊的孟家莊休養，
她得想辦法醫好他近乎全瞎的雙眼，扭轉他上輩子的悲慘結局！

文創風 1171 **3**

江意惜一直都知道閨中密友珍寶郡主的性格獨特，還常語出驚人，
但說天上的白雲變成會眨眼的貓，這也太特別了吧？她怎麼看就只是雲啊！
下一瞬間，有個小光圈從天而降，極快地朝郡主臉上砸去，
結果郡主猛地出手揮開，那光圈就落進正驚訝地半張開嘴看著的江意惜嘴裡！
之後她竟聽見一隻貓開口說牠終於又有新主人，還說她中大獎，有大福氣了，
雖聽不懂牠在說什麼，不過她都能重生，有一隻成精的貓似乎也不足為奇？

文創風 1172 **4**

貓咪說，牠是九天外的一朵雲，吸收了上千年日月精華之靈氣才幻化成貓形，
牠說牠能聽到方圓一里內的聲音，能指揮貓、鼠，還能聽懂百獸之語，
最厲害的是牠的元神——在她腹中的光珠，及牠哭時會在光珠上形成的眼淚水，
江意惜能任意喚出體內的光珠，並將上頭薄薄一層的眼淚水刮下來儲存使用，
用光珠照射過或加了眼淚水的食物會變得美味無比，還能讓大小病提早痊癒，
如此聽來，這兩樣寶貝說是能活死人、肉白骨都不誇張，上天真是待她不薄！

文創風 1173 **5**

前世硬攀高門的她天真地以為終於苦盡甘來了，結果卻早早結束可悲的一生，
重活一世，憑藉著前世所學的醫術及眼淚水，江意惜成功治癒了孟辭墨的眼疾，
在醫治他的期間，她不但成為老成國公疼寵的晚輩，還與孟辭墨兩情相悅，
有了郡主這個手帕交，孟辭墨又讓人上門求娶，勢利的江家人便上趕著巴結她，
正當她覺得一切都在往好的方向發展時，雍王世子卻橫插一腳，想聘她為妃！
所以說，她這個前世的棄婦，如今竟搖身一變，成了搶手的香餑餑嗎？

文創風 1174 **6** 完

國公夫人付氏，江意惜兩世的婆婆，此人看著溫柔慈愛，其實慣會演戲，
不僅裡裡外外人人稱讚，還把成國公迷得團團轉，讓孟辭墨在府中孤立無援，
幸好，她這個重生之人早知付氏的真面目，且身邊又有小幫手花花相助，
夫妻二人攜手，努力揭穿付氏的假面具，終於老國公也察覺了付氏的不妥，
豈料深入調查之下，竟發現付氏不但歹毒，身上還藏有一個驚人的秘密……

文創風 1193

娘子扮豬吃老虎 3 完

國家圖書館出版品預行編目資料

娘子扮豬吃老虎 / 芋泥奶茶著. --
初版. -- 臺北市 : 狗屋出版社有限公司, 2023.09
冊 ; 公分. --（文創風 ; 1191-1193）
ISBN 978-986-509-454-6（第3冊 : 平裝）. --

857.7　　112012804

著作者　芋泥奶茶
編輯　王冠之
校對　陳依伶
發行所　狗屋出版社有限公司
地址　台北市104中山區龍江路71巷15號1樓
電話　02-2776-5889～0
發行字號　局版台業字845號
法律顧問　蕭雄淋律師
總經銷　知遠文化事業有限公司
電話　02-2664-8800
初版　2023年9月
國際書碼　ISBN-13　978-986-509-454-6

定價280元
狗屋劃撥帳號：19001626
網址：love.doghouse.com.tw　E-mail：love@doghouse.com.tw